여기는 곰배령,
꽃비가 내립니다

이 책은 2010 문화체육관광부 우수교양도서로 선정되었습니다.

국립중앙도서관 출판시도서목록(CIP)

여기는 곰배령, 꽃비가 내립니다 : 세쌍둥이와 함께
보낸 설피밭 17년 / 이하영 글 · 사진. — 파주 :
효형출판, 2010
p. ;   cm

ISBN 978-89-5872-088-1 03810 : ₩12,000

한국 문학[韓國文學]
생활 수기[生活手記]

818-KDC4
895.785-DDC21   CIP2010000230

여기는 곰배령,
꽃비가 내립니다

세쌍둥이와 함께 보낸 설피밭 17년

이하영 글·사진

효형출판

점봉산 곰배령 설피밭

곰배령에서, 곰배령처럼

"어떻게 여기 살게 되었어요?"

"뭐 해서 먹고살아요?"

"아이들 교육은요?"

"무섭지 않아요?"

숲에 살면서 가장 많이, 그리고 요즘 들어 더더욱 자주 듣는 질문들이다. 질문을 듣고 나서야 나는 비로소 생각한다.

'내가 어쩌다 여기서 살게 되었지?'

'나는 지금껏 어떻게 먹고살아온 거지?'

'아이들 교육에 대해 나는 어떤 생각을 가지고 있는 걸까?'

'무서움? 그래, 나 혹시 무섭지는 않나?'

사람들의 질문에 대한 생각이 꼬리에 꼬리를 물고 이어지지만, 나는 간단히 대답한다.

"차가 있는데 어딘들 못 가겠어요."

"밥해서 먹고 산답니다."

"아이들은 학교에 잘 다니고 있죠."

"왜요, 무서울 때도 있죠."

곰배령, 점봉과 단목령, 북암령, 조침령이 싸고 휘도는 백두대간의 산자락에 집을 짓고 깃들어 산 지도 올해로 17년이 되었다. 한시도 눈을 뗄 수 없었던 태어난 지 17개월 된 세쌍둥이 나래, 다래, 도희가 무럭무럭 자라나 어느새 내 키보다 훌쩍 커진 것 외에 어떤 것으로도 내가 살아온 세월의 흐름을 도무지 감지할 수 없다.

숲에 깃들어 살면서, 하고 싶은 일은 줄을 서있고, 해야만 하는 일은 뭉텅이로 쌓여있는 세상을 나는 깡충깡충 뛰어다녔다. 힘에 겨울 때면 '실은 이 자리는 전쟁터란다. 내 앞의 일들은 부상 당한 병사고, 그들에겐 내 손이 절실히 필요하단다' 중얼거리며 나를 북돋웠다.

장도 담가야지, 철 따라 이 풀, 저 풀 이 열매 저 열매 가져다가 효소도 담가야지, 장날이면 장에도 쏘다녀야지, 두부도 만들어야지, 솔잎·당귀·뽕잎·쑥잎으로 각각 막걸리도 담가야지, 산에 가서 나물도 약초도 캐와야지, 꽃 피면 꽃 보러 가야지, 그림 공부도 해야하지, 도자기도 만들어야지, 영화도 보러 가야지, 도서관에도 가야지, 마음이 꽂히면 시도 때도 없이 집 안 가구 배치도 바꿔야지, 바느질도 해야지, 뜨개질도 해야지, 편지도 써야지……

나는 밥을 지으며 집 지을 자재를 알아보았고, 차를 끓이며 결제를 했다. 사랑채를 청소하며 전화로 예약을 받았고, 운전을 하며 머릿속으로는 식단을 짰다. '왜 여기 사느냐'는 질문은 내 삶에 끼어들 틈새를 찾지 못하고 어느 결엔가 흔적도 없이 사라져 버렸다. 열 사람이든 백 사람이든 제각각 고유한 삶이 있는 것이 당연할진대, 뭐라 내 삶의 이야기를 꺼내들 것인가. 나는 내게, 부디 입을 다물길 간곡히 당부했다.

하지만 그렇게 지나가고 이렇게 지나가도 비슷한 질문이 끊이지 않고 반복되었다. 가랑비에 옷 젖는 줄도 모르고 열렬히 살아온 내게 가랑비 내리듯 질문이 스며든 것이다. 잠 깬 새벽이면 샘물처럼 졸졸 이야기가 흘러나왔다. 나무 그늘 아래 쉬고 있는 오후에도 이야기 소리는 그치지 않았다. 나는 그 이야기를 글로 쓰기 시작했다. 동굴에서 떨어져내린 물이 석순을 만들듯, 석주를 이루듯, 끊임 없는 질문들이 이야기들을 일깨워 내게 글을 쓰게 했다.

날이 밝으면 일어나고 졸리면 잠이 들었다. 때가 되면 아이들을 학교에 보냈고 배가 고프면 밥을 먹었다. 봄이 오면 나무를 심고 밭에는 씨를 뿌렸으며 산에 올라 나물을 뜯었다. 바람 새는 집을 수리하고 손님을 맞았다. 가을이 오면 굴암(도토리)과 돌배를 줍고 머루와 다래를 따고 메주를 쑤고 김장을 담가 묻었다. 새 길을 만들어야 한다고 집을 비워달라면, 집을 비워주고 다른 터를 구해 새집을 지었다. 집을 지으니 밥을 지었고, 마을에 사니 때론 마을 사람들과 어울렸다. 새 터, 새집에 살면서 나는 또다시 나무를 심었고 씨앗을 뿌렸다. 봄이 되면 마을 사람들을 따라 산에 올라 얼레지, 취나물, 고사리, 고비 들을 뜯어 삶아 말렸으며, 가을이면 느타리, 능이, 싸리버섯과 야생 호두를 비롯한 열매들을 집으로 주워 들였다.

집이 여러 채고 뜰이 넓은 데다가 벌여놓은 일도 한두 가지가 아니다. 그러니 나는 일복이 많다. 듣기도 그리 듣는 데다가 내가 보기에도 그렇다. 곰곰 생각해보면 대부분 내가 자초한 일이다. 가만히 있으면 중간이라도 간다는데, 나는 도무지 가만히 있지 않는다. 궁금한 것도 많고 해보고 싶은 것도 수두룩하다. 가보고 싶은 곳도 많고 일단 저지르고 보는 일도 끊이지 않는다.

봄이 오니 당귀도 심어보고 감자도 심어본다. 메주콩을 심다 보면 검은콩이 심고 싶다. 쥐눈이콩은 어떤 모습으로 자라는지 궁금해서 심고, 울타리 강낭콩의 장대하게 뻗어가는 줄기와 주홍 의 꽃빛이 탐스러워 심어본다. 완두콩의 연둣빛 유혹을 못 이겨 서 심어보고, 잘 돌봐주면 설피밭에서 작두콩도 열릴 것 같아 심 어본다. 콩을 심다 보면 팥으로도 마음이 가고 붉은 팥을 심다 보 면 검은 팥이 심고 싶다. 팥이 열린다니 녹두도 되겠다 싶어 녹두 알도 땅에 묻어본다.

모종 시장이 서는 장날엔 고추 모종을 사들여 심는다. 그냥 고추, 청양고추, 화초고추에 피망까지 심다보니 이제는 파프리카 모종도 데려오고 싶어 한 판 집어든다. 상추를 심고 양상추를 심 고 노랑색, 보라색 색색이 양배추 모종도 골라 든다. 알갱이로 옥수수를 뿌렸으니 모종으로 심는 옥수수는 어떤지 궁금해 한 판 주문한다. 몇 번이나 씨를 뿌렸다가 실패한 부추랑 파 모종도 한 판씩, 날이 갈수록 다양해지는 쌈 채소 모종들 또한 그냥 넘어가지 않는다. 당도가 높고 오래 열린다는 딸기 모종에 나래, 다래, 도희가 다니는 길에 따 먹으면 좋겠으니 토마토와 방울토마토 모종도 한 판씩, 크게 안 열리면 작게라도 먹어보지 하며 수박과 참외 모종도 열 개씩, 호박 또한 내겐 필수니 맷돌호박도 마디호박도 단호박도 최소한 일곱 개씩, 바가지를 만들면 좋겠으나 거기까지 안 되면 탐스런 박꽃이라도 보자며 박 모종에 조롱박 모종도 끼워넣고, 고구마 순으로 마감하니 모종 파시는 아주머니는 구색 맞춰 덤으로 몇 가지 더 담아주신다. 어디 이뿐이랴. 열무, 총각무, 배추, 고수, 쑥갓, 아욱, 근대, 상추부터 어릴 적 보던 피마주, 두고두고 자라라고 청도라지, 백도라지, 만삼, 황기 씨앗에, 차로 좋겠다 싶어 일 당귀, 요즘 점점 설피밭에서 사라지는 달래 씨앗, 새로 보는 비름나물, 마을 사람들이 작목반을 만들어 왕창 심고 있는 곰취가 어찌나 부러웠는지 100개들이 곰취 씨앗까지 덥석 집어든다.

모종이나 씨앗으로 보기엔 작아 보이나 곧 자라날 식물들을 생각하면 땅 만들기란 만만한 일이 아니다. 집에 돌아와 식물들을 꺼내놓으면 막상 겁도 나고, 나의 이 방대한 오지랖을 어찌할지 참회하기도 한다. 그러나 이왕 저지른 일, 최소한 흙에는 꽂아주자며 채근해 밭으로 나선다. 트랙터도 경운기도 밭 갈아줄 남자도 없는 나는 오직 호미 하나로 식물을 심는다. 어느 봄에는 트랙터 가진 마을 사람 도움으로 밭을 갈기도 한다. 이토록 짧은 설피밭의 봄날에 모두 자기 밭농사 짓느라 바쁠 텐데도 시간 내서 우리 밭까지 갈아주는 고마운 이웃을 둔 건 일복을 자초하는 내겐 또 하나의 한량없는 복이다.

나는 제초제와 비료 만지는 것이 두렵다. 내가 무서워 피하는 것을 다른 사람에게 부탁하기도 불편하니, 결국은 아예 피하게 된다. 하여 비가 몇 번 내리고 나면 우리 밭은 바로 무성한 풀밭이 되고 만다. 내가 심어놓은 작물은 풀과 함께 자란다. 때론 풀 속에 묻혀있는 그것들을 찾으려면 마치 술래잡기하는 것 같기도 한다. 그러니 우리 밭의 추수는 성글고, 때론 한 줌도 안 나온다.

십수 년째 숲 자락에 깃들어 살면서 어지간히 극성을 떨었다. 되지도 않는 일을 한다거나, 욕심이 하늘에 뻗쳤다거나, 산만하기가 이를 데 없다거나 하는 말들이 내 안에서 울려오면 잠시 위축되어 움츠러들기도 한다. 다시는 이런 쓸데없는 짓 하지 말자고 마음을 접기도 한다. 그러나 내 마음속에는 식물과 더불어 새와 벌레와 내가 알지 못하는 생명들의 노랫소리가 끊이지 않는다. 우리 밭의 식물들 또한 내가 먹지 않았을 뿐, 어떤 새나 벌레에게는 신바람 나는 먹을거리가 되었으리라, 흙에 스며서는 풍성한 거름이 되어주었으리라 생각하며 나를 위로한다. 겨우내 생각을 정비한 나는 새봄이 오면 또 눈을 반짝이며 식물들을 만나러 집을 나선다. 곰배령의 풀꽃들처럼 때가 되면 내 안에 잠자던 희망의 싹을 미친 듯이 피워올리는 것이다.

이렇게 곰배령 숲에 깃들어 살며 나는 곰배령 숲을 닮아간다. 숲을 닮아서 숲에 깃들어 사는지, 숲에 살아서 숲을 닮아가는지, 나는 알지 못한다. 닭이 먼저인지 알이 먼저인지 하는 것과 한가지로 알 수도 없고 알 필요도 없다고 생각한다. 숲을 이루는 다양한 생명을 보고 듣고 느끼며 나의 다양성을 인정한다. 탓하거나 비교하는 데 쓰는 에너지를 의식적으로 줄이며 유연함을 배운다. 일체의 생명들이 자연스레 어울려 숲을 이루는 것을 통해 내 안의 조화로움을 개척해나간다. 숲과 더불어 하는 자연 학습이 거듭될수록 이 세상을 살아가는 나의 기쁨이 나날이 커가는 것을 느낀다.

설피마을 세쌍둥이네

1994년 봄, 진동리에 이사해 왔다. 집을 옮겨야 하는데 도시에서
는 도무지 지상의 집이 구해지지 않았다. 어린 나래, 다래, 도희
를 데리고 반지하 집으로 가고 싶지는 않았다. 이사 날짜는 점점
다가왔고, 최초로 나타난 지상의 집은 강원도 인제군 기린면 진
동2리. 우리는 주저 없이 강원도 산골로 이사를 왔다. 생활비를
벌 수 있는 터전을 마련해놓고 산에 들어가 살자고 세쌍둥이 아
빠와는 일찌감치 약속해둔 터라 시기를 앞당기는 일은 비교적 수
월했다. 이를 늘 염두에 두고 마련한 살림살이들도 산골 생활에
마땅했다. 거기다 부록처럼 시집의 그늘에서 벗어날 수 있는 절
호의 기회라 여겨져 나는 내심 좋아하며 이사했다.

땅을 4200평 샀다. 그곳엔 집이 두 채 있었고 그중 비어있던 한 채에 입주했다. 평당 몇 천 원이던 땅을 2만 원이 넘게 구입했다고 사람들의 뒷말도 들어가면서 산골 생활이 시작되었다. 지상의 집은 40평 정도의 조립식 주택이었다. 공사 현장에 설치됐던 이 집은 도시에서 살던 집에 비해 허술하기 그지없었지만 살림살이를 들이고 나서 정을 붙이기 시작했다. 방 두 개에 넓은 거실은 아이들이 뛰놀기에 적당했다. 겨울이 오기까지는 시간이 남아있는 듯 보여 나는 집이 단순하고 넓은 것에 그저 만족했다.

나무들은 잿빛이었고 그늘 쪽에는 잔설이 남아있었다. 세상이 연둣빛으로 물들어가던 경기도 안산을 떠난 우리는, 하루아침에 선선하다 못해 춥게 느껴지는 이 자리에 문득 떨어진 것이다. 어느 아침에는 서리가 하얗게 내려있었다. 보일러를 밤새도록 돌려보아도 웃풍이 센 집에는 바람이 횡횡 지나다녔다.

나래, 다래, 도희 세쌍둥이를 낳고 정신없이 살아온 열일곱 달, 아이들과 함께 살면서 내 사생활은 사라졌다. 다른 사람을 만나는 일도 취미 생활도 뒷전으로 밀려났다. 세 아이를 입히고 먹이고 씻기는 일만으로도 하루는 빠듯했기에, 사는 곳이 달라진 것에 신경 쓸 겨를도 없었다.

'세상에 이런 곳도 다 있구나.' 나는 이렇게 생각하며 일상으로 복귀했다. 그리고 이제까지 그래왔듯이 언제라도 마음만 먹으면 또 다른 곳에서의 삶을 시작할 수 있을 거라 생각하며 기꺼이 산골 생활을 시작했다.

차로 비포장도로를 한 시간 달려 나가면 인제 현리 장터에서 생필품을 구입할 수 있었다. 장에 나가 고추 모종을 사다 심었더니 서리가 내렸다. 다시 모종을 사다 심었더니 이번에는 염소가 모두 따 먹었다. '세상에 이런 일이…….' 내가 사는 이 현실이 무척 신기했고 한편으론 웃겼다.

마당에는 흙보다 염소 똥이 더 많아 보였다. 아직 이사를 가지 않은 전 주인이 키우는 10여 마리의 염소 때문이었다. 방목 중인 염소들이 노리탱탱한 눈을 똑바로 뜬 채 나를 주시하면, 나는 염소들을 슬슬 피해 다녔다. 염소와 염소 똥이 두려워 나래, 다래, 도희를 주로 집 안에서 놀게 했다. 염소만이 아니었다. 마당 주변에는 온통 풀이 우거져있고, 어떤 항아리에는 뱀이 들어있었다. 독이 나는 이빨을 뽑아둔 뱀이라는 얘기를 들어도 내게는 위험해 보이기만 했다.

여름이 되어도 나는 문을 열지 못했다. 문을 열어놓으면 어느새 염소가 집 안에 들어왔고 쥐들이 들어오기도 했다. 문턱이 거의 없는 문 옆으로는 풀이 우거져 언제 뱀이 들어올지도 몰라 나는 부지런히 문을 닫고 또 닫으며 여름을 맞이했다. 호기심에 눈이 반짝이는 세쌍둥이 또한 언제 밖으로 나갈지 몰라 온 신경을 아이들에게 집중했다. 장항아리를 열어놓으면 염소들은 항아리를 뒤엎어 안에 든 것을 꺼내먹곤 했다. 나는 남은 장항아리를 2미터 정도 높이의 기름 탱크 위에 올려놓고 사다리로 오르내리며 장을 건사했다. 무를 썰어 실에 꿰어 매달아놓으면 염소들은 밤새 어떻게든 그것을 따 먹었다. 장애물은 더욱더 늘어난 것처럼 보였다. 내 일을 도와줄 사람은 보이지 않았고 찾아오는 사람이 늘며 일감 또한 늘어났다.

산골에는 남자들과 노인들이 살고 있었다. 아이를 둔 젊은 여자는 흔치 않았지만, 나는 내 살림에 몰두하느라 백설공주가 되어 살고 있는 이 현실을 눈치채지 못했다. 아니, 눈치를 챘다 해도 딱히 달라질 일도 없었다. 나는 주로 집 안에서 아이들을 돌보며 일하는 사람들의 식사와 참을 준비하는 일을 했다. 남자들이 닭을 잡으면 닭을 끓여냈고 개를 잡으면 개를 끓여냈다.

어머니께서 처음 진동리에 오시던 날, 나는 마당에 솥을 걸고 개를 끓이고 있었다. 고무장갑을 낀 손으로 개 다리를 건져내는데 차에서 내리는 어머니와 눈이 마주쳤다. 예전 나는 보신탕이라면 펄펄 뛰며 도망을 다녔는데……. 눈이 동그래진 어머니를 보며 내가 얼마나 낯선 곳에 와 있는지 퍼뜩 깨달았다. 어머니께서는 아무 말도 없이 지나가셨지만, 그날 개 다리의 충격이 얼마나 컸는지 멀고도 깊은 방문길이 한순간 아무렇지도 않게 느껴졌다고 나중에 넌지시 고백하셨다.

　나 살던 세상이 희미해지고 있었다. 이전에 중요하던 것들이 사소해지고 새로운 것들에서 의미를 발견해갔다.

　호미를 들고 밭에 나가는 사람들이 나는 무척 부러웠다. 도시락을 들고 산으로 가는 사람들이 한없이 부러웠다. 나도 햇볕과 바람이 사는 세상으로 나가고 싶었다. 광에 가득 장작을 쌓아놓은 사람이 누구보다도 위대해 보였으며, 나물을 한 짐 가득 뜯어다 삶아 말려놓은 사람이 세상에서 최고로 멋져 보였다. 뒷산에 올라 후다닥 더덕을 캐오는 사람, 물에 들어가 작살에 열목어를 꽂아 나오는 사람, 윙윙대는 벌들 사이로 꿀을 꺼내는 사람, 작은 씨앗을 땅에 심어 달고 통통한 배추를 수확해 김치를 담그는 사람, 푸르고 붉은 고추를 주렁주렁 맺게 하는 사람, 한 됫박의 콩으로 한 부대의 싱싱한 콩을 만들어내는 사람, 한 알 한 알 주워들인 굴암으로 도토리국수를 뽑아내는 사람, 손바닥보다 더 크고 두툼한 버섯을 따와 고추장찌개를 끓여내는 사람, 나뭇가지를 끊어다 잇고 엮어 눈밭에서 신는 신발을 만드는 사람이 내겐 신보다 더욱 위대해 보였다.

　방충망을 통해서 바람이 들어왔다. 방충망이 만들어낸 아른아른한 시야로 푸른 숲이 어른거렸다. 아파트에서나 산속에서나 나

눈이 내리자 세상은 더욱 고요해졌다.
고립 속에 선물처럼 깃든 휴식을 맛보며
비로소 내 생활을 돌아보기 시작했다.

의 감옥살이는 여전했다. 오히려 내가 더욱 무능력하게 느껴졌다. 집을 산골로 옮긴 뒤 나아지기는커녕 더욱 일이 늘어난 내 생활이 한심하고 우스웠다. 간혹 눈물이 나기도 했다. 도시 사람도 아니고 산골 사람도 아닌 내 생활이 블랙코미디의 장면들 같았다.

'아이 셋이 잘 자라주기만 하면 뭐든 괜찮다, 괜찮다' 하면서도 어느새 내 마음에 나를 향한 기대가 생긴 듯했다. 아이들은 조금씩 자라났고 내게도 그만큼의 여유가 생긴 것이었다.

'이게 도대체 뭐람! 이렇게 멀리, 이렇게 낯선 곳으로 왔으면 뭔가 달라져야 하는 것 아닌가? 보기엔 다 똑같은 사람인데 내가 할 수 있는 일은 왜 이렇게 적은 걸까?' 의문도 욕심도 생기기 시작했다. 그리고 시간은 흘렀다.

전 주인이 새로 지은 집으로 이사 가면서 염소들도 떠나갔다. 천년만년 함께 살 줄 알고 맘껏 미워했는데 막상 떠나가니 시원섭섭함과 더불어 연민도 일었다. 뱀 항아리도 사라졌는데 그건 지금까지도 참으로 괜찮은 일이다. 조립식 집은 창고로 쓰게 되었고 새로 옮길 집도 수리를 마쳤다. 길가 돌멩이를 주워와 만든 벽난로에는 장작불이 타올랐고, 벽에는 아이들의 낙서가 늘어갔다.

겨울이 깊어지면서 사람들의 왕래도 뜸해졌다. 눈이 내리자 세상은 더욱 고요해졌다. 창문까지 쌓인 눈 위로 아이들은 그다지 깊이 빠지지 않으며 벌벌 기어다녔다. 고립 속에 선물처럼 깃든 휴식을 맛보며 비로소 내 생활을 돌아보기 시작했다. 민들레 홀씨 되어 문득 낯선 곳에 떨어져내린 내게도 산골에서의 사계절, 한 주기가 서서히 지나가고 있었다.

많이 자고 많이 쉬었던 겨울의 끄트머리, 어느 새벽이었다. 나는 아이들이 곤히 잠든 새벽을 내 시간으로 사용하기로 했다. 동이 트기를 기다려 집을 나섰다. 어떤 날은 동이 트기도 전에 집을 나섰다. 조금 걷다 보면 분명히 환해질 것이므로 새벽의 어두움은 오히려 안온하게 느껴졌다. 오늘은 이 능선, 내일은 저 능선, 어떤 날은 햇볕의 흔적을 따라 나는 장화를 신고서 산을 오르내리기 시작했다.

추위가 신선하게 느껴지는 건 갇혀본 사람의 특권이라고, 칼바람도 눈보라도 즐거워하며 나는 걸었다. 나무에게 인사하며 새소리에 화답하며 물소리와 함께 노래하며 나는 행복했다. 자유로웠다. 비로소 산골 사람이 된 것 같아 가슴이 뿌듯해졌다. 내 시간을 만든 것도 나였고 문을 열고 나온 것도 나였다. 아무도 나를 가두지 않았다. 그랬다. 나를 가둔 것도 나를 풀어준 것도 모두가 나였다.

밥심으로
통나무집을 짓다

설피마을에서 열여섯 해를 사는 동안 한 채의 집을 수리했고 여섯 채의 집을 지었으며 창고 한 채와 방갈로 세 동, 그리고 바비큐장을 달아낸 것까지, 나는 열두 채의 집을 짓는 현장에 살았다. 그중 수리한 집과 방갈로 세 동, 그리고 초창기에 지은 불을 때던 집은 헐리거나 허물었고, 나는 지금 사는 본채와 사랑채 세 동, 숲 속 통나무집과 창고, 그리고 바비큐장을 돌보고 살고 있다.

이사를 하고 임시로 조립식 집에서 거처하면서 한 마당에 있는 스무 평가량의 미완성 블록 집의 수리를 시작했다. 산골의 가을은 어찌나 짧게 느껴지던지 마음은 바빴지만 집을 수리하는 일은 만만찮아 보였다. 장판을 걷어내고 싱크대도 들어냈다. 쥐가 다닌 흔적이 있어 구석구석 소독약을 뿌리고 수상해 보이는 공간은 시멘트를 개어 막아주었다. 벽지를 새로 바르고 바닥을 새로 깔고 싱크대는 안팎을 깨끗이 닦아서 자리를 잡아주었다. 방 세 칸 중에서 현관 옆에 있는 방은 한 면 전체에 선반을 달고, 두 개씩 있는 불투명 창문 중에 하나씩은 통창으로 바꾸었다. 창은 산과 개울이 담긴 천연 액자가 되어 계절마다 날씨마다 시간마다 멋진 풍경을 보여주었다.

나란히 있는 두 개의 방 가운데 마당 쪽 방은 침실로 만들고, 개울이 보이는 방은 문짝과 문틀을 떼어내 거실과 이어 나래, 다래, 도희의 책과 장난감 등을 넣어주었다. 주방과 함께 있는 거실에서 일을 하면서도 아이들이 노는 모습을 지켜보기에 무척 바람직했다.

외장이 되지 않은 블록 집은 가을인데도 바람이 숭숭 날아다녔다. 세쌍둥이 아빠와 그의 친구가 사박사박 집 공사를 진행했다. 집의 외부에 나무틀을 고정하고 벽면에 흰색 시멘트를 개어 발랐다. 나무로 된 창틀에 상아색 페인트를 칠했다. 빨강이나 파랑 등을 칠하고 싶었지만 당시 젊은 나는 원색의 창틀을 주문할 용기를 내지 못했다. 돌멩이를 주워와 백시멘트로 개어 붙이며 거실 구석에 벽난로를 만들었다. 산골 생활에서 누리고 싶은 사치 가운데 으뜸가는 것이 불을 보며 사는 것이라 여겼던 터다. 그러나 우리 집 벽난로는 덩치는 무지 큰데 열효율은 미약했고 무엇보다도 연기가 많이 나왔다. 우리는 벽난로 입구의 크기를 줄여보고 벽에 뚫은 연통 구멍을 천장으로 옮겨보기도 하면서 연기를 조절하려 애썼지만 별 효과를 보지 못했다. 벽난로를 때는 날엔 환기를 위해 창문을 열어두어야 했으며, 설상가상으로 연통 구멍을 천장으로 낸 탓에 비 오는 날엔 벽난로 위에 빗물받이 통을 놓아 새는 빗물을 받아내야 했다. 그럼에도 진동리 초년 시절, 그 벽난로가 있는 집에서 불을 보며 살았던 것은 지금까지도 기분 좋고 아름다운 추억 중 하나다. 그해 겨울, 언덕 위의 하얀 집은 웃풍도 잦아들고 보기에도 썩 흡족했다.

나래, 다래, 도희는 그림 그리기를 무척 좋아했다. 아이들은 종이 벽지가 발린 집 안을 돌아다니며 벽에 마음껏 그림을 그렸다. 나중에 그 집이 도로 부지로 편입되면서 허물리게 되었을 때 내가 가장 안타까웠던 것이 바로 아이들이 마음대로 그림을 그린 그 벽들이었다. 나는 도무지 그 벽화를 간직할 방법을 찾지 못해 집이 허물리기 전에 종종 찾아가 그 벽을 오래 바라보곤 했다. 첫돌이 지나 진동리에 온 나래, 다래, 도희는 여섯 살이 되던 해 가을까지 방갈로 세 채가 굽어보는 마당에 개가 있던 그 집에서 살았다. 미술 학원에도 피아노 학원에도 유치원에도 가지 않았고, 놀이방에도 태권도장에도 가지 않았으며, 아빠와 엄마, 마을 사람 몇몇과 가끔 다니러 오시는 외할머니와 교류했다.

　이제 좀 산골 생활을 해보려나 하는 무렵, 양양 양수발전소 상부 댐이 마을에 생긴다는 소식이 들려왔다. 우리 집이 앉은 자리는 도로 부지로 편입될 예정이라 했다. 나래, 다래, 도희가 세발자전거를 타고 놀던 집 앞의 오솔길이 넓은 도로가 된다니 마음이 재빨리 황량해져갔다. 산골에 막 정을 붙이고 살게 된 무렵이었다. 나물 눈도 뜨이고 더덕 눈도 뜨이고 느타리, 표고버섯도 눈에 들어오기 시작해 보물창고에서 살고 있는 기분이 들 즈음이었다. 편안한 산자락에 고즈넉한 오솔길이 있어 아침저녁으로 감탄하며 살 때였다. 그런데 이 완벽하게 아름다운 풍경에 커다란 댐과 쭉 뻗은 포장도로가 뚝 떨어져내린다니, 나는 자다가도 벌떡 일어나 진저리를 쳤다. 더구나 백두대간 능선을 막아 댐을 만든다는 얘기를 들으니, 내가 머리에 물동이를 이고 있는 그림만 죽어라 떠올랐다.

　이 골짜기에서 더 살고 싶었지만 별수 없었다. 마침 마음에 드는 땅이 나와있었다. 친정어머니께서 도움을 주셨고 내가 가진 비상금도 모두 털었다. 양수발전소가 생기면서 마을 주민의 소득사업을 지원해준다는 소식도 들렸다. 마을의 집들은 아궁이에 불을 때는 옛날 집이 대부분이었다. 당시 마을에 주민등록이 되어 살고 있던 스물세 가구는 민박 사업을 하겠다고 의견을 모았다. 민박 사업이 추진되기 시작했지만, 나는 실감이 나지 않았다. 그동안 관공서에 돈을 냈으면 냈지 관공서로부터 돈을 받아본 적은 한 번도 없었다. 그런데 관공서에서 주민에게 돈을 준다니, 한 번도 경험해보지 않은 일이라 지원금을 받으면서도 현실이 아닌 것처럼 느껴졌다.

새 땅에 새로 집을 지을 작정이던 우리에게 마을에서 정한 민박 사업은 무척 마침한 사업이었다. 당국에서 지원해준 가구당 7000여 만 원의 주민소득지원금은 무척 유용하게 쓰였다. 우리는 새집을 손수 짓기로 결정했다. 손수 집을 짓기로는 통나무집이 가장 만만하게 느껴졌다.

세쌍둥이 아빠를 비롯해 통나무학교를 수료한 다섯 명이 진동리에 모였다. 인천에서 원목을 싣고 온 차가 우리 집 마당에 도착했다. 1997년 3월, 통나무학교 조교의 진두지휘로 통나무집 짓기가 시작되었다. 집 짓는 사람들의 숙소로는 언덕 위 방갈로를 쓰기로 했다. 세끼 밥과 참을 짓는 것은 내 몫이었다. 상점이 없고 사람이 귀한 산골에서는 너무도 당연한 일이었다. 사람들은 열심히 집을 짓고 나는 열심히 음식을 지었다.

사람들은 평평하고 너른 터에서 자르고 깎아낸 나무를 쌓아 통나무집의 골격을 만들었다. 대들보까지 만들어 얹은 다음 집이 앞을 자리로 나무들을 해체해 옮길 예정이었다. 아랫도리가 두 단쯤 올라갈 무렵 폭설이 내렸다. 3월 하순, 진동리에서는 흔히 있는 일이었지만 집을 짓다가 눈을 맞으니 내가 무척 독특한 곳에 살고 있음이 새삼스레 느껴졌다. 나는 이 독특한 새로움이 유쾌했고 즐거웠다. 신바람이 났다.

나무끼리 닿는 면을 깎아 귀퉁이들을 맞춘 사각 틀은 마치 놀이터 같았다. 쌓인 눈을 발로 툭 건드리면 아름드리 통나무들이 누운 채 몸체를 드러냈다. 눈과 통나무는 무척 잘 어울려 보였다. 눈으로 공사가 잠시 중단되자 사람들은 첫 외출을 했고 밥 짓던 내게도 휴가가 뚝 떨어졌다.

봄눈은 금방 녹았다. 그러나 안전을 위해 나무에 눈 녹은 물이 마르기를 기다렸다가 공사를 재개했다. 하늘이 내려준 잠시의 휴가 동안 나는 여유 있게 장을 보고 주방을 재정비했다. 하루하루 집 꼴이 갖춰졌다. 통나무가 허리 높이까지 올라오고 통나무틀 내부에 들어가면 방, 주방, 목욕탕, 거실의 자리 구분이 생겼다. 창문이 생길 자리 옆으로 기둥이 세워지고 2층도 생겼다. 중도리와 서까래까지 만들고 모든 재목에는 번호표를 해 달았다.

크레인과 대형 트럭을 불러 집이 앉을 가래막골 입구로 나무들을 옮겨 다시 쌓았다. 통나무집 골조를 만드는 동안 나는 집과 더불어 일하는 남자들을 지켜보았다. 길고 굵은 나무들을 툭툭 끊어내고 다듬어 내 집을 만드는 남자들이 날이 갈수록 참으로 위대해 보였다. 저 구석은 어떻게 할까 싶은 부분도 어느 날 참을 들고 가서 보면 기차게 아귀가 맞아있었다. 남자와 여자는 같은 사람이면서도 무척 다른 종족임을 새삼 확인했다.

그러나 내가 보기에, 그렇게 복잡다단한 일을 척척 해내는 남자 종족들은 밥상 앞에 앉으면 단순하기가 그지 없어 보였다. 맘에 드는 음식 앞에서는 신바람이 나서 어쩔 줄을 몰랐다. 산골에서 예기치 못한 참이 나오는 날엔 원시 부족처럼 탄성을 질러대곤 했다. 그 사람들이 먹는 밥은 집이 지어지는 기본 에너지가 되었다. 집에는 밥이 지어지는 내용이 그대로 담겼다. 집 짓기와 밥 짓기는 떼려야 뗄 수 없는 불가분의 관계고, 음식의 재료도 재료지만 음식을 대하는 내 마음이 바로 집에 반영된다는 사실을 깨달으며 나는 자꾸자꾸 정신이 번쩍 들었다. 주걱을 잡은 사람의 역할이 이토록 소중하다는 것을 감지한 나는 밥상의 감동을 연출하느라 때론 소리 소문 없이 날밤을 새우기도 하면서 밥을 지었다.

좋은 날을 잡아 상량식을 지냈다. "사람, 나무, 함께 어우러져 향기로운 빛이 되소서." 집 짓는 내내 내가 보고 느낀 그것을 가슴에서 길어내 서까래에 적을 글귀로 삼았다. 돼지머리와 북어,

과일, 팥 시루떡과 막걸리를 놓고 고사를 지냈다. 마을 사람들도 와서 상량을 축하해주고 막걸리를 나누어 마셨다. 1997년 5월 2일, 가래막골 시냇물 소리가 청량하게 울려퍼지던 볕이 무척 좋은 봄날이었다.

설피밭의
마리 앙투아네트

집터에 골조가 들어앉자 집이 거의 다 지어진 것 같았다. 그러나 실은 그때부터 본격적인 집 짓기의 시작이라는 것을 깨닫는 데는 오랜 시간이 걸리지 않았다. 공사가 눈에 띄게 진행되는 것 같아 보이지도 않는데 지출은 소록소록 늘어났다. 우선 장마가 오기 전에 지붕을 덮는 일이 시급했다. 겨울 눈을 대비한 뾰족지붕 공사는 공사 기간도 많이 걸렸고 사람 품도 많이 들었다.

지붕의 마감재를 덮기 전, 뾰족지붕 꼭대기에 올라가보았다. 아래에서 쳐다볼 때보다 경사도가 훨씬 심했다. 올라가보니 지붕에서 일하는 사람들이 더욱 위대해 보였다. 지붕 위에 얼기설기 놓인 각목 사이를 걷는데 다리가 후들거렸다. 그러나 뾰족지붕

꼭대기에 걸터앉아 바라본 풍경은 상상을 초월했다. 시야가 툭 트이고 세상이 멀리까지 보였다. 더구나 그동안 우러러보이던 나무들이 오종종하고 앙증맞아 보였다. '그렇구나, 이 맛에 사람들은 자꾸만 높은 곳에 오르려고 하는구나.' 지붕에 올라보니 내 안에 명예를 향한 욕구가 꼬물거리는 것이 느껴졌다. 내게도 있는 것이 분명한 명예욕, 그 구체적인 첫 태동으로 기억된다.

집 짓는 사람들은 설계 변경을 무척 꺼렸다. 그들을 설득하기란 쉬운 일이 아니라고 들었지만, 아무리 마음을 접더라도 꼭 바꿔야 할 것 같은 부분이 있었다. 나는 밥 짓는 사람의 특권을 사용했다. 밥상을 차리며 이 집에서 가장 많은 시간을 보낼 사람이 나라는 점을 상기시켰다. 식당에 창을 하나 더 내기, 2층 방의 벽을 뒤로 밀고 난간을 만들기, 커다란 화장실을 두 개로 나누기, 안방의 화장실을 벽장으로 만들기 등을 요청했고, 이는 기분 좋게 수락되었다.

지붕을 덮자 비가 엄청 쏟아졌다. 맑은 날이 열 손가락으로 셀 수 있을 정도였던 그해 여름, 살면서 그토록 자주 하늘을 바라본 시절은 그때가 처음이었다. 벽면을 마감하는 것은 실내에서도 할 수 있는 일이라 어지간한 비에는 속도가 더디더라도 일을 진행했다. 치수를 재서 창문을 주문하고, 문은 기성품으로는 크기가 맞지 않아 전문 목수를 초빙했다. 전기공사를 해줄 사람들도

서울에서 불러오고 심야전기 보일러도 신청했다.

사이사이 일해준 사람들의 품값을 지불하고 바닥에 깔 잔돌, 즉 골재도 들여왔다. 골재를 30센티미터 두께로 깔 때에는 개울에 물이 불어 포클레인이 들어올 수가 없었다. 그날 일하는 사람들은 질통을 지고, 어머니와 나와 여섯 살 먹은 나래, 다래, 도희도 온종일 대야와 바가지, 쓰레받기 등에 잔돌을 담아와 바닥에 깔았다. 질통을 지는 사람들이 힘들어 보이면 나는 분위기를 띄우느라 삽질도 불사했다. 처음 지어보는 우리 집을 위하여, 산골짜기 추운 겨울을 따뜻하게 나기 위하여, 우리는 구석구석 빈틈이 없도록 정성을 다해 바닥에 잔돌을 깔았다. 아이들은 그날을 한동안 화제에 올렸다. 어른들 틈에 자기들도 한몫 낀 것을 스스로 몹시 대견해하는 눈치였다. 평생 처음으로 그렇게 많은 삽질을 한 내게는 기적이 일어났다. 콩 자루를 옮기다가 삐끗한 허리가 침을 맞아도 뜸을 떠보아도 영 시원치 않았는데, 그러거나 말거나 삽질을 죽어라 해대고 나니 다음 날 아침, 말끔하게 나아버린 것이다. 참으로 '죽으려 하는 자는 살 것이다'라는 이순신 장군의 말씀이 딱 맞아 떨어진 것이었다.

바닥 미장을 하러 온 사람들 역시 비 때문에 개울을 건너지 못하고 돌아갔다. 비는 그쳤지만 물이 줄지 않아 우리도 개울을 건너 나갈 수 없었다. 일감을 찾다 보니 미장일이 마땅한데 현장에 남아있는 사람들은 미장일에는 아마추어다. "한번 해보지요" 하고 시작한 미장일, 시멘트에 모래를 섞어 바닥을 바르는데 보기와는 달랐던지 아마추어들이 끌탕을 하고 있었다. 온 옷에 시멘트를 잔뜩 묻히며 열심히 하고는 있는데, 내가 보기에도 바닥 면이 울렁이며 고르지 않아 보였다. 내가 해보겠다고 나서서 흙손을 잡고 바닥을 문대는데, 이쪽 수평이 맞는가 싶으면 저쪽이 어그러지고 저쪽을 펴다보면 요쪽이 또 기울어졌다. 아하, 보기엔 별것 아닌 것 같은데 손수 해보니 결코 쉬운 일이 아니었다. 미장일에도 선수가 있으니 그네들 또한 더욱 존경하지 않을 수 없었다. 우리 집 거실의 경사진 일부 구간을 걸으며 나는 지금도 미장 기술 가진 사람을 존경하는 마음을 잊지 않는다.

공사 비용과 공사 기간은 항상 예상보다 늘어났다. 산골짜기로 들어오는 자재 값은 만만치 않은 운반비를 꼬리처럼 달고 다녔다. 공사 비용은 낮게 잡았지만 자재를 선택할 때는 기왕이면 다홍치마라고 더 좋은 것을 선택하게 되었다. 당연히 비용과 기간은 예상보다 늘어났다. 주민소득지원금 7000여 만 원은 무척 요긴하게 쓰여 이미 바닥이 나있었고 친정아버지께 상속 받은 아파트를 팔아 만든 돈도 집 짓는 데 잘 쓰였다. 공사 비용에 대한 대책은 막막했지만 나는 잘될 것이라는 희망을 늘 품고 살았다. 어려서부터 어머니께 들어온 "너를 키워보면서 느낀 건데, 네게

산골의 집 짓기는 기다림을 익히는 시간이다.
함께 일할 사람을 기다리고 자재가 도착하기를 기다리고
다음 공사가 시작되기를 기다리고 하늘이 맑기를 기다린다.

필요한 돈은 어떻게든 생기더라"는 말씀 덕분이었다. 정말 그런 일이 일어났다. 도로가 나면서 이주하는 사람들에게 가족 수대로 계산된 이주금이 나온 것이다. 하늘에서 3000만 원이 뚝 떨어졌다. 감사히 품어 안고 우리는 그 돈으로 마무리 공사를 진행했다.

통나무가 아닌 벽면에 흰색 핸디코트를 발랐다. 주걱처럼 생긴 도구로 합판 위에 반죽을 펴서 바르는 이 작업은 나도 수월히 할 수 있었다. 밥을 짓는 사이사이 나는 핸디코트용 주걱을 잡았다. 2층의 낮고 긴 벽면의 한 구석에는 음각을 넣었다. 바람부리에 나부끼는 갈대 몇 포기를 살그머니 담았다. 핸디코트 반죽이 마르기 전에 눌러 붙여놓은 나뭇잎과 작은 열매들은 공사하는 사람들에게 곧 발각되어 퇴출당했다. 집을 짓는 동안 집은 그걸 짓는 사람 것이구나 싶었다. 집 짓기에는 그도 참으로 좋은 생각이라 여겨 더는 우기지 않았다.

집의 내부는 온통 흰색으로 덮이고 있었다. '우리의 소원은 통일'이었다. 그러나 나의 통일은 붕어빵이 아닌 빵이면 되었다. 통나무들 사이로 하얗게 덮이는 벽들이 화폭처럼 느껴졌다. '천장이 푸른색이고 거기 구름이 둥둥 떠있으면 참 좋겠다. 한쪽으로는 노을도 물들면 참 좋겠다'라는 말이 저절로 튀어나왔다. "아뿔사!" 하는 순간 세쌍둥이 아빠의 얼굴이 일그러져 보였다. 그렇게나 높은 곳에서 고개가 아프도록 반죽을 바르고 있는데. 오로

지 펴 바르기에도 뼛골이 빠지는데. '저 여자가 정신이 나갔나?'
라는 말이 귀에 윙윙 울리는 것 같았다. 나는 '빵 대신 케이크'를
주창한 마리 앙투아네트 반열에 스스로 올랐다. 도둑이 제 발 저
린 셈이었다. 그동안 쌀이 떨어져 사러 나갈 시간이 없으면 찹쌀
로 밥을 지었고, 식용유가 떨어지면 참기름이나 들기름으로 계란
프라이를 했으며, 설탕이 없으면 토종꿀을 부어 요리를 하던 중
이었다. "아니, 뭐 꼭 그렇게 해달라는 게 아니라, 그러면 참 좋겠
다는 거지." 얼른 꼬랑지를 내렸다. 내가 무리한 희망을 품었음을
인정했다.

　공사판에서 몇 달을 살다보니 나와 그네는 분명 다르다는 점
을 알았다. 나는 내 마음대로 상상하고 꿈꾸고 그리고 때로는 표
현했다. 그러나 그네는 가급적 당장의 현실을 말했다. 그네는 현
장감에 출중했다. 일이 빠른 시간 안에 똑 떨어지게 마무리되는
데 초점을 모았다. 반면 나는 시를 쓰거나 그림을 그리는 쪽에 속
했다. 그네는 전투 중이었고, 나도 나름대로 치열하게 밥을 지었
으나 음유시인의 범주를 넘어서지 못했다. 건축과 예술이 함께
가기에는 나의 시간, 나의 돈, 나의 열정은 턱없이 부족하게 느껴
졌다. 산골에 짧은 가을이 이미 들고 있는, 통장의 잔고도 간당간
당한 이 현실을 그리 까먹고 있었다니, 내가 무척 철딱서니 없는
사람이란 생각이 들었다.

다소 의기소침해진 나에게 사람들이 "흰색 벽면은 언제라도 마음대로 칠을 하면 될 것이고, 시간은 조금 더 걸리겠지만 방과 목욕탕은 핸디코트 안에 색을 넣어 발라주겠다"고 제안했다. 당면한 현실을 인정한 나는 감지덕지하며 그 제안을 받아들였다. 그리고 언젠가는 저 하얀 벽면에 내가 원하는 그림을 마음대로 담아보겠다는 꿈을 가슴깊이 간직해두었다.

세운상가 근처로 기억된다. 서울에 가면 마음에 드는 등을 마음에 맞는 가격으로 구입할 수 있을 거라 여겼는데 가서 보니 눈에 들어오는 것들은 내겐 너무 부담스러운 가격이었다. 수도꼭지도 세면기도 변기도 타일도 욕조도 내 눈에 들어오는 것들은 나의 막연한 예상 금액보다 동그라미가 한 개 이상은 더 붙어있었다. 겨울은 눈앞에 다가왔고, 생활비에 비상금까지 털어 집 짓기에 쏟아부은 나는 마무리 공사를 하면서 가슴이 조마조마했다. 그러나 물과 불을 집에 들여야 이사를 할 수 있으므로 물에 관한 한 가격 대비 가장 단순하고 튼튼해 보이는 물건을 주문했다. 등은 아예 골라보지도 않은 채 전기공사를 해준 사람들에게 금액을 정해주고 일임했다.

2층 거실에 마루를 깔고 계단도 만들었다. 계단 난간은 집터를 닦느라 베어낸 나무를 사용했다. 눈썰미 좋은 목수는 마치 그 자리를 위해 존재한 것 같은 나무를 주워와 층계 옆 난간을 만들어주었다. 오르내리는 사람들의 손때가 묻어 반들반들해진 그 나무는 10년이 지난 지금 '풀꽃세상'의 명품 반열에 올라있다. 싱크대는 상판을 사다가 목수에게 기본만 짜달라고 부탁했다. 목수는 집성목으로 한쪽 벽면에 수납장까지 만들어주었다. 필요한 부분에 다락을 달고 현관 바닥을 마무리했다. 다락을 오르는 멋진 사다리는 후일을 기약했다.

우리 집 짓기는 용두사미 격이 되었다. 기초적인 것은 한번 마치면 다시 손보기가 어려우니 튼튼하게, 후에 들어가는 것들은 언제든지 교체가 가능하므로 상황에 맞게 지어졌다. 마무리까지 원하는 콘셉트로 하면 더없이 좋았겠지만 최선이 어려우므로 차선을 받아들였다. 현실을 감안한 나는 이 용두사미 격의 집 짓기가 마땅하고 마음에 들었다.

11월 초 드디어 새집에 입주했다. 해를 넘기지 않은 것이 무척 기쁘고 흐뭇했다. 오래 말려야 좋다는 바닥에는 초배지를 붙인 채 한동안 지내다가 바닥재를 깔았다. 아이들이 거실에서 뛰어놀고 2층을 오르락내리락거리며 재잘대는 소리가 집 안 가득 울려퍼졌다.

한 번 집을 짓고 나서 자리를 잡은 이후 나는 10년 동안 집 짓기 현장에서 살았다. 핑계 없는 무덤이 없다고 나의 집 짓기도 모두 명분을 만들어 붙였다. 보일러 집에 살다보니 장작을 때는 아궁이가 있는 집을 지었다. 산골 살림에 창고가 필요하니 집 짓고 남은 자재로 창고를 지었다. 재활용 차원에서 마당에 있는 허물어져가는 옛날 집을 수리했다. 깊은 산골에 사는 맛을 느끼고 싶어 가래막골 끄트머리 땅에 오두막집을 지었다. 손님을 받으려 사랑채 두 동을 짓고, 손님들에게 필요하니 바비큐장을 달아내었다.

땅을 팔아 집을 짓고 융자를 받아 집을 지었다. 열심히 한길을 가면 행복한 그날이 도래하리라 굳게 믿고 앞만 보며 집을 짓다 보니 내 모양새가 한심하게 느껴지기도 했다. 공사판을 벌이지 않고 살았더라면, 조그만 오두막집에 살면서 현리나 양양의 식당에 나가 일당을 받아 생활하고 살았더라면, 나는 지금 오른 땅값에 땅 부자가 되어 땅땅거리고 있을 거라는 생각이 들며 회한이 몰려들기도 했다. 그러나 타고난 긍정성과 자기애 덕분에 오래 회한에 머물러있지는 않았다. 그동안 집 짓기 밥 짓기를 통해 '내가 선택하고 내가 살아온 삶을 스스로 인정하고 사랑하며 격려해주는 습관'을 나는 생활 속에서 익혔다.

건너다보이는 세상은 좋게만 보이고 내가 가보지 않은 길은 한없는 유혹을 양산해낸다는 것을 재빨리 기억해낸다. 공사판에 살아서 나는 식당 아줌마가 될 수 있었고, 공사판을 벌여서 나를 내 삶의 경영자로 키웠다고 생각을 전환한다. 집을 짓기 시작하면서 나는 나를 다스려왔다. 그 길 외에 다른 길은 보이지 않았다.

깜깜하게 느껴지던 날도 여러 날이었다. 아슬아슬하던 순간도 있었고 가슴을 졸이던 시간도 지나왔다. 울기도 많이 울고 웃기도 많이 웃었다. 사고로 몸을 다쳐 서울 병원으로 후송 되면서 나래, 다래, 도희 곁에 다시 살게만 된다면 찍소리도 안하고 살겠노라고 하느님께 맹세한 적도 있었다. 속이 터져서 산에 들어가 엉엉 소리 내어 울어보기도 하고, 신바람이 나면 냉장고를 탈탈 털어 잔치를 벌이기도 했다. 때론 일곱 난쟁이와 사는 백설공주가 되기도 하고, 하루 종일 일감 속을 전전하는 콩쥐가 되기도 했다. 바보 온달을 만난 평강공주가 되어보기도 하고, 사람이기를 갈망하는 인어공주기도 했다.

산골의 집 짓기는 기다림을 익히는 시간이었다. 함께 일할 사람을 기다리고 자재가 도착하기를 기다리고 다음 공사까지 지켜야 좋을 시간을 기다리고 하늘이 맑기를 기다린다. 산골의 집 짓기는 준비하는 습관을 길러주었다. 공사 자금을 준비하고 식사와 참을 준비하고 회식을 준비하고 잠자리를 준비하고 마음이 바로서기를 준비했다. 또한 나는 집 짓기 과정 동안 수많은 다름을 받아들였다. 사람들은 각자 생각이 다르고 처한 상황이 다르며 따라서 입장이 다르다는 것, 세상 물정도 내 생각과는 다르게 존재한다는 것을 받아들이자 내가 고수하던 절대가치들은 맥없이 무너졌다. 제각각의 사람, 사물이 모두 독특하고 아름답게 다가왔다. 그중 또 하나의 다름으로, 역시 독특하고 아름다운 나를 발견했다. 나를 포함한 세상 만물이 무척 완벽하게 느껴졌다. 고생을 사서 하는 동안 나는 이렇게 나를 얻었다.

나에게 나란, 이 세상에서 가장 든든하고 아름다운 내 편이며 언제 어디서든 늘 나와 함께 있는 막강한 우군이라는 사실을 나는 지금도 씽씽하게 기억한다.

내 산골 생활의 대모,
필녀

도시에 살 때에는 아이 둘을 쌍둥이 유모차에 태우고 한 명은 업고 쇼핑센터에 가곤 했다. 산골에 이사를 오니 모든 길과 마당이 투둘투둘한 비포장 길이라 옆으로 두 칸인 쌍둥이 유모차 끌고 다닐 수 없었다. 누군가 아이들을 돌보아주어야 나갈 수 있으니, 나는 주로 아이들과 집 안에서 지냈다. 창밖에는 햇살이 따뜻하고, 밭으로 산으로 지나다니는 사람들을 나는 부러운 마음으로 바라보곤 했다.

아이들이 잘 놀기만 하면 나는 어지간한 뒷감당은 해냈다. 아이들은 집 안의 온갖 살림살이를 장난감 삼아 가지고 놀았다. 서랍장의 옷가지를 모두 꺼내놓고 그 안에 들어가서 놀았고, 김치통이나 소쿠리, 쟁반을 가지고도 잘 놀았다.

낮에는 괜찮았다. 나는 착한 엄마였고 아이들을 잘 돌보아주었다. 그러나 해가 질 무렵이 되면 내 신경줄에는 과부하가 걸렸다. "왜, 나 혼자서만 하루 종일 버둥대야 하는 거야!" 나는 갑자기 소리를 지르다가 급기야는 엉엉 울어댔다. 마음속에서는 '이게 아닌데, 아닌데······' 하는 소리가 들리는데도 도무지 자신을 제어할 수가 없었다.

내 안에 잠자던 지킬, 혹은 드라큘라가 저녁이면 깨어나기 시작하던 그 무렵, 나는 필녀를 다시 만났다.

필녀.

나는 이십 대의 끄트머리에 필녀를 처음 만났다. 필녀는 은비령, 깊은 골짜기인 필례에 살고 있었다. 이십 대의 고갯길을 넘어가며 세상이 내 맘 같지 않아 속을 끓일 때, 필례는 나에게 생각만으로도 큰 위안을 주는 장소였다.

팍팍하게 느껴지는 현실에서 문득 떠나고 싶은 마음이 들 때면, 나는 필례를 생각했다. 그곳에 가면 집이 있고 아무런 약속 없이도 잠시 그 집 식구로 머물 수 있다는 생각만으로도 나는 마음이 든든해져 일상을 회복하곤 했으니까.

내가 필례에 처음 찾아든 건 대학을 졸업하던 해, 홀로 떠난 여행에서였다. 생전 처음 보는 그렇게나 많은 눈이 내린 날, 나는 네 바퀴에 스노체인을 감은 차를 타고 은비령 길에 들어서며 탄성을 질렀다.

"내가 지금 천국으로 가는구나."

필례 약수터를 지나 나타난 염소를 키우는 작은 목장에는 아궁이에 불을 때는 허름한 함석지붕집이 한 채 있었다. 그 집에는 말수 적은 부부가 염소를 기르며 살고 있었고, 양지 녘 둥근 벙커에는 벌을 치는 노인이 살고 있었다. 앞으로도 옆으로도 뒤로도 온통 눈 천지인 세상에 노인이 건전지에 매달린 라디오로 틀어주는 슈베르트의 〈보리수〉가 흘렀다. 장작 타는 냄새와 노인의 파이프 담배 연기가 햇살 아래 몽실몽실 피어오르던 그 겨울, 사람이 굳이 별짓을 하지 않고도 세상이 이렇게 아름다울 수 있음에 나는 놀라움을 금치 못했다. 그곳 사람들의 생활은 몹시 궁핍해 보였으나 그 궁핍함조차도 내겐 간결함, 독특함으로 인식되었다. 노인이 가끔씩 인사동에서 파이프용 잎담배를 구입하고 '티롤'이라는 찻집에 들른다는 이야기를 들었다. 천국에서의 짧은 여행을 마치고 서울로 돌아온 나는 '티롤'을 찾아가 차를 마시고 음악을 들으며 노인의 안부를 묻곤 했다. 그곳에 가면 천국에 한 걸음 다가선 듯한 기분에 혼자만의 은밀한 즐거움을 누리곤 했다.

"엊그제 다녀가셨어요."

"글쎄요, 한번 오실 때가 된 것 같은데……."

그곳에서 노인을 한 번도 만나지 못했지만 나는 내가 다녀온 천국의 한 부분인 양 도취되어 한동안 '티롤'에 드나들었다.

이십 대가 저물어갈 무렵이었다. 비가 몹시 내리던 여름, 친구와 여행을 떠났다. 일상을 박차고 나온 우리는 갈 곳이 막연했다. 강원도에 가기로 마음을 정하고 나니 문득 필례가 떠올랐다. 그 겨울, 언제라도 몇 번이라도 다시 찾게 될 것 같던 '천국'으로의 여행 이후 5년 만에 나는 처음 필례를 향해 길을 잡았다. 해질 무렵 한계령을 떠나 은비령 길을 걸었다. 은비령 길은 어찌나 고요한지 나는 겁에 질려 친구 곁에서 두 걸음 이상 떨어지지 않았다. 그곳에 지금은 누가 사는지, 이 저녁에 우리의 잠자리가 있을는지 잠시 앞의 상황도 도무지 알 수 없었으나 나는 친구와 함께함으로 용기를 낼 수 있었다.

필례에 함석지붕집은 그대로 있었다. 그리고 그 곁에는 여전히 짓고 있는 것처럼 보이는 벽돌집이 하나 들어서있었다. 염소를 치던 부부도 슈베르트의 음악을 들려주던 노인도 보이지 않았고, 단발머리의 몸집이 자그마한 여자가 한 명, 문 앞에 서있었다. 필녀였다.

우리를 바라보는 필녀의 시선은 부드럽지 않게 느껴졌지만 '천국 기행' 중에 만났던 목장 주인의 배려로 우리는 그곳에 머물

수 있었다. 우리 말고도 객식구가 여러 명 있었다. 필녀는 남자들에게는 친절해 보였고 여자들에게는 덜 친절해 보였다. 그런 필녀의 텃세와 구박을 나는 견딜 만했다. 잔소리도 생각해보면 마땅한 것들이었다. "손님이 어디 있고 주인이 어디 있느냐", "함께 밥 먹는데 서로서로 할 수 있는 일을 하는 것"이라는 말엔 기립박수를 치고 싶었다. 살림이라고는 관심도 없어 보이는 남정네들 틈에서 필녀는 마치 백설공주 같았다. 그 작은 체구로 목장에 들고 나는 온갖 나그네의 식사와 빨래 등 살림을 돌보아주었다.

필녀가 몸살기가 있다고 일찍 잠자리에 들었다. 다음 날 새벽 일찍 눈을 뜬 나는 부엌에 나가 쌀을 씻었다. 쌀을 헹구는데 쌀알이 몇 톨 물과 함께 굴러나갔다. 엊그제 필녀가 하던 말이 떠올랐다. "낟알 하나가 벼 한그루야." 나는 바닥에 굴러다니는 쌀알을 하나하나 주워 담았다. 인기척이 나서 올려다보니 문 앞에 필녀가 서서 웃고 있었다. 만난 지 며칠 만에 나를 보며 웃어준 필녀의 첫 웃음이었다. 이후 필녀는 나를 상대해주기 시작했다. 원피스를 건네며 허리 고무줄 풀어내는 작업을 부탁하기도 하고, 애지중지하는 배추밭에도 데리고 갔으며, 빨래터에 데리고 가서는 빨랫돌을 손수 놓아주기도 했다. 내가 새벽 산책을 마치고 돌아오면 머리에 묻은 이슬을 닦아주기도 하고, 선물로 받은 양배추 세 통을 무진장 자랑하기도 했다. 양배추를 선물로 받고 그렇게 행복해하는 필녀가 나는 좀 의아하기도 했지만 '그녀가 좋은 건 그녀가 좋은 것'이라는 생각에 더는 묻지 않았다. 나는 필녀의 주방 일을 도왔다. 필녀가 불을 피우면 아궁이에 장작을 날라다 주었고, 필녀의 손이 미처 가지 못하는 창틀의 먼지와 벌레들을 치웠다. 진입로에 돌 작업을 하는 공사를 거들기도 하고 비 오는 날엔 부침개를 부쳐서 참 준비를 하기도 했다. 아침에 얼굴이 붓는 나를 위해 필녀는 어디서 구했는지 늙은 호박을 가져다주어 나를 감동시키기도 했다. 쌀알 몇 톨 덕분에 생소함과 까칠함을 뚫고 필녀와 나의 우정도 싹을 틔우는 중이었다.

2박 3일로 잡았던 여행이 한 달이 넘어가고 있었다. 필녀와 내가 오미자와 다래로 술을 담그고 국화주를 담는 동안 가을은 깊어갔다. 산책길에 뱀을 만나면 필녀는 뱀에게 "여기로 다니다간 너 큰일 나니 사람 눈에 안 뜨이게 다니라"고 큰 소리로 타일렀다. 뱀은 필녀의 말을 알아들은 듯 우리 앞을 가로질러 천천히 풀숲으로 사라져갔다. 아침저녁 바람이 쌀쌀해졌다. 산골의 가을은 정말 삽시간에 현관 앞에 다다라있었다. 벽돌집 앞에 만개했던 구절초가 씨앗을 맺을 무렵 나는 금방 다시 올 사람처럼 필례를 떠났다.

몇 년이 또 흘렀다. 나는 세쌍둥이의 엄마가 되었고 필녀가 필례를 떠났다는 소식을 바람결에 들었다. 그리고 서른 살이 훌쩍 넘어 다시 필녀를 만났다. 이번에는 내가 사는 산골로 필녀가 찾아왔다. 필녀는 "너, 너, 너, 네가 이젠 산골에 사는구나" 하며 예의 습관대로 말의 초반을 더듬으며 소리를 쳐댄다. 아이 셋과 일하는 사람들, 오가는 손님들 사이에서 내가 동동거리니 필녀는 아이들과 놀아주기도 하고 일감을 맞잡아주기도 했다. 필녀와 나는 새벽에 함께 산에 올랐다. 필녀는 필례의 추억을 경험 삼아 산을 만나는 자세를 나에게 들려주기도 했다. 필녀는 능선 길을 좋아하는 듯 보였고 나는 물을 따라 걷기를 좋아했다. 다시 만난 우리는 바람과 이슬을 맞으며 숲을 쏘다녔다. 내가 아침상을 차리고 있으면 필녀는 마당에 나가 곰취나 당귀순을 뜯어왔다. 어떤 날에는 토끼풀꽃으로 역은 화관을 쓰고 목걸이를 만들어와 내 목에 걸어주곤 하였다. 필녀는 기분이 좋으면 아이처럼 마냥 즐거워했으며 무슨 일엔가 성이 나면 소위 '지랄'도 불사했다. 꽃이 폈다며 헤헤호호 마당을 뛰어다녔으며 너무 힘들게 일한 날은 고함을 퍽퍽 지르기도 하였다. 아이 같기도 하고 마녀 같기도 한 필녀는 당시의 내 모습과 흡사했다. 나는 새벽이면 필녀와 산에 오르며 마음을 추스렸다. 다리에 힘살이 생기고 햇볕을 받는 시간이 늘었다. 저녁이면 부스스 잠 깨어 일어나는 내 안의 지킬, 혹은 드라큘라는 날이 갈수록 조금씩 힘을 잃어가고 있었다.

필녀는 한동안 태백산맥 넘어 낙산에서 살았다. 낙산에 살면서는 설피밭을 오고 갔다. 아이들은 어버이날 학교에서 카네이션을 만들어왔다. 필녀 것도 있었다. 필녀에게 카네이션을 달아주니 필녀는 난생처음 카네이션을 받아본다고 했다. 아이들이 소풍을 가는 날엔 필녀와 김밥을 말았다. 필녀는 난생처음 김밥을 말아본다고 했다. 그런 날이면 필녀는 하루 종일 입이 귀에 걸리도록 웃고 다녔다. "세쌍둥이들 덕분에 내가 카네이션을 달아본다"고. "김밥도 말아 봤다"고.

나에겐 흔하고 당연히 일어나는 일에 그토록 감동하는 필녀를 보며 그녀의 삶에 그림자처럼 깔려있는 외로움이 느껴졌다. 육십 평생을 독신으로 지내온 한 여인의 단단해 보이는 겉껍질 뒤의 여린 속살을 언뜻 조우하며 나는 내가 살면서 누리는 것들이 얼마나 귀한지 새삼 깨달았다. 필녀 덕분에 더는 투정을 부리고 살 수 없는 지경에 다다르자 내 안에 근근이 살고 있던 지킬, 혹은 드라큘라는 흔적도 없이 사라져버렸다.

이후, 필녀는 공주에 잠시 머물다가 제주도로 갔다고 한다. 당시 전화기를 통해 들려오는 필녀의 목소리는 무척 차분하게 느껴졌다.

"난, 요즘 불교 공부를 해. 하영아, 난 마음이 참으로 편안해졌어."

그리고 얼마 후 나는 필녀의 부음을 전해 들었다.

지구별에서 내가 만났던 사람 중에 참으로 독특한 캐릭터였던 필녀. 천진난만하기로도 일등이고 유난스럽기도 일등인, 아무 데에도 아무렇게도 타협하지 않았던 천상천하유아독존의 필녀. 천사와 마녀가 동시에 훨훨 타오르는 듯 자기만의 삶을 고스란히 지녔던 필녀. 내 산골 생활의 첫 모델이자 대모인 필녀.

필녀를 통해 나는 낟알 하나의 의미를 익혔으며, 한솥밥을 먹는 사람들이 바로 식구라는 사실을, 그리고 밥솥에는 국경이 없다는 것을 가슴 깊이 새기게 되었다. 내가 사는 산하의 싱그러움을 새벽마다 깨닫게 해주었고 나래, 다래, 도희와의 시간이 보배인 줄 깨닫게 해준 필녀, 몸은 이승을 떠났으나 필녀에게 받은 밥솥의 뜻은 내 가슴에 싱싱하게 살아있어 오늘도 내게 밥을 짓게 하고 있다. 그러니 햇살이 좋으면 햇살이 닿는 대로, 꽃이 피면 꽃빛이 비치는 대로 눈 내리고 비오는 창가에서 소록소록 밥이 끓고 있는 우리 집 부엌을 필녀가 보면 참 좋아하겠다.

밭고랑 한 번 기웃, 세쌍둥이 한 번 기웃

내가 나물을 뜯으러 산으로 가고 호미를 들고 밭으로 나설 때면 어머니께서는 자식 농사부터 잘 지으라고 말씀해주셨다. 산골에 살고 있으니 나도 산골 사람답게 살고 싶은데, 이웃들의 밭에 감자랑 옥수수랑 푸른 채소들이 한없이 부럽기만 한데, 자식 농사나 잘 지으라는 어머니의 말씀에 나는 맥이 풀리는 기분이 들었다. 하지만 내 사는 살림 모양새를 둘러보면 '수신제가치국평천하' 중 '수신'에도 못 미쳐 보이니 나는 밖으로 나서는 나를 수시로 집 안에 잡아 앉히기 일쑤였다.

청소와 요리, 빨래에 손님 접대……, 가사 노동은 끝이 보이지 않는다. 집안 살림에 멀미를 하던 어느 날, 아이들을 데리고 살그머니 밭으로 나선다. 어머니의 말씀을 거역하는 것 같아 마음이 불편하지만 아이들을 데리고 가니 이도 자식 농사라며 스스로 위안한다. 아이들은 물놀이와 흙놀이를 하며 밭두렁에서 놀고 있고 나는 콩밭에서 김을 맨다. 휘청거리고 자라는 고추에 지지대를 대주고 감자밭의 잡초를 뽑아준다. 풀을 뽑다보니 풀만 보인다. 한동안 풀에만 집착하니 힘이 들고 지루해진다.

"설렁설렁 두 번 김을 맨 밭의 작물은 먹게 되지만, 꼼꼼하게 한 번 김을 맨 밭 작물은 못 먹는다."

함께 콩을 심어주시던 같은 마을 수환이 할머니 말씀을 되새긴다. 밭에 나와 김을 매어보니 그 말씀을 비로소 알아듣겠다. 작물이 들은 밭에 김을 매주는 것은 오로지 풀을 없애기 위함이 아니었다. 작물에 햇볕이 들게 하기 위해 어느 만큼씩 풀을 치워주려는 것이다. 풀 속에 갇힌 작물들에게 초점을 맞추어 설렁설렁 큰 그늘을 없애주며 나는 금방 신바람이 나기 시작한다. 작물이 풀보다 키가 크면 그뿐이라는 것에 생각이 미치자 작물을 햇볕 속에 길어 올리는 내 손길이 경쾌한 춤사위를 짓는다.

작물을 돌보며 나는 아이들에게 꽂힌 안테나를 유지한다. 귀를 열어놓고 하나, 둘, 셋, 수시로 확인한다. '자식 농사'를 강조하던 어머니의 말씀 덕분에 나는 아이들에게 세심히 주의를 집중한다. 나래, 다래, 도희는 이미 흙투성이에 물투성이가 되어있다.

함지 가득 수건과 옷가지를 넣어놓고는 마주 잡고 물을 짜내거나 호미를 들고 땅을 파고 있다. 돌멩이를 들고 부엌을 들락거리고 있다. 무얼 하고 노는 건지 궁금해 내려가보니 가마솥 가득 돌멩이를 채워놓았다. 아이는 눈을 반짝이며 "엄마, 이건 모두 강아지들이야"라고 말한다.

또 다른 아이는 강아지의 이름을 말해준다. 모두 다른 모양을 한 돌멩이들을 가지고 아이들은 '101마리 강아지 놀이'를 하는 중이었다. 아이스박스에 챙겨온 먹을 것들로 점심을 지어먹고 아이들 곁을 오가며 두어 고랑 풀을 뽑다 보면 하늘이 어둑해온다. 산골의 작은 하늘에 해가 저물고 하루 종일 흙바닥에서 놀던 아이들의 눈에는 졸음이 가득하다.

첫 출산인데다가 아이 셋을 한꺼번에 낳고 기르는 나의 엄마 노릇은 무척이나 서툴렀다. 내게 아이들은 쏜살같이 흐르는 세월과 흡사하다. 어물어물하다 밥때를 놓치는 날, 나의 저녁 시간은 부끄럽고 초조하다. 엄마 노릇을 잘 좀 해보고 싶은데 맘먹은 대로 잘되지가 않으니 초라해진 나는 안타까운 마음에 동동거린다. 시행착오를 거듭하고 나서야 나는 한두 가지씩 방법을 터득해내곤 하는데, 작정에 작정을 거듭, 서둘러 저녁을 먹이고 아이들이 잠들고 나면 나의 신경줄에 비로소 휴식다운 휴식이 찾아온다. 오늘 하루, 몸은 고단하나 산골 살림도 엄마 노릇도 제대로 한 것 같아 마음이 흐뭇하다.

설피밭에 살면서 나래, 다래, 도희는 물과 흙과 돌과 나무와 풀을 가지고 놀았다. 개집에 들어가 놀고 개에게 태워달라고 매달렸다. 개울에 사는 올챙이를 데리고 놀았으며 메뚜기나 여치를 자전거에 태우고 마당을 돌아다니다가 저녁이면 집으로 보내주었다. 도마뱀의 알을 품어준다고 주머니에 넣고 있다가 마침 그 순간, 알을 깨고 나오는 아기 도마뱀을 만나기도 했다. 아이는 뛸 듯이 기뻐하며 도마뱀을 키우겠다고 했다.

엄마 도마뱀이 아기 도마뱀을 무척 기다릴 거라 말해주면 아이는 두말없이 아기 도마뱀을 둥지에 데려다주었다. "대견하고 기특하다." 등을 쓰다듬어주니 기쁨으로 빤짝이는 아이들의 눈망울이 보석처럼 아름답다. 비스듬히 덮인 항아리 뚜껑 속에, 벽에 걸어둔 빈 화분 속에 낳아둔 박새의 알에서 새끼가 나오면 내 손을 잡아 이끌고, 지렁이를 잡아와 아기 새에게 줘보기도 한다. 큰 시냇물에서 놀고 있는데 "뱀이 물을 마시러 왔다"고 말하는 아이에게 나는 장화를 꼭 신고 다니라고 당부한다.

한번은 나무에 올라 분봉分蜂을 하는 벌을 받고 있는데 개울가에서 아이들의 소리가 들려왔다. 너래바위가 경사가 급하고 수심이 깊은 곳에 있어 가지 말라 일렀는데 아이들이 그 금지의 구역에 놀러간 것이었다.

1.5킬로그램 남짓의 나래, 다래, 도희.
이제는 내 옷을 함께 입을 만큼 자라 곁에서 환히 웃고 있으니
이보다 더 큰 선물이 또 있을까 싶다.

쑥잎을 모아들고 벌 뭉치를 밀어주지만 벌들은 내 마음만큼 빨리 움직여주지 않는다. 들고 있는 통에 반쯤은 벌들이 들어갔는데 여왕벌이 옮겨 와있는지는 알 수가 없다. 여왕벌의 존재를 확인하지 않고 벌을 받다가 말면 놓치게 될지도 모르는데, 돈으로 치면 10만 원은 족히 되는데…….

그러나 나는 받고 있던 벌통을 살며시 땅에 내려 두고 씩씩거리며 개울로 향한다. 벌통을 내려놓은 데 화가 나기도 하고 위험 신호로 조급해지기도 하니 개울로 향하는 내 발걸음이 빨라진다. 깔깔거리며 물놀이를 하던 아이들은 내가 오는 것을 보자 황급히 물에서 나온다.

"이 녀석들, 여기는 가지 말랬는데!"

아이들의 겁먹은 눈망울이 짠하기는 하지만, 안전에 관한 한 나는 아이들을 따끔하게 혼내기로 마음을 굳게 먹는다. 아이들을 집으로 데려와 회초리로 종아리를 세 대씩 때려주었다.

내가 화가 난 까닭은 벌을 받지 못했기 때문이다. 아이들은 간혹 내 말을 안 듣고 위험해 보이는 일을 한다. 그때마다 나는 걱정을 한다. 아이들이라고 내 말을 꼭 들어야하는 것은 아니고, 늘 안전한 곳에만 머물러 있을 수도 없다. 그러나 그럼으로 해서 내가 벌을 받지 못했으니 화가 난 것이다.

눈물이 그렁그렁한 아이들에게는 우리에게 꿀을 모아주는 벌을 돌보지 못해서 엄마가 무척 화가 났다고, 엄마에게는 너희들도 소중하지만 벌 또한 소중하다는 것을 말해준다. 설피밭에 살면서 꿀을 마음껏 먹고 살아온 아이들은 내 마음을 받아들인다. 아이들은 벌들에게 친밀감을 형성한다. 벌 때문에 종아리를 맞았다고 화풀이하지 않는다. '우리에게 꿀을 나누어주는 벌들'이기 때문이다.

벌이 집 안으로 들어오면 아이들은 창문을 열어 벌을 내보내준다. 벌이 분봉을 하는지 알려달라고 하면 벌통 곁에서 놀며 벌들이 일하는 모습을 지켜보면서 아이들은 자랐다.

"엄마, 벌들이 우릴 쏘지 않을까?"

아이들은 간혹 묻는다.

"벌들이 행복할 때는 순하단다. 햇볕이 좋고 꽃이 만개할 때에는 벌들이 유순하단다"라고 말해주면 아이들은 "우리랑 벌들이랑 똑같다"며 벌들을 더욱 친밀하게 대하는 것이 느껴진다. 벌들은 분봉을 할 때에는 윙윙 날아다니면서도 무척 온순하게 느껴졌다. 제각각 새집을 향한 여행을 위해 몸에 꿀을 가득 지니고 있는 덕분이라 들었다. 꽃 좋고 볕 좋은 날에는 꿀과 꽃가루를 물어 나르기에 여념이 없어 벌통 근처에 얼쩡대는 우리에게는 관심조차 없어 보였다. 그러나 벌들이 무척 예민하게 느껴지는 날도 없지는 않다. 벌통에 나방 애벌레(누리)가 생겼을 때, 비가 며칠 내려서 꿀을 얻지 못할 때, 아침이나 저녁 햇볕이 느껴지지 않을 때에는 그리 유순하던 벌들이 땡삐가 되기도 한다.

자기 벌통을 정해주고 아이들에게 벌통 청소를 맡기니 볕 좋은 날에 아이들은 벌통을 청소해준다. 벌통 청소를 왜 해주어야 하느냐고 묻는 아이들에게 나는 노인회장님께 들어 익힌 대로 대답해준다. "벌통 청소를 도와주면 벌들이 꿀을 더욱 잘 모을 수 있단다." 자신들이 먹을 수 있는 꿀이 늘어난다니 아이들은 더욱 자발적으로 벌통 청소를 해주곤 한다.

한 해 두 해 벌통이 늘어나며 나래, 다래, 도희는 자라났다.

"엄마, 이리 줘봐요." 내가 따지 못하는 병뚜껑을 훌렁 따주기도 하고 엄마는 저리 비켜있으라며 무거운 물건을 덥석 들어 옮겨주기도 한다. 꿀이 가득 들어 새로 벌통을 이어줄 때도 이제는 벌통을 들어주는 아이들 덕분에 벌 농사가 한결 수월해졌다. 일년에 한 번, 꿀을 따서 수확을 할 때엔 세 아이가 도맡아 꿀을 내린다. 언제까지나 내가 돌봐주어야 할 것 같던 아이들이 무럭무럭 자라서 내 일손을 거들어주고, 한몫 너끈히 해내고 있는 이 현실이 때론 꿈만 같이 여겨진다.

1.5킬로그램 남짓의 나래, 다래, 도희. 얼마나 작고 여린 아이들이었는지……. 그 아이들이 이제는 내 옷을 함께 입을 만큼 자라나 내 곁에서 환히 웃고 있으니 내 삶에 이보다 더 큰 선물이 또 있을까 싶다.

네발자전거를 물리친
나래의 두발자전거

어린 나래, 다래, 도희에게는 세상이 온통 놀이터인가 보다. 진흙 구덩이를 발견한 아이들은 그곳에서 개구리와 함께 뒹굴었고 개집에 들어가 놀았다. 풀섶의 새 둥지를 발견한 아이들은 오고가며 들여다보다가 둥지를 떠나 날아간 아기 새들의 첫 비행을 뒤뚱뒤뚱 흉내 내며 내게 미소를 선사했다. 때로는 개울가 함박꽃나무 그늘 아래에 나뭇가지들을 걸쳐 나무 동굴을 짓고 그곳에 옹기종기 모여 인디언 놀이를 하며 나의 어릴 적 추억을 회상하게 해주었다.

가을이 되면 머루도 따고 다래도 한 움큼 가져다 내 입에 넣어주었다. "엄마, 내가 이거 나무 위에 올라가서 땄어. 그 아래

골짜기가 무지하게 깊은 데야." 아이는 자랑스럽게 말하고, 깊은 골짜기에 겁이 난 나는 아이들에게 주의를 주곤 했다. 잘 노는 것에는 안전 수칙도 당연히 포함되어있어야 했다. "얘들아, 이 머루와 다래는 무척 맛있지만, 골짜기 나무에 너희가 올라간 건 생각만 해도 무서워. 난 너희가 안전한 게 최고로 좋아." 아이들은 잠시 생각해보더니 "그럼, 우리는 이제 골짜기 나무에는 안 올라가고 넝쿨을 잡아당겨서 열매를 딸게" 하고 말해준다.

집을 나서면 언덕길, 언덕을 내려 작은 개울이 흐르는 곁으로 휘돌아 조금 가다보면 큰 개울, 큰 개울을 건너 설피산장, 성우네 집을 지나 1킬로미터를 가면 진동분교가 나온다. 나래, 다래, 도희는 초등학교 시절 6년은 진동분교까지, 중학교 3년과 고등학교 2년은 버스를 타는 곳까지 이 길을 오고 가며 학교를 다니고 있다. 다리가 놓이기 전에 아이들은 징검다리를 건너 다녔다. 도희는 가래막골에서 흘러나오는 집 앞 작은 개울을 건너면서는 물을 마시고 마을의 주 하천인 큰 개울을 건너면서는 소변을 본다고 했다. 어떤 날은 물을 마시는데 뱀이 옆에서 함께 마시고 있더라고 해서 나를 긴장시키기도 했다. 나는 장화를 꼭 신고 다니라고, 뱀이 놀라면 어떤 행동을 할지 모르니 주변을 잘 살펴보고 다니라고 아이들에게 한동안 잔소리를 했다.

아이들은 학교에 다녀오면서 길섶에 핀 꽃들로 작은 꽃다발을 만들어 내게 건네주기도 했다. 토끼풀꽃을 엮어 화환이나 목걸이, 팔찌를 만들어 주렁주렁 달고 들어오는 날도 있었다. 가래막골 시냇물에 어울려 다니는 열목어들에게 과자 부스러기를 주며 흐뭇해하기도 했다. 어느 날 천렵을 하는 사람들이 족대를 들고 물고기를 잡으러 왔다. 도희는 "얘들아, 도망가, 얼른 도망가" 하며 돌멩이를 던져 물고기들을 피신시키고자 몸을 아끼지 않았다. 눈물 맺힌 도희의 눈빛이 어찌나 절절한지, 나래, 다래의 눈빛은 또 얼마나 안타까움을 담고 있던지, 남에게 이래라저래라 말하기를 피하던 나는 "쌍둥이들이 가래막골 열목어들이랑 사귀고 있어요. 그러니 가래막골 열목어들은 제발 거기 살게 해주세요"라고 사정 아닌 사정을 해보기도 했다.

날씨가 무척 추운 날에는 얼음 위를 걸어도 좋았지만 설핏 추운 날에는 학교에 가는 아이들에게 나는 몇 번이고 당부를 한다. "오늘은 돌다리에 물방울이 튀어 얼었을 거야. 한 걸음 한 걸음 조심조심 건너도록 해." 돌다리를 건너다니며 아이들은 거의 넘어지는 일이 없었다. 자연이 선물해준 평행봉을 나래, 다래, 도희가 아침저녁으로 건너다니는 거라 여기며 나는 혼자 생각에 신바람을 타기도 했다. 비가 오는 날도, 눈이 오는 날도, 바람이 부는 날도 그 길을 걸어보라고 나는 자동차 운행을 가급적 아꼈다. 길은 때마다 냄새가 달랐다. 개울가의 물 냄새도 날씨마다 달랐다.

집에 있는 나는 아이들을 통해 버들강아지도 만나고 진달래도 만나고 할미꽃도 만났다. 나는 나래, 다래, 도희가 그 길을 속속들이 경험하기를 원했다. 차에 태워달라는 걸 들어주지 않자 "에이, 우리 엄마 나빴어" 하고 심통을 부리며 학교에 간 아이들은, 집에 돌아와서 그날의 경험을 내게 들려주었다.

"엄마, 길이 다 춥지는 않아. 어떤 데는 바람이 많이 불고 어떤 데는 하나도 안 불어. 바람이 많이 부는 길에서는 뒤로 돌아서서 걸으니까 하나도 안 추워."

아이들을 보내고 '날도 추운데 그냥 태워줄걸, 내가 유난을 떠나' 싶어 하루 종일 마음이 안쓰럽던 나는 아이들의 이야기를 들으며 그제야 슬며시 애처롭던 마음을 내려놓곤 했다.

3학년이 되었을 무렵 아이들에게 자전거를 마련해주었다. 도희와 다래는 자전거를 타고 학교에 다녔다. 조심성이 많은 나래는 한동안 자전거를 쳐다보고만 있었다. 두 아이는 휘리릭 비탈길을 자전거 타고 학교에 가고, 나래는 자전거가 있어도 걸어서 학교에 갔다. 나래는 어느 날부터는 도희, 다래보다 일찍 집을 나섰다. '뒤에서 걸어가지 않고 앞에서 걸어가겠다'고 결심했다는 이야기를 들으며 나는 나래가 자전거와 곧 친해질 수 있으리라는 희망을 읽었다. 나래보다 나이가 적은 진동분교 아이들, 은경이도 성우도 다원이도 우란이도 한얼이도 자전거를 척척 타는데, 입을 꼭 다물고 혼자 걸어다니는 나래가 도희는 안쓰러웠는지 의견을 내주었다.

"엄마, 나래 자전거에 바퀴를 두 개 더 달아주자."

다래도 자전거를 못 타는 나래가 마음이 쓰였는지 한마디 거든다. "우리 학교에 자전거 못 타는 애는 나래밖에 없단 말이야."

"그래? 그 네발자전거는 엄마도 잘 탈 수 있겠다. 그런데 자전거를 못 타는 게 나빠?" 하고 내가 묻자 아이 둘은 고개를 갸웃한다. "그건 아니지만……."

우리가 말하는 동안 나래는 아무 말도 하지 않고 앉아있더니 슬그머니 방으로 들어가버렸다.

나지막하고 귀여운 접이식 하얀 자전거는 나래를 위해 특별히 내가 고른 거였다. 나래는 그 자전거를 무척 좋아했다. 자전거를 타지는 않지만 나래는 가끔 자전거를 데리고 학교에 가곤 하는데 그때마다 다른 아이들이 그 자전거를 한 번씩 타보곤 했다. 나는 나래가 자전거를 타는 그날을 무한정 기다리기로 마음먹었다. 다른 아이들이 타느라고 저 자전거가 닳고 닳아 없어지더라도 나래에게 잘 어울릴 더 곱고 예쁜 자전거는 이 세상에 얼마든지 있을 터였다.

여름방학이 얼마 남지 않은 어느 날, 우리 집 마당에서 나래가 드디어 자전거에 올라앉았다. 혼자서 마당을 몇 번 삐뚤빼뚤 돌아다니더니 제법 의젓하게 페달을 밟는다. 학교에 다녀오면 마당에 나가 혼자 자전거를 타던 나래는 일주일이 지나지 않아 주행 중인 자전거에서 달싹 몸을 내리는 연습을 하고 있었다. 자전거를 타기 시작하자 나래의 눈빛과 표정에는 자신감이 어렸다. 4학년 2학기부터는, 아침이면 아이 셋이 동그란 자전거 바퀴에 올라앉아 비탈길을 미끄러지며 학교에 갔다. 어려운 비탈길도 힘을 주며 퍽퍽 치오르는 나래, 다래, 도희, 내가 동경하는 자전거 타기를 자유자재로 구사하는 세 아이들, 더구나 언제 자전거를 탈지 가늠할 수 없었던 나래의 경쾌한 움직임을 바라보는 것은 내 삶에 큰 기쁨이 되었다. 또한 기다리기를 선택하고 실천한 것은 "너, 엄마 노릇 제대로 하고 있어"라고 스스로에게 기립박수를 보내준 몇 가지 일 중에 하나가 되었다.

세 아이 중 신체 발육이 다른 아이 둘에 비해 늦은 아이가 있었다. 함께 태어난 아이들이니 자라나는 것도 함께 가야 한다고 생각하던 나는 발육이 늦은 아이를 보며 무척 조바심을 내곤 했다. 곧 학교에 가야 할 아이들을 놓고 귀가 얇은 나는 급한 마음에 회초리를 들기도 했다. 내게 주로 들볶이던 한 아이가 말해주었다. "엄마, 나도 이러고 싶지 않은데 내 몸이 내 맘대로 되지가 않아."

나래가 드디어 자전거에 올라앉았다.
혼자서 몇 번 뺘뚱뺘뚱 돌아다니더니 제법 의젓하게 페달을 밟는다.

'아차, 내가 지금 무슨 짓을 하고 있는 거지' 싶었다. 정신이 번쩍 들었다. 함께 태어난 세 아이는 성격도 식성도 취향도 제 각각 달랐다. 나래는 혼자서 조곤조곤 놀기를 좋아했으며 고기 음식을 좋아했다. 다래는 노상 책을 끼고 다녔고 된장찌개를 좋아했다. 도희는 동물이나 곤충과 노는 것을 좋아하고 생선과 과일을 좋아하는 아이였다. 한날한시에 태어난 세 아이와 함께 살다 보니 서로 다른 세 사람임을 내가 잠시 잊고 있었다. 엎거나 기거나 앉거나 서거나 걷거나, 빠르게 느껴지는 아이가 있으니 늦다고 느껴지는 아이도 있는 거였다. 조급한 내 마음을 재빨리 무장 해제했다. 학교에 입학한 아이가 용변을 지렸다는 소식이 오면 신속히 달려가 조용히 해결했다. 아이가 옷을 갈아입는 동안 나는 약간 호들갑을 떨며 망을 보았다. 내가 옷가지를 처리하는 동안은 아이가 조용히 망을 보았다. 무사히 일을 처리하고 우리는 "성공이야!"를 속삭이며 하이파이브를 했다. 아이와 나는 한동안 2인 1조의 첩보원으로 살았다. 용변을 천천히 가리는 아이도 이 세상에는 있고 그 아이 중에 한 명의 엄마가 나일 수도 있는 일이었다. 살다 보면 별일이 다 있는 거다. 아이 대신 용변을 보아줄 수는 없지만, 아이가 신호를 보내면 그 곁을 지켜줄 수는 있었다. 함께 있음으로 나는 아이에게도 내게도 외로움이나 수치심, 혹은 죄책감이 깃들 기회를 허용하지 않을 수 있었다.

나래, 다래, 도희와 나는 1년에 서너 번 버스를 타고 서울 나들이를 하곤 했다. 어른 하나에 어린이 셋, 나는 아이들에게 각각 버스표를 끊어주었다. 홍천 설렁탕 집에서도, 현리에서 순댓국이나 자장면을 먹을 때에도 "먹고 싶은 만큼 먹기다. 남겨도 좋아" 하며 나는 한 아이 앞에 똑 부러지는 한 그릇을 시켜주곤 했다. 세쌍둥이의 집 생활은 엄마도 방도 책상도 옷도 한 덩어리로 뭉텅거려지기가 쉬웠다. 아주 가끔 외출을 할 때만큼은 '한 사람에게 오로지 한 몫'을 안겨주는 건, 뱃속에서부터 셋이 함께해온 쌍둥이들에 대한 내 나름의 보상 심리 혹은 자위책에 해당했다.

뒹굴며, 뛰놀며, 듬뿍듬뿍 자연을 익히던 아이들은 진동분교를 졸업했다. 통틀어 세 명의 졸업생. 세쌍둥이가 각각 전교 1, 2, 3등으로 졸업했다는 우스갯소리를 듣기도 하는데, 그럴 때면 아이들과 나는 멋쩍게 웃는다. 산골에서 처음 사느라 정신없던 나는 아이들을 제대로 공부하게 하는 것은 엄두도 내지 못했다. 다만 '어려서 제대로 놀아보아야 커서도 제대로 살게 된다'고 믿으며 스스로 위안을 삼았다. 함께 놀던 아이들 중에 가장 많이 옷을 적시고 가장 많이 옷을 더럽혔으며 가장 많이 모래나 진흙을 묻히고 다니던 나래, 다래, 도희. 그 아이들의 엄마임에 나는 자부심을 갖고 살았다.

나는 때론 욕심을 부려보기도 한다. '지금보다 훌륭한 사람'

이 되기 위해 나를 볶아대기도 한다. '발등에 불 떨어져서 허둥대지 말고 미리미리 준비해두자'고 정하고, 그 슬로건에 따르도록 스스로 등 떠밀고 아이들을 채근하기도 한다. 그러나 일상은 내 마음처럼 신속히 진행되지 않는다. '나는 안 되는 걸까.' 혼자 정하고 혼자 바둥거리다가 혼자 지쳐 떨어진 나에게 나래, 다래, 도희는 조용히 말해준다.

"엄마, 지금도 충분히 훌륭하거든요."

내가 한 것 그대로, 나는 아이들에게 돌려받는 중이다.

엄마는
홈스쿨러

나래, 다래, 도희가 현리에 있는 중학교에 가던 해, 1월 1일부터 통학 시간에 맞춰 마을에 공용버스가 들어왔다. 군청에 넣은 '의무교육을 받는 중학생 세 명의 통학'에 대한 민원 사항이 접수 처리된 것이었다. 버스가 마을에 들어오던 날, 마을 사람들은 떡을 하고 돼지머리를 삶고 막걸리를 받아 마을회관 마당에 상을 차리고 마을 최초의 버스를 기다렸다. 새벽어둠을 뚫고 개선장군처럼 버스가 들어오자 마을 사람들은 환호성을 지르고 진동 아이들은 북과 장구와 꽹과리와 징을 치며 버스를 환영했다. 인제 기린 지역의 유지들을 태우고 설피마을에 최초로 입성한 버스 기사님도 싱글벙글, 그 흔한 버스가 처음으로 우리 마을에 들어오자 그것이 신통해서 마을 사람들도 싱글벙글대는 가운데 막걸리를 붓고 절을 올리며 '무사 운행'을 기원하는 고사를 지냈다. 이전에 한 명의 중학생을 위해서는 꿈쩍도 하지 않았던 일이 세 명의 중학생으로는 신호가 오는 것을 보며, '다수의 힘에 이끌리는 그 민주주의사회'에 내가 지금 살고 있음을 실감했다.

나래, 다래, 도희와 내가 사는 세상에도 민주주의와 절대왕정과 자연주의가 뒤섞여있다. 집을 옮기는 일은 다수결로 결정한다. 겨울 끝에 습관처럼 이주를 하고 싶다는 나의 의견은 설피마을에서 계속 살고 싶다는 세 아이에게 밀려 매번 주저앉는다. 집을 짓거나 수리하거나 차를 사거나 가구를 사고 버리는 일은 때론 아이들의 의견을 참고하며 결정권은 내가 가진다. 그 밖의 어지간한 일은 각자의 생각대로 한다. 햄버거가 먹고 싶다는 아이는 햄버거를 사 가지고 내가 먹고 있는 순댓국집에 와서 함께 먹는다. 설거지나 음식물쓰레기 버리기, 차 시동 걸기, 개밥 주기 등 반복되는 일은 순서를 정해서 운영한다. 돌발적으로 한 가지로 결정할 때나 분쟁이 생기면 주로 가위바위보로 결정한다. 갑자기 생긴 물건의 주인을 정하거나 마음에 드는 자리를 두고 다툴 때가 그에 해당한다.

현리로 중학교를 다니게 되자 아이들은 보고 듣는 것이 많아졌다.

도희가 묻는다. "엄마, 우리가 사춘긴데요, 어떻게 대해 주실 거예요?" 나래, 다래도 눈을 반짝이며 내 대답을 기다린다.

"응, 너희가 사춘기구나. 나는 갱년긴데……."

"아, 그렇군요." 잠시 가만히 있다가 도희가 내게 재차 묻는다.

"근데 갱년기가 뭐예요?"

도희는 투명하고 용감한 성격을 지녔다. 책을 통해 세상을 익히는 다래의 빈축을 수시로 사면서도 모른다 싶은 것은 바로 묻는 습관이 아름답다. 도희에게는 다래가 아무리 설명해주어도 '달마=그 대머리 아저씨'고, 아킬레스건은 헤라클레스건, 스노타이어는 제 생각대로 아이스바퀴다. 그런 도희가 알아듣기 쉽게 설명을 시도한다.

"사춘기가 겨울과 봄 사이의 환절기라면 갱년기는 가을과 겨울 사이의 환절기야. 너희가 아침노을이라면 엄마는 저녁노을, 그러니까 엄마도 너희처럼 몸과 마음에 변화를 느끼는 시절이란 거지, 그러니 우린 더더욱 서로 돕고 살아야겠지?"

너희들처럼 엄마도 변화를 겪는다는 말에 아이들은 고개를 끄덕인다. 나래, 다래, 도희와 나는 '세쌍둥이네 풀꽃세상'이라는 자동차의 네 바퀴로 살고 있다. 평지를 함께 굴러온 우리는 고갯길도 함께 구른다. 때론 '빠꾸'를 하기도 하고, 사륜구동으로 힘차게 나아가기도 한다.

우리는 함께 놀고 함께 먹고 자며 함께 일을 하기도 한다. 새벽 5시 30분에 우리는 하루를 시작한다. 나래, 다래, 도희가 학교에 가려면 아침에 한 번 들어오는 그 버스를 타야한다. 그렇지 않으면 현리까지 내가 달려가야 하므로 우리는 1분을 헤아리며 버스 타는 데 총력을 기울인다. 내 시간을 아껴주는 아이들이 나는 아침마다 고맙다. 주말이면 나래, 다래, 도희는 '우리는 근로청소년'임을 부르짖으며 사랑채 청소를 하고 나는 베이스캠프를 지키며 청소를 돕는다. 함께 일할 사람을 구하기가 쉽지 않은 산골 살림에 아이들의 손은 무척 요긴하다.

아르바이트 비용은 방 한 칸에 3000원, 4~5인용 숯불을 피우는 비용도 3000원이다. 나는 일주일에 보통 한 아이당 1만 5000원 정도의 돈을 아르바이트 비용으로 지출한다. 생필품에 해당된다 싶은 것들은 내가 구입해주고 아이들은 아르바이트로 번 돈을 모아 자신의 기호품을 사기도 한다. 현리로 중학교를 다니면서 갖고 싶은 물건이 많았던 나래는 한동안은 모이기도 전에 홀랑홀랑 돈을 써버리더니 요즈음은 그림을 그리는 그림판(태블릿)을 사겠다며 알뜰히 돈을 모으고 있다. 멋 부리기 좋아하는 도희는 반쯤은 내게 손 벌려가며 자신의 옷을 사느라 여념이 없다. 책만 사주면 만사가 오케이인 다래는 주로 친구들 선물 사는 데 용돈을 쓰는 듯하다. 아이들이 돈을 벌어보기도 하고 그 돈을 써보기도 하는 경험을 집에서부터 익혀서 나는 무척 안심이 된다.

나래, 다래, 도희가 중학교를 다니기 시작하면서 나의 행동반경도 넓어졌다. 요긴한 볼일을 보기 위해서 큰맘을 먹고야 넘나들던 비포장도로가 포장이 되었으며 높다랗던 오형제고개도 내 키의 세 배 정도가 낮아졌다. 꼬불꼬불하던 길은 펴졌으며 다리가 놓이고 마을 안길에는 군데군데 가로등도 세워졌다. 길이 쉬워지자 나는 아이들이 학교를 다니는 현리의 면사무소로 스포츠댄스를 배우러 다니고, 학교 수업을 마친 아이들을 만나 방동의 한 개인 공방에서 함께 도자기를 빚기도 했다. 면사무소 2층의 스포츠댄스 교실에서 나는 내 평생 더는 신지 않을 것 같았던 하이힐을 다시 신어보았다. 내 평생 입어보지 않을 거라 여겼던 반짝이 댄스복도 처음 입어보았다. 나래, 다래, 도희는 가끔 면사무소 2층 강당에 와서 현리 아주머니들 틈에서 반짝이 댄스복에 하이힐을 신고 춤추는 나를 구경하곤 했다. 다래는 "우리 엄마가 제일로 예뻐"라고, 나래는 "우리 엄마가 이렇게 예쁜 줄 처음 알았다"고, 도희는 "우리 엄마, 이 똥배는 어떡할 거야!"라고 관람 소감을 말한다. 도희의 똥배 이야기는 나래, 다래의 '우리 엄마가 우리 셋을 한꺼번에 낳느라고 배가 부풀어서 그런 것'이라는 변

론에 힘을 잃는다.

인제, 원통을 지나 한계리, 만해마을에 가서 다도茶道를 배우고, 일주일에 두 번씩 홍천의 자연환경연구공원으로 숲 해설가 교육을 받으러 다녔다. 어느 겨울에는 인제도서관에서 수묵화를 배우고, 또 어느 봄과 여름에는 인제의 농업기술센터에 약초 수업을 받았다. 다도 수업 졸업식에는 세 아이가 하객이 되어주었고, '하늘 내린 인제 그림 전시회'에도, 평생교육원 도자기 전시회에도, 세 아이는 친구들을 데리고 전시장에 나타나주었다. 또한 내가 만든 약초 음식이나 물건들은 일단 세 아이들이 써보고 평을 해주곤 한다. 기린 학교 아이들은 나래, 다래, 도희에게 "너희 엄마는 도대체 직업이 뭐야?" 하고 물었다고 한다. 아이들은 내게 들려준다. "우리 엄마는 불가능이 없어 보여서, 뭐든 해보는 사람이어서 참 좋다"고.

내가 원하는 길을 가자니 나는 한동안 무척 부지런한 사람이 되었다. 수업이 있는 날은 나는 콩쥐 혹은 신데렐라가 되었다. 나의 황소, 나의 참새, 나의 두꺼비는 바로 나였다. 해도 해도 끝이 없는 살림을 살다가 나는 나의 마부가 되어 차를 몰고 집을 나서곤 했다. 붉은 신호등에 차를 세우면 보이는 대로 들고 온 식빵이나 과자를 먹었다. '먹이'를 먹으면서 열정을 향해 달리는 나는 행복했고 그런 나도 내가 참 좋았다. 그만해도 젊은 나에게 마음이 멀면 멀었지 먼 길은 이 세상엔 없어 보였다. 사랑채에 손님이 가득 차서 도무지 집을 비울 수는 없는 거라 여겨진 날에도 수업이 있으면 나는 집을 나섰다. 방학 중인 나래, 다래, 도희는 우리가 충분히 할 수 있으니 엄마는 맘 놓고 다녀오라고 내 등을 떠밀었다. 내가 없는 동안 아이들은 손님들을 챙겨드리고 손님들은 또한 아이들을 챙겨주셨다.

십수 년간 거의 집과 집 주변에 박혀 살던 나는 한동안 '바람난 엄마'였고 아이들도 손님들도 바람난 엄마에게 신나게 부채질을 해주고 있었다. 저녁이면 나는 내가 배운 것을 아이들에게 말해주었다. 나는 때론 아이들에게 난 치는 법을 알려주기도 하고 아이들을 상대로 숲 해설을 시연해보기도 했다. 아이들은 나의 약초 시험 공부를 도와주며 내가 배운 것을 함께 익혔다. 나의 문화적 갈증은 신속히 해갈되었다. 그런 줄도 모르고 살아온 십어 년의 세월이 무던하고 기특하게 여겨졌다. 거기다 다도 사범, 숲 해설가 수료증, 약용식물관리사 자격증, 약선요리 수료증, 아로마테라피 수료증 등 나는 몇 개의 수료증과 합격증을 손에 쥐었다.

"너희가 그런 걸 할 수 있겠니?"라는 물음에 아이들은 답한다.

"물론이죠. 우리 엄마도 하는데요."

아이들은 나를 보며 익힌다. 나는 아이들에게 열심히 공부하라고 말하는 대신 스스로 열심히 공부를 했다. 내가 원하는 것을 찾아내어 열심히 배우며 그 성취감을 즐겼다. 공부는 학교에서 끝나는 것이 아니라 학교를 졸업하는 그 순간부터 진정한 공부의 장이 열린다는 것을 깨달았다.

학교에 그만 가고 집에서 홈스쿨링을 하고 싶다는 다래에게 말해주었다.

"엄마가 살아보니 학교에 다닐 날은 얼마 되지 않고 엄청나게 많은 홈스쿨러의 날들이 기다리고 있단다. 봐, 엄마는 지금 홈스쿨러잖아. 너희가 지금처럼 맘 놓고 오로지 학교에 다닐 수 있는 날을 부디 즐기길 바라."

내가 요즘 얼마나 애쓰며 원하는 것을 배우러 다니는지 보고 사는 다래는 눈빛에 얼른 긍정을 담는다.

틈만 나면, 틈이 없어도 어떻게든 한동안 미친 듯이 무언가를 배우러 나가던 내가 쉰 살이 넘으면서부터 조금씩 조용해지고 있었다. 집에는 나와 아이들이 만든 항아리와 접시와 찻잔이 놓이고, 내가 그린 그림이 벽에 걸렸으며, 내가 만든 이불이 깔리고, 내가 만든 커튼이 걸렸다. 내가 만든 양초와 내가 만든 차가 찻상에 올랐다. 손수 만든 물건은 이 세상에 단 하나뿐이며 그 물건들에는 모두 내 삶의 이야기가 담겨있었다. 요즘 나는 동화 속에 나오는 마귀할멈처럼 약초를 이용해 비누와 샴푸와 화장품을 만들어 쓰고, 약초를 음식에 접목해 만들기 시작했다. 진동분교의 아이들에게, 민박 손님들에게, 마을 아주머니들에게, 원하는 사람이 있으면 내가 배워 익힌 것을 나누기도 하는데, 그 마귀할멈, 혹은 마녀 콘셉트가 나는 무척 마음에 들어서 나래, 다래, 도희에게 '엄마는 착한 마녀'임을 수시로 주지하고 있다.

메주,
잔머리는 안 통하는
콩의 연금술

삼월삼짇날, 산신제를 지내고 돌아온 마당이 한가하다. 겨우내 마당 가득 쌓여있던 눈 더미는 이미 사라졌건만 산신제를 지내고 온 오늘에야 내 마음에는 비로소 한 해의 시작종이 울려퍼진다. 양지녘에 뾰족뾰족 올라오는 초록 무리들에 내려앉은 햇살이 맑고 바람도 포근하게 느껴진다. 장을 말기에 마침한 날이다.

몇 해 전 가을 끄트머리, 아침가리에서 농사 지은 콩을 네 가마 들여온 일이 있었다. 물 좋고 볕 좋은 곳에서 된장을 담가 팔아 경제생활을 해보겠다고 야무지게 마음은 먹었는데 막상 콩 자루를 보니 한숨이 쏟아졌다. 맘에 드는 콩을 만나 콩깍지가 씌워 덜컥 콩을 들여놓고는, '내가 무슨 짓을 한 거지?' 하며 며칠째 콩 자루를 째려보며 심호흡하는 중이었다.

　산골 살림에는 모두 귀한 시간 귀한 손길임을 뻔히 보고 살던 시절이었다. 뭉치면 잘산다는 걸 수없이 들었음에도 아이 셋을 데리고 내 앞가림도 제대로 못해 쩔쩔 매는 내가 먼저 다른 집 일손을 거들겠다고 나서기가 영 어정쩡하게 여겨지던 때였다. 다른 집 일손을 돕지 못하면서 내 일손을 도와달라고 요청할 만큼 염치가 없지도 않았다. 욕심이든 열정이든 어찌되었든 내가 들여놓은 콩이니 혼자서 어떻게든 주물럭거려야 할 판이었고, 여러 번에 나누어 옮기거나 혹은 나래, 다래, 도희의 작은 힘이라도 빌려야 할 참이었다.

　때를 맞춘 듯 서울 사는 젊은 친구 여섯 명이 겨울 방학을 맞아 '풀꽃세상'에 내려왔다. 나래, 다래, 도희가 삼촌 혹은 이모라 부르는 이 젊은 친구들은 한계령으로부터 점봉산을 넘어와 문득 이곳에 떨어져내렸다.

　"도깨비 군단에 놀 거리가 있어, 무척 신나는 일이야."

　내가 말하며 콩이 가득 든 자루를 보여주자 여기저기서 함성과 더불어 질문이 터져 나온다.

　"우와! 누나, 이 친구들하고는 어떻게 놀면 되는 거예요?"

　"씻어서 삶고, 으깨고 뭉쳐서 새로운 모양으로 만들어주세요!"

사람 귀한 곳에 살다보니 그저 누가 옆에 있기만 해도 힘 받아 시동이 걸릴 터인데, 잊지 않고 찾아와 힘을 보태주는 친구들 덕에 천군만마를 얻은 듯 힘이 나기 시작했다. 콩을 씻어 불려놓고 솥에 불을 달았다. 두 개의 커다란 솥에서 콩이 삶아지기 시작한다. 펄펄 끓어오른 콩 솥에 불을 낮춰 자작자작 불고레한 빛이 돌도록 콩을 삶는다. 콩은 물과 불을 만나 애초의 크기와 밀도, 빛깔로부터 변신하기 시작한다. 이제 곧 콩의 모습이 사라지고 메주가 되었다가, 어떤 균을 만나 또 다른 유익한 성질로 변화할 것이다. 물과 불, 그리고 시간과 온기와 사람의 손길을 거쳐 드디어 콩의 연금술이 시작된 것이다.

시작이 반이라더니 메주 만드는 데 점점 가속도가 붙는다. 첫 판엔 큰 솥을 찾아 걸거나 큰 그릇을 쓰는 것이 손에 익지 않아 헛손질이 많았다. 두 판, 세 판 메주를 쑤면서 불 조절도 수월해지고 그릇 다루기도 익숙해지니 일이 쉽고 능률이 오른다. 바닥에 콩이 눌어붙지 않도록 물을 넉넉히 부었다가 남은 콩물에 다시 새 콩을 안치니 국물이 걸쭉해져서 오히려 콩이 더욱 바닥에 눌어 앉는다. '콩의 연금술에 잔머리는 안 되겠다. 더도 아니고 덜도 아니게 콩도 밥처럼 물을 맞추는 것이 좋겠다' 하며 우리는 시행착오를 통해 배움을 얻는다.

잘 삶은 콩을 소쿠리에 건져 자루에 넣고 비닐을 깐 후 한 사람이 올라서서 밟는다. 균형을 잡아주느라 그 손을 잡아주는 친구, 노래를 부르며 포크댄스 스텝에 맞추어 콩을 밟는 친구도 있다. 한 옆에서는 감자 으깨는 도구와 방망이 따위로 두드려 콩을 으깬다. 나래, 다래, 도희도 덩달아 신바람이 나서 콩 자루를 밟겠다고 나선다. 서울 삼촌과 이모들은 아이들의 손을 잡고 콩 자루를 빙빙 돌리며 노래를 불러준다. 아이들의 얼굴은 즐거움으로 상기되고 웃음소리와 노랫소리가 첨가되어 우리는 이 세상에서 유일무이한 메주를 출산한다.

각이 진 통에 면 보자기를 깔고 으깨진 콩을 듬직하게 붓고 꾹꾹 누르면 네모나게 각 잡힌 메주가 벽돌이 찍혀 나오듯 술술 만들어진다. 볏단을 풀어 깔고 그 위에 메주를 놓는다. 볏짚을 통해 좋은 균이 깃들게 하기 위함이다. 거실은 온통 볏집 투성이라 외양간이나 마구간을 방불케 한다. 거실을 청소하지 않아도 된다는 선물이 따라온다. 때론 내 의사와 상관없는 무책임함이 나를 쉽게 해준다. 덤으로 따라온 엄마의 휴식에 아이들은 지푸라기를 마음껏 가지고 논다. 어른들 또한 메주를 만드는 사이 지푸라기로 머리를 묶거나 땋고는 서로를 바라보며 낄낄거린다. 인디언 소녀가 등장하고 티베트 어느 산골 촌부의 웃음도 함께 한다.

그렇다. 우리는 그리워하는 중이다. 정돈되고 깔끔하고 완성

우리는 그리워하는 중이다.
흙바닥에 뒹굴어도 좋았던
유년의 어느 한 모퉁이를.
우연히 아쉬운 기억의 편린을 만나
문득 해갈의 순간을 경험한다.

된 체제 속에서 엉성하고 흐트러지고 아무렇거나 뒹굴던 중생대, 고생대, 아니 그때까지는 아니더라도 흙바닥에 뒹굴어도 좋았던 유년의 어느 한 모퉁이가 몹시 그리운 중이고, 물 지나는 김에 배 지나가듯, 아쉬운 기억의 편린을 만나 문득 해갈의 순간을 경험하는 것이었다.

메주의 옆 네 면은 반듯하게 잡히는 것이 좋다. 지푸라기에 엮어 허공에 날아두기 전까지 일마만큼 꾸덕꾸덕 말려야 메주의 모양이 보존된다. 육면체의 어느 면으로든 돌려가며 세워 말리기에 적당한 각이 진 메주는 다루기 쉽고 자리를 덜 차지한다.

저 혼자 서는 면은 상대편을 충분히 말려준다. 사방이 올곧이 서주면 위아래 넓은 면들이 마를 기회를 얻는다. 각각의 면이 반듯해서 제각각 바닥을 이루어주면 메주는 교대로 돌려가며 골고루 말려진다. 이렇듯 반듯해서 독립적인 면들로 이루어진 메주는 잘 말라 유익한 곰팡이가 깃들어 맛 좋고 향기 나는 된장과 간장이 될 것이다.

사람도 사회도 한가지란 생각이 든다. 사람도 각이 진 메주의 한 면처럼 각자가 독립적으로 존재하며, 또한 메주의 각 면처럼 유기적으로 연결되어있다. 독립적인 개인이 유기적으로 연결된 집단, 독립적인 집단이 유기적으로 연결된 사회는 건강하고 효율

적이며 수월하며 안정적이리라.

어려서 본 메주가 떠오른다. 아래위 면의 가운데 부분을 바깥 부분보다 납작하게 만드는 것. 가운데 부분이 가장 더디 마르며 검게 되는 것을 최소화하는 방법이다. 가운데가 조금 우묵하게 빚어진 메주를 보고 옛날의 나처럼 딸아이가 묻는다.

"엄마, 메주 가운데를 왜 오목하게 만들었어?"

나는 예전에 할머니, 어머니께 들은 대로 아이에게 대답해준다.

"가운데가 가장 늦게 마르니까 잘 마르라고 얇게 해준 거란다."

우리는 밤낮을 가리지 않고 모여 앉아 120장의 메주를 만들었다. 콩이 무를 때까지 윷놀이를 하고, 10원짜리 고스톱을 쳤다. 장작불에 삼겹살을 구워먹고 라면을 듬뿍 넣은 떡볶이를 밤참으로 먹어가며 '일처럼 놀이를' 이라는 프로젝트를 성사시켰다.

"사는 기 모 벨기 있간디. 이래 밥 한 끼 국수 한 그릇 나눠 먹는 그게 사는 기지."

"영도력이란 고저 잘 멕이는 데서 나온다니."

젊은 친구들은 영화 〈웰컴 투 동막골〉의 대사를 읊조리며 밥주걱을 잡은 나를 장수 좌에 슬쩍 앉혀준다. 나는 폼 나는 장수가 좋다. 그리고 내게 그 폼이란 백성의 배가 부르고 등이 따뜻하며 즐거운 것을 포함한다. 백성과 더불어 잘 먹고 잘 자고 잘 노는 장수는 저절로 폼이 나고, 그 세상이 화락하고 순조로운 것은 불을 보듯 환한 일이다.

4박 5일, 일인지 놀이인지 경계가 없던 메주 만들기, 우리의 노래와 우리의 웃음과 우리의 춤과 우리의 이야기로 범벅이 된 메주는 겨우내 잘 마르고 잘 떠주었다. 함께 메주를 만든 친구들이 서울로 돌아간 후에도 전화로 "메주, 잘 있죠?" 하고 메주의 안부를 물어주는 사이, 메주는 짚단에 매달려 통나무집 기둥에 걸렸다가 내려져 스무하루 동안 따끈한 아랫목에서 위아래 자리가 바뀌어가며 이불을 덮고 숙성되었다. 구수한 냄새가 나는 메주를 볕에 널었다가 씻어 다시 볕에 널었다.

삼월삼짇날, 마당 한편에 커다란 항아리 여섯 개를 놓고 안쪽으로 볏단을 태워 소독을 한다. 메주를 차곡이 넣고 풀어놓은 소금물을 윗물로 살살 부어 장을 말았다. 말려둔 붉은 고추와 숯을 띄운 항아리가 마당에 앉아있으니 나는 큰 부자가 된 것 같다. 마침 다니러 오신 친정어머니가 계란을 띄워 동전 한 닢 높이만큼 떠오르도록 장물의 간을 봐주신다. 대학 입시를 마치고 '풀꽃세상'에 며칠 쉬러 온 현우도 힘쓰는 일을 도맡아 해주었다. 여러 친구들의 정성이 버무려진 올해 장맛은 찍어 먹어보지 않아도 틀림없을 것이다.

'장마다 찍어 먹어봐야 알리?'의 행간을 음미하며 걷는 오후

의 산책길에 연보라색 제비꽃이 피어있다. 올해 첫 꽃이다. 함께
해준 친구들에게, 그리고 나의 든든한 후원자인 어머니께 봄꽃
향기와 함께 고마움을 보내드린다.

릴케는 가시 장미로,
나는 토종벌침으로?

일찌감치 열리는 설피밭의 가을, 아침저녁 바람이 선선하다. 마타리 노랑꽃 빛이 푸른 하늘을 배경으로 선연하게 반짝인다. 마당에 몽글거리던 도라지 꽃망울도 터지기 시작한 지 며칠이 지났다. 뜰에 나서면 해바라기 꽃들이 환한 웃음으로 나를 반긴다. 동자꽃의 해말간 주황빛이 가슴에 덜커덩 옮겨 앉는다. 태양의 진액만을 듬뿍 마신 듯한 범부채꽃도 장독 곁에서 오래도록 피고 지고 있다. 가래막골 계곡 쪽으로 조금만 걸어도 형형색색의 물봉선화들이 아리땁게 피어나는 향기가 자욱하다. 올해도 뜰에는 어김없이 계절이 무르익으며 빛의 축제가 펼쳐지고 있다.

여름 동안 숲 속 통나무집 마당에 놓아둔 벌통에 손이 미처

가지 못했다. 장마 동안이라 핑계를 대기도 하고, 오늘은 돌봐
줘야지, 내일은 돌봐줘야지, 차일피일 미루다 보니 벌통을 들여
다본 지가 언제인지 가물거린다. 더구나 올 여름방학 동안 나
래, 다래, 도희가 서울로 유학을 떠나있다 보니 혼자 일하기 싫
다는 구실까지, 벌통 관리에 소홀해질 기회란 기회는 다 가진
셈이었다.

　벌 자리를 옮긴 지 이태가 넘었다. 이전에는 우리가 살고 있
는 집 동쪽 창가, 현관문을 열고 나서서 열 걸음 쯤 되는 곳에 벌
통을 놓았었다. 지척에 벌통을 두니 분봉을 받기도 쉬웠고 아침
저녁으로 벌통을 돌보기도 쉬웠지만, 사람들이 많이 오가는 곳이
되면서 나는 밀원蜜源에 관해 생각하게 되었다. 살펴보니 벌들은
꽃에만 가는 것이 아니었다. 단것이라면 물불을 가리지 않고 달
려드는 벌들을 보면서 '기왕에 하는 벌 농사, 좀 더 은밀한 숲 속
에 벌통을 가져다두어야 진정한 꿀을 얻을 수 있으리라'는 욕심
이 생긴 것이다. 내 생각에는 숲 속 통나무집 마당가에 놓으면 좋
을 듯한데 벌들의 이사를 혼자서 결정하기는 쉽지가 않았다. 회
귀본능이 뛰어난 벌은 가까운 곳으로 옮기면 원래 제 집이 있던
자리를 잊지 못한다고 들었다. 더구나 벌통을 비포장도로로 옮기
는 일도 괜찮을지 나는 조심스럽기만 한 것이었다. 이리 가보고
저리 가보고, 이 생각 저 생각을 전전하다가 마을의 노인회장님

께 조심스레 자문을 구했다. 노인회장님께서는 숲 속 통나무집에 가보시더니 이 자리면 족히 쉰 통은 더 놓아도 될 것이고, 이 정도 거리면 벌들의 이주에는 아무 문제가 없을 거라고 말씀을 해주셨다. '내 생각이 괜찮다니…….' 나는 퀴즈 정답 당첨된 사람처럼 신바람이 나서 벌통을 옮기기로 결정했다. 노인회장님께서 조심조심 트럭으로 옮겨주신 스무 개의 벌통은 지난가을 아리따운 수확을 우리에게 듬뿍 안겨주었고, 나는 더욱 당당한 마음으로 꿀을 팔 수 있었다.

그리고 올해, 볕 좋은 일요일 오후, 서울 공부를 마치고 집으로 돌아온 아이들과 숲 속 통나무집으로 벌통을 돌보러 갔다. 가래막골 개울을 두 번 건너며 나는 혼잣말하듯 아이들에게 중얼거린다. "꽃이 이리 좋고 볕이 이리 좋으니 벌 농사를 짓는다는 사람이 최소한 벌통을 이어주기는 해야 가을 꿀을 기대할 수 있을 것이 아니던가."

개울가 층층나무 아래, 달개비, 물봉선화, 짚신나물 곁에, 편편한 바위 위에, 열여덟 개의 벌통이 비 가림 뚜껑을 쓰고 놓여있다. 실한 벌통 하나라면 벌이 2만 마리 들었으니, 줄이고 줄여서 벌통 하나에 1만 마리의 꿀벌만 들었어도 나는 지금 18만 대군의 꿀벌 사이에 우뚝 서있는 셈이다. 장한 마음에 심호흡을 하고 벌통 주변에 자라난 풀을 뽑아주며 차례대로 벌통을 열어 바닥면을 청소해줄 참이었다. 긴팔 옷을 입고 얼굴에는 망을 뒤집어썼다. 오늘은 면장갑도 꼈다. 오랜만에 벌통을 들여다보는 거라 모를 일도 있겠지만 이만하면 문제가 없을 것이라 여긴다.

"때애애앵—"

날씨가 화창해 괜찮으리라 여겼는데 첫 번째 벌통에 든 벌들의 움직임이 예사롭지 않다. 문을 열자 벌들은 몸부림을 치듯이 쏟아져나온다. 벌통 옆으로 비껴 앉아있으니 수십 마리의 벌들이 나를 에워싸고 앵앵거린다. 벌통에 무슨 일이 있기는 있는가 보다. 들여다보니 누리(나방 애벌레)가 서너 마리 꿈틀거린다. 나방 애벌레는 벌들의 천적이다. 나방은 벌통에 들어가 알을 낳고 알은 부화해서 벌통을 잠식해 들어간다. 벌들이 강군이면 나방 애벌레를 쫓아내지만 힘이 약할 때면 벌집을 잠식당하기도 한다. 나방 애벌레들은 벌집에 기어올라가 살며 거미줄 같은 끈을 만들어 벌통을 못 쓰게 망가뜨리기도 한다. 나방이 알을 까는 장마철에는 특히 잠시라도 해가 나면 벌통 청소를 도와주어야 하거늘, 한여름을 그냥 두었으니 나는 자격지심으로 송구하고 미안한 마음이 든다. 내 마음을 청소해주듯 기다랗고 가느다란 칼로 신속히 벌통 구석구석을 긁어내주었다.

두 번째 벌통은 상태가 괜찮아 보인다. 벌들의 빛깔이 노리탱

실한 벌통 하나라면 벌이 2만 마리 들었으니,
줄이고 줄여서 벌통 하나에 1만 마리의 꿀벌만 들었어도
나는 지금 18만 대군의 꿀벌 사이에 우뚝 서있는 셈이다.

탱 야들야들해 보이는 것은 그만큼 새 벌이 많이 생기는 것이라 들었다. 검고 딱딱해 보이는 벌이 많으면 그 벌통은 새 벌이 생겨 나지 않고 있으므로 망가질 가능성이 크다고 들었다. 사람과 한가지로 자손이 얼마나 건강하고 왕성하게 퍼져나가는가에 따라 벌통이 이어져 나갈 미래가 결정되는 것이다. 역시나 벌들은 무심한 듯 유순히 제 할 일을 하고, 벌통 바닥에는 새끼 벌들이 까고 나온 동그스름한 딱지들이 흩어져있다. 통 안에 다소 습한 기운이 있어 뒤편에 우거진 넝쿨들을 널찌감치 거둬주고 나니 벌들의 움직임이 기쁨으로 화답하는 듯 느껴진다.

세 번째, 네 번째, 마당을 둘러싸고 놓여있는 벌통을 순회한다. 벌통 바닥을 빼내니 개미들이 알을 낳아놓은 집도 보인다. 개미들과 함께 사는 집의 벌들도 예민하게 느껴진다. "애들아, 그동안 고생이 심했구나. 이젠 괜찮아질 거란다" 하고 말해보지만 벌들이 날아다니는 본새가 까칠하니 벌통을 청소해주는 내 손길이 조심스럽다.

순하게 느껴지는 벌통과 사납게 느껴지는 벌통이 섞여있다.

"엄마, 도와드릴까요?"

숲 속 통나무집 곁에서 놀던 아이들이 소리치며 묻는다.

"아니, 지금은 벌통 곁에 오지 말고 거기 있어."

머리에 뒤집어쓰는 망을 하나밖에 가져오지 않았다. 지금같이 불안정한 상태에서는 망 없이 벌통 곁에 가는 것은 금물인데, 내 말을 잘못 알아들었는지 아이들이 오고 있다.

벌들이 우수수 아이들에게 몰려든다.

"어, 벌들이 왜 이러지?" 아이들이 당황해한다.

"천천히 개울로 가거라."

나는 벌통 청소하는 손을 쉬지 않으며 나래, 다래, 도희를 개울로 피신시킨다. 개울가는 선선하니 벌들이 그곳까지는 따라가지 않을 것이다.

일곱 번째 벌통을 열어보니 벌통이 많이 망가졌는지 벌들이 한산하다. 그럼에도 벌들은 자신의 집을 지키겠다는 열절列節한 의지를 보인다. 때구르르르 하고 벌통에서 구르는 듯 날아 나오더니 한 마리가 내 손등에 침을 박는다. 면장갑을 끼고 있었으나 소용이 없다. 따끔하다. 침을 빼내는데 침에 벌의 엉덩이 살점이 붙어있다. 죽기로 하고 내게 침을 박은 것이다. 이토록 작은 곤충이 선보이는 장렬함에 내 마음이 순간 숙연해진다. 따끔함이라는 내 아픔은 그의 죽음 앞에서 대책 없이 고개를 숙인다.

벌통 청소를 계속했다. 오른손 엄지와 검지 사이를 두 번째로 쏘이고 왼손 등에 세 번째 침을 쏘였다. 청소해줄 벌통은 두 개가 남아있는데 손목을 타고 두드러기가 돋고 있다. 시작한 김에 끝을 보자고 부지런히 손을 움직여 벌통 청소를 마쳤을 땐 일곱 방

넘게 쏘였다. 정수리에서부터 발바닥까지 온몸이 근질근질하기 시작했다.

개울가에서 놀고 있는 아이들을 데리고 서둘러 집으로 내려가는데 으슬으슬 몸살기가 들었다. '토종 벌침은 일부러도 맞는다는데 별일이야 있겠나' 하며 불안한 마음을 다잡고 뜨끈한 방에서 이불을 덮고 누웠다. 기왕에 맞은 침이고 기왕에 들어온 독이니 어떻게든 스스로 해독을 해보자는 마음으로 나는 앞으로 뒤로 옆으로 몸을 굴려가며 땀을 내주었다.

몸은 마구 부풀어 올랐다. 점조직이었던 두드러기가 큰 덩어리를 만들며 피부를 덮고 있었다. 양쪽 귀 뒤에서는 뚝딱뚝딱 맥이 뛰는 소리가 천둥소리처럼 들려왔다. 아이들에게 수건에 미지근한 물을 적셔 오게 해서 머리에 덮었다. 어떻게든 열을 내어 독을 지나가게 해주어야겠다고 생각한 나는 밥에 청양고추와 고추장을 넣고 비벼 먹었다. 안팎으로 열은 팍팍 나고 땀도 푹푹 나는데, 내 생각으론 벌침의 독도 빠져나가는 듯한데, 쇼크 때문인지 갑자기 먹은 매운 음식 때문인지 갑자기 속이 울렁거리기 시작했다.

그날, 가을 여행을 위해 답사를 오신 손님 중에 의사 선생님이 있었다. 아이들이 의사 선생님께 나의 상태를 말씀드렸나 보았다. 의사 선생님이 방에 들어와 보시더니 '열을 식혀주어야지 더 올리고 있으면 큰일 난다'며 병원에 데려다주겠다고 했다. 뱃속이 뒤집어지게 토하던 나는 병원에 데려다줄 사람이 있다는 소리에 '그래, 병원, 병원이 있지'라는 데 생각이 미쳤다.

"저 좀 도와주세요. 아무래도 병원에 가야겠어요."

하늘이 샛노랗게 보이고 여기가 내 삶의 끄트머리일지도 모른다는 불안감 속을 홀로 유영하던 오후, 나는 차 뒷좌석에 딸아이의 무릎을 베고 누워서 집을 떠났다. 태백산맥을 넘어 굽이굽이 조침령길을 넘어가는 동안 동행해준 의사 선생님은 119 구급차를 부르고 해독제가 있는 병원을 수소문해주었다. 사이사이 맥을 짚어보고 호흡을 확인하며 별일 없을 거라 딸아이의 마음을 위로해주었다. 해독제가 있다는 속초까지 한 시간, 머리는 어지럽고 속은 계속 울렁거리며 배가 아파왔지만, 나는 청양고추 넣은 고추장 비빔밥을 마구 퍼먹었다고 말할 수가 없었다. 고통도 고통이지만, 벌에 쏘인 사람이 이불을 둘러쓰고 누워있었던 데다가 고추장 밥까지 먹었다는 이야기를 듣고 사람들이 보일 반응이 두려운 까닭도 있었다. 나는 찍소리도 못하고 누운 채 시간이 흘러 이 차가 나를 병원에 데려다 주기만을 고대했다.

서림을 지나 영덕리에서 구급차에 옮겨 탔다. 딸아이도 나도 구급차를 타본 것은 첫 경험이었다. 이것저것 눈에 띄는 의료장비를 보며 나는 다소 마음이 놓였다. 집에서부터 내 손을 잡고 있던 딸아이를 그때서야 바라보며 "엄마 괜찮아" 하고 말할 수 있었다. 아이들은 참으로 침착하고 의연하게 대처하고 있었다. 둘은 집에 남아 손님을 받겠다고 하고 하나는 나의 보호자가 되어 길을 나섰다.

속초 병원에 도착해서 바로 해독주사를 맞았다. 벌에 쏘인 손이 통통하게 부어있는 건 당연한데, 참으로 신기하게도 벌에 쏘이지도 않은 나의 왼쪽 얼굴이 통통 부어올라있다. 일주일 전 쯤 몹시 신경 쓰이는 일을 하면서 미세하게 쥐가 나는 증세를 느꼈던 그 부위가 무슨 까닭인지 벌에 직접 쏘인 것처럼 부어있었다. 병원에서는 아무 이상이 없다고 했지만 내가 느낀 불편함은 마음 속에 남아있었는데, 바로 그 부위에 어떤 현상이 일어나고 있는 것이 신기했다.

병원 의사 선생님은 얼굴도 벌에 쏘인 게 아니냐고 물었다. 그러나 10년이 넘는 양봉 경험으로 얼굴에 쏘이면 생기는 (땅땅 부은 얼굴로 며칠을 지내야 하는) 후유증을 익히 알고 있던 나는 얼굴 보호에는 만전을 기했다. 또한 내 얼굴에 벌침을 맞지 않은 것을 알고 있으므로 나는 마을 사람들에게 들은 대로 '벌침 한 방 제대로 맞은 것'으로 생각하기로 한다.

설피밭에 살면서 나는 마을 사람들로부터 벌들은 영물이라서 제 주인을 안다는 이야기를 들었다. 나는 봄이 되면 벌통에 가서 주인임을 고하곤 했다. 벌들을 돌보아주다가 벌에 쏘이면 나는 내가 모르는 어떤 부분에 치유가 일어나고 있다고 믿으며 벌들을 향한 고마움을 키워나갔다. 제 몸을 버려가면서까지 놓는 그 침을 나는 경건한 마음으로 받아들였다. 그리고 이번에는 엄청 세게 맞았다. 이렇게 많은 침을 한꺼번에 맞은 것은 처음이었다.

마을 사람들은 어디 가서 이런 이야기를 하지도 말라고 내게 당부한다. 누가 무턱대고 따라하다가는 사고가 날 수도 있으니 아무 말도 하지 않는 것이 좋겠다고 한다. 앞으로는 벌에 쏘이면 프로폴리스를 듬뿍 바르라는 이야기도, 토종꿀 세 숟가락을 먹으면 바로 해독된다는 이야기도 들었다. 세쌍둥이 엄마가 운이 엄청 좋아 남방에서 귀인이 나타나 도와준 거라는, 나를 데리고 병원에 가준 원주 의사 선생님 이야기도 전설이 되어간다. 기왕에 일어난 일이니, 긍정적으로 생각하고 넘어가지만 앞으론 벌통 청소를 할 때는 고무장갑을 꼭 끼고 할 작정을 한다.

응급 환자답게 돈이 하나도 없는 우리는 병원비를 외상으로 하고 집으로 돌아왔다. "괜찮아?" 아이에게 물으니 아이는 "우리 엄마가 이렇게 죽지는 않을 거야"라고 생각했다고 말해준다. 아이는 죽음에 관해 생각을 한 것이다. 나는 내 생각을 말해준다. "나는…… 내가 이렇게도 죽을 수도 있겠구나, 하고 생각했단다.

릴케는 장미 가시에 찔려서, 나는 벌침을 맞고서……. 그런데 네가 곁에 있어주어서 참으로 좋았단다."

아이에게 말해주니 아이의 눈에 눈물이 살짝 비친다.

설피밭에 살면서 산은 높고 길은 멀었다. 살아온 날이 늘어날수록 위험하다고 여겨지는 시간을 더러 만나기도 하는데, 높은 산과 먼 길은 나에게 상황의 위급함을 더욱 가중시키곤 했다. 그리고 사람 귀한 설피밭에서 나는 때론 어쩔 줄 모른 채 우두커니 서성대곤 한다. 도시에서라면 별일도 아닌 일을 나는 심각하게 경험하기도 한다. 나름 대비를 해둔다고 해도 예기치 못한 상황은 도처에서 벌어진다. 눈이 푹 덮여서 지붕이 무너지거나 하염없이 비가 내려서 길이 끊어지기도 한다. 태산같이 든든하던 어머니가 돌아가시기도 하고 믿었던 사람에게서 허망한 느낌을 받기도 한다. 내가 도무지 어찌하지 못하는 상황을 만나며 나는 자꾸만 받아들임을 익힌다.

그럴 수도 있겠다. 그렇기도 하겠다.

죽음에 관해 나는 나의 무력함을 받아들인다. 사람에 관해서도 나는 나의 무력함을 받아들인다. 천년만년 살 것 같은 사람이 사라지고 곧 사라질 듯한 사람이 남아있기도 하는 이토록 오묘한 세상에서, 나는 삶에 관해서, 나 자신에 관해서 점점 더 주의를 집중한다.

며칠 동안 나는 수시로 잠을 잔다. 잠을 자며 살아있음이 손에 잡힌 듯, 가슴에 폭 안긴 듯, 내 앞에 놓인 이 삶이 구체적으로 귀하고 즐겁고 아름답다고, 나는 내 마음에 자꾸만 치유의 약을 먹인다.

추석날,
설피밭 오라클의 집으로
놀러 오세요

해 질 무렵, 나래, 다래와 함께 추석 장을 보러 집을 나섰다. 중간고사를 마친 나래, 다래, 도희는 그동안 시험을 보느라 수고했으니 외식도 하고 노래방에도 데려가달라 하고 나는 기꺼이 그러겠노라고 했지만, 아무래도 오늘 내가 쓰는 시간이 여의치 않다. 추석을 맞아 옷도 사주고 신발도 사주겠노라고 했는데 마음만 앞서갈 뿐, 집 안을 왔다 갔다 하다 보니 시간은 어찌나 쏜살같이 흘러가는지……. 더구나 재택근무인 민박 일은 손님의 사정에 따라 내 사정도 달라지기가 일쑤여서 그 판도를 옆에서 오래 지켜보던 아이들은 어느 날부턴가 오히려 내 사정을 더 많이 헤아려주고 있다.

오늘은 도희가 집에 남아서 손님을 맞이하기로 했다. 지들이 알아서 노래방은 다음에 가기로 하고 가을 옷과 신발도 좀 더 여유를 두고 나중에 사기로 정한다. 나래, 다래에게 힘들면 집에 남아 쉬라고 하지만, '명절 장을 함께 보면 재미있잖아' 하며 교복을 입은 채로 바로 나를 따라 나선다. 재택근무자인 엄마를 둔 아이들이 현실을 수용하는 모습이 조금은 마음이 짠하며 대견하게 느껴진다.

떡쌀을 불려와 방앗간에서 빻았다. 국을 끓일 토란과 잡채에 넣을 시금치 한 단을 샀다. 햅쌀과 햇대추와 햇밤을 사고 전을 부칠 명태포를 샀다. 맑은 술도 한 병 사고 녹두전에 넣을 숙주나물을 샀다. 사과와 배, 꾸덕꾸덕 말린 알배기 가자미는 며칠 전 장날에 사다 놓았다. 집에서 기다릴 도희를 위해 치킨 한 마리를 사서 돌아오는 길에는 한가위를 향해 솟아오른 달빛이 가을 산천에 가득했다.

지난해부터 우리는 집에서 함께 명절을 지내는 중이다. 그전에는 명절이 되면 아이들은 친가나 외가에 가고 나는 집에 남아 손님을 맞았다. 집에 돌아온 아이들은 "명절이란 흩어져 살던 가족도 함께 모여 지내는 것이라 알고 있는데 우리는 함께 살다가 명절이면 헤어지니 무슨 명절이 이러냐"고, "우리도 엄마랑 함께 명절을 지내고 엄마도 할머니랑 함께 명절을 지내면 좋겠다"고

투덜거리곤 했다.

　장사를 해야 한다는 것은 반은 핑계였다. 나는 실은 명절에 친정 식구들 만나는 것이 부담스러워 피하고 있었다. 동생들은 짝을 지어 차례 상 앞에 절을 올리는데 맏누이인 내가 혼자 절을 하고 있는 그 상황이 마냥 어색하고 불편했다. 어머니의 눈을 마주치는 일이 다른 무엇보다도 어려웠다. 어머니는 어찌나 빨리 내 마음을 읽으시던지 어머니 얼굴에 그늘을 느끼면 나는 자책감에 가슴이 아려왔다. 눈물은 왜 또 울컥하고 올라오는지 나는 차례를 지내는 내내 눈물샘을 단속하느라, 내 마음이 들키지 않게 누르는 데 온 신경을 집중해야만 했다. 나 살던 집이고 내 부모님인데 마음은 자꾸만 꿰다놓은 보릿자루마냥 어색하고 튕겨나갔다.

　비교하고 의기소침해지는 그 마음은 평소에는 조용하다가도 명절이 되면 더욱 기승을 부렸다. 딸 아들 구별 없이 대해주셨던 부모님, 딸이어도 맏이 대접해주셨던 부모님 생각을 아무리 해봐도 소용이 없었다. 오히려 부모님 생각, 옛날 생각을 하면 더욱더 눈물이 앞을 가렸다. 철없이 살았던 '옛날의 딸'로서의 그 영화가 사무치게 그리웠다. 그러나 내 마음에 드리워진 그늘을 도무지 꺼내놓을 수가 없었다. '즐거워야 하는 명절 분위기에 문제를 일으키는 사람'이 된다는 사실은 생각만으로도 공포스러웠다. 처음 몇 번은 속마음을 가리고 아무렇지도 않은 척 가면무도회에 동참했지만, 나중에는 별 수 없이 장사를 핑계로 혼자 집에 남곤 했다.

그런데 아이들이 명절을 함께 지내자니 마음이 약해졌다. 내생각에 휩싸여 아이들에게 폐를 끼치고 있었다니 이도 참 면목이 서지 않았다. 아이들에게 그러겠다고 하고 새로 맞은 추석을 아이들과 어머니와 함께 지냈다. 아이들이 즐거워하니 내 사정도 조금은 뒤로 물러앉았다. 송편도 빚고 차례도 지내고 성묘도 함께 다녀왔다. 그리고 이듬해, 추석을 조금 남겨두고 어머니께서 돌아가셨다. 아이들의 뜻에 따른 것은 무척 다행이었다. 지나고 보니 어머니와 아이들과 함께 명절을 지낸 것은 그때가 유일한 기회였다. 아이들에게도 내게도 기념이 될 추억의 한 페이지가 만들어졌다 생각하고 스스로 위안을 삼았다.

이후 겉보기보다 숫기가 없는 내게 어머니가 계시지 않은 친정은 더욱 멀게만 느껴졌다. 괜찮지 않은데 괜찮은 척하던 그 가면을 아예 벗어던졌다. 그리고 끈 떨어진 연이 되어 이전의 연고에서 자유롭게 날아올랐다. 나는 낙동강 오리알이 되어 오붓하게 이전의 습성에서 떨어져나왔다. 나래, 다래, 도희와 나는 우리 집에서 우리의 명절을 자연스럽게 지내게 되었다.

아이들과 집 앞 벌판에 나가 솔잎을 뜯어왔다. 나뭇잎들이 붉고 노랗게 물들고 노을이 고운 저녁 무렵, 벌판에서 우리 집 쪽을 바라보니 손님들이 피우는 모닥불 연기가 하늘로 오르는 것이 무척 평화롭게 보였다. 아이들은 내친 김에 뜰에 나가 6년 가까이 자란 도라지를 여남은 뿌리 캐왔다. 수세미로 문질러 씻으니 뽀얀 속살이 드러난다. 뚝뚝 끊어 고추장에 찍어 먹으니 달달하고도 적당히 쌉싸래한 맛이 일품이다. 더구나 내가 씨를 뿌리고 대여섯 해쯤 한 마당에 살다 보니 안심이 되는 먹거리가 틀림없어, 다정하고 익숙함에 기분부터 좋아졌다.

녹두부침개를 하려고 숙주나물을 기르던 녹두알을 물에 불렸다. 물에 푹 불어 오소소 싹이 돋는 녹두알을 갈아내 숙주나물과 고비나물, 삶은 배추와 양파, 대파를 넣어 녹두부침개 반죽을 만들었다. 녹두를 껍질째 갈았으니 전에 보던 노르스름한 녹두부침과는 색이 다른 푸르스름한 녹두부침개가 나왔다. 녹말의 함도가 적다 보니 점도가 떨어져 뒤집는데 애를 먹었다. 고기를 넣지 않았으니 푹 익히느라 노력하지 않아도 좋았지만, 입에 익숙한 얕은 맛은 훨씬 덜했다. 내 맘대로 해보고 나니 어째서 껍질을 벗긴 녹두로 부침개를 부치는지 깨달았으며, 돼지비계를 녹인 기름으로 부침개를 부치는 까닭도 짐작이 되었다.

예전에 외할머니께서는 명태전을 부칠 때 내가 한 개만 먹겠다고 하면 제사에 써야 하니 나중에 먹으라고 하셨다. 나는 지금 이렇게 맛있을 때 먹게 하지 왜 나중에 먹게 하는지 이해하지 못했다. 심통이 나서 "나는 나중에 명태전을 한 상자 준비해서 마음대로 먹으면서 부칠 거야" 하며 투덜거렸다. 명태전은 그냥 부치면 되는 줄 알았다. 그러나 소금을 뿌려 밀가루를 묻히고 계란을 풀어 부치는 명태전을 쉰 살이 되어 막상 해보려니 만만하지는 않아 보인다. '우리 할머니, 그때 그래서 그러셨구나, 정말 그러셨겠다'를 연신 속으로 중얼거리며 명태전을 잔뜩 부쳤다.

　송편을 빚자니 이전에 전혀 해보지 않은 일이라 더 아득하게 느껴졌다. 전에는 채를 잡고 서두는 사람이 있어 거들면 그뿐이었는데, 지금은 하나부터 열까지 내가 시작하고 이끌어 나가야 하니 시작부터 엄두가 나지 않았다. 반죽을 하려다 말고 말려다 다시 해보자 싶어 냉동실에 둔 떡가루를 두어 번 넣었다 꺼냈다 했다. 손님 방 앞을 오가다가 내가 지금 떡가루를 놓고 이러고 있음을 자백하니 손님 한 분이 내려와 떡 반죽을 서둘러준다. 송편을 스스로 주도해서 빚어보기가 처음인 손님과 나는 어깨너머로 보아온 기억을 더듬어, 쌀가루에 끓는 물을 부어 익반죽을 했다. 속에 넣을 깨는 설탕과 소금으로 간을 하는 것은 알겠는데, 콩에 관해서는 손님도 나도 도무지 감이 잡히지 않았다. 아이에게 도움을 청하니 도희가 인터넷으로 검색해본 뒤, 풋콩은 소금을 넣고 푹 삶아 송편 소로 쓴다고 알려주었다.

우선 서른 개쯤 송편을 빚어 솔잎을 깔고 덮어 쪄냈다. 물을 묻혀 솔잎을 떼어내고 참기름을 발랐다. 쌀알 하나와 송편 하나는 모양은 흡사하나 크기와 그 내용은 무척 달랐다. 또한 쌀알에서 송편까지 만들어지는 과정을 스스로 익히며 만든 송편은 전에 보던 그 떡과는 전혀 다르게 느껴졌다. 산은 그 산이 아니고 물도 그 물이 아니었다. 사랑채에 묵는 손님들께 나누어드리고 한 개도 남김없이 알뜰하게 먹었다. 떡 보기를 돌같이 해서 떡이 이리저리 굴러다니던 우리 집에서는 흔치 않은 일이었다.

추석 날 아침에는 햅쌀로 밥을 짓고 토란국을 끓였다. 제철 음식인 토란국에 고기 대신 물오징어를 썰어 넣었다. 국물이 구수하니 아이들도 나도 한 그릇씩을 유감없이 먹었다. 밤과 콩을 얹어 지은 햅쌀밥은 맨밥으로 먹기에도 차지고 고소한 게 입에 착착 달라붙었다. 추석을 맞아 내 손으로 햅쌀을 골라 손수 지어보니 밥맛이 다른 것이 더욱 확연하게 느껴졌다. 그동안 아무 생각 없이 묵은 쌀밥을 먹고 살아온 내가 무던하고도 안타깝게 여겨졌다. 모르고 살아온 세월이 내 곁을 남실남실 흘러가는 것이 느껴졌다. 천진난만, 순진무구한 그 시간을 더는 만나지 않으리라 생각하니 아쉬움도 없지 않았다.

손님 한 분이 찰찰하게 버무린 잡채와 집에서 빚어온 송편을 가져다주셨다. 쇠고기 산적을 꼬치에 꿰어 가져다주시는 손님도 있고 더덕을 주시는 손님도 있었다. 사과 하나, 배 하나도 창문 앞에 얌전히 놓여있었다. 처음 집에서 지내는 명절에, 처음 만난 사람들끼리 하룻밤 만에 한 식구가 되었다. 있으면 있는 대로, 없으면 없는 대로 자연스레 나눔이 오가는 우리 집의 추석 명절, 가야할 곳이나 해야 할 일은 보이지 않았다. 제각각 하고 싶은 대로 하고, 있고 싶은 대로 있어서 보기에도 참 좋았다. 내가 그리던 명절의 그림과 흡사한 풍경이었다.

영화 〈매트릭스〉에서 본 오라클의 집이 떠올랐다. 어디선가 과자 굽는 냄새가 나는 것 같았다. 부려지는 사람도 없고 부리는 사람도 없었다. 눈치를 보지 않아도 되고 가슴속을 들킬까봐 전전긍긍하지 않아도 좋았다. 아이들은 늦잠을 자고, 나는 시간에 쫓기지 않으며 식구들을 위해 식사 준비를 하는 그 아침은 무척 평안했다. 내 상상 속의 명절은 의무도 당위도 없는 축제이며 너도 즐겁고 나도 즐거운 잔칫날이었다. 일도 음식도 있으면 있는 대로 없으면 없는 대로 마음 길 따라 나누는 시간이었다. 섬기고 싶은 조상님들은 햇볕 좋은 뜰, 가을꽃들 곁에 펼쳐드리고 그리운 기억들은 달빛 별빛 드는 뜰에 심어주었다.

더불어 살아가는 사람들끼리 촉촉하고 따뜻한 마음을 나누는 그 시간을 나는 '명절'이라 부르고 싶었다. 추석 달이 둥실 떠올랐다. 산하는 고요하고 달빛은 분가루처럼 세상에 떨어져내렸다.

분주했던 일상의 날갯짓을 접고 도란도란 피어나는 소망의 소리에 귀 기울여 움직거리는 그 시간을 우리 집의 명절로 자리매김을 해주고 나니, 원만구족 둥근 달처럼 이도 내게는 참으로 괜찮은 세상 같아 보였다.

우리,
화투 칠까?

뉴질랜드에 살고 있는 중학 동창 수정이가 한국에 왔다는 소식에
외출을 결심했다. 친구 만나러 가는 길이 결심이라니……. 가장
으로서 민박을 업으로 삼고 사는 내 생활의 실체가 우습기도 하
고 기특하기도 하다.

　학교에서 돌아온 나래, 다래, 도희에게 "뉴질랜드 수정 이모가
화천 은영 이모네 집에 와있대" 하고 말했을 뿐인데, 아이 셋은 이
구동성으로 "손님은 우리가 받을 테니 엄마도 얼른 가서 놀다 오
세요" 한다. 식사 준비를 해오지 않은 손님의 저녁상을 봐드리고
나래, 다래, 도희에게도 저녁상을 차려주고 나서도 일이 눈에 걸
려 나는 쉽사리 집을 나서지 못했다. 그러자 아이 셋은 "자, 집은

우리에게 맡기고 엄마는 얼른 가세요" 하며 내 등을 떠밀었다.

밤 9시가 조금 넘은 시간, 화천에 사는 친구 집을 향해 길을 나섰다. 친구를 만나러 가는 길은 잊고 살던 나를 찾아 가는 길인가 보았다. 더구나 나처럼 산골짜기에 사는 친구, 나처럼 이전에 살던 곳에서 뚝 떨어져 사는 친구를 만나러 가는 길은 분주한 생활 속에서 차마 잊고 살던 나를 만나러 가는 그 길인가 보았다. 어두워도 두렵지 않았고 혼자여도 외롭지 않았다. 현리, 인제, 원통을 지나 양구를 거쳐 화천의 오음리까지, 터널을 몇 개 지나고 구불구불 고갯길을 넘어 달리는데, 도무지 시간의 흐름이 느껴지지 않았던지 나는 내내 시계를 한 번도 보지 않았다.

친구의 집이 가까운 어둠 속에서 차창을 열었다. 전조등 불빛에 길섶의 들국화의 실루엣이 너울거리고 밤하늘에 별들이 초롱거린다. 진동의 동그란 하늘에만 별들이 반짝반짝 달려있는 줄 알고 사는 내 마음이 참으로 신기하기 그지없다. 침엽수림을 지나 언덕을 내려가노라니 검푸른 하늘에 걸린 오리온자리의 별빛이 내 가슴에 나선형으로 내리꽂힌다. 저만치 아래 친구 집의 불빛이 별빛이 내린 그 길로 모락모락 따끈따끈 피어오른다. 자정이 가까운 시간 친구의 집 뜨락에서 오래 묵은 친구들을 만나 손을 잡고 체온을 느껴본다. 친구 집 거실 무쇠 난로에서 장작이 타고 있다. 지난 3월, 친구 셋이 만나 뉴질랜드의 남십자성 아래에서 놀아본 이후 훈훈하고 다정하고 여유가 느껴지는 최초의 밤 시간이다. 오늘의 해후가 헤어진 후 딱 하루 만인 것처럼 느껴졌다.

친구 셋이 만나 손을 잡고 있는데 뒷산에서 개 짖는 소리가 예사롭지 않게 들렸다. 이게 무슨 소리냐고 묻자 친구는 "화천에는 가을 추수기를 맞아 멧돼지들의 출몰이 빈번해 밭 주변에 덫을 놓는 농가가 많은데, 조금 전에 풀어준 개가 아무래도 덫에 걸려있는 것 같다"고 말한다.

기다리던 친구는 밤길을 날려온 친구에게 개를 풀어주러 산으로 가자고 말하지 않는 의연함을 지녔다. 친구의 몸과 마음이 여기에도 있으나 또 한 마음은 식솔인 개가 짖고 있는 숲을 홀로 헤매는 것 같아 보인다. 밤의 숲을 다녀보지 않은 또 한 친구는 안타까움이 두 눈에 듬뿍 묻어있다. 친구의 개를 찾는 시도가 지금 우선 할 일이었다. 또한 개 짖는 소리가 멈춰야 우리가 제대로 놀 터였다.

"숙제부터 하고 놀자."

개를 찾고 못 찾고는 하늘에 맡겼다. 장화를 찾아 신고 손전등을 챙겨 들고 친구와 밤의 숲을 향해 나섰다. 개 소리가 나는 가장 가까운 지점까지 차를 가지고 가서 숲 속을 향해 불을 비추었다.

"강아!"

친구가 개 이름을 부르자 개가 짖는 것을 멈추었다. 우리가 아무리 짖어보라고 해도 개가 짖지 않았다. 낯익은 소리에 안심한 것 같았다.

"강아, 소리를 내야 너를 찾을 수 있어." 밤 숲에 대고 소리를 지르고 귀를 기울이니 간헐적으로 '낑낑' 하는 소리가 들렸다. 끊어졌다 이어지는 실낱 같은 신음에 의지해 가다보니 나무 아래 쇠줄에 목이 묶인 개가 보였다. 기특하고 대견했다. 소리를 내준 개도, 그 소리에 의지해 개를 찾아낸 우리도. 덫을 풀고 개를 구해 집으로 돌아왔다. 숙제를 마치고 나니 우리에겐 참으로 신나는 밤이 시작되었다.

열네 살에 만나 쉰 살을 살고 있는 세 친구의 이야기는 밤이 깊도록 이어졌다. 뉴질랜드에서 20년을 살고 온 친구가 말했다.

"난 그건 한가한 사람들이나 겪는 거라고 생각했는데, 나처럼 바쁘게 사는 사람이랑은 상관없는 일이라고 생각했는데, 근데 살아보니 그게 아니더라."

친구는 지금 갱년기 우울증을 앓고 있노라고 말해주었다. "누가 어떻게 해주어도 섭섭하고, 스스로 뒤로 빠지면서 소외감을 자초하고, 무슨 말을 들으면 덧칠을 하면서 혼자 삐치고 잠도 안 오고 시도 때도 없이 눈물이 나고…… 그리고 난생처음 죽고 싶다는 생각이 들었다"고 말하는 친구의 눈에 눈물이 가득 고여있었다.

"너처럼 유순하고 한 길을 걸어온 사람이 왜?" 하며 눈이 둥그레져서 바라보는 두 친구에게 그 친구는 이야기를 계속했다.

며칠 전에는 자다가 말고 일어나 대성통곡을 했는데, 옆에서 자던 남편이 일어나 자기를 한참 물끄러미 쳐다보더니 "우리, 화투 칠까?" 하고 말했단다. 갑자기 제어할 수 없이 눈물이 쏟아지면서 웃음도 함께 나오더라고 했다. 우울의 늪에 빠져있는 아내를 앞에 두고 어떻게든 구해낼 방법을 시도한 친구 남편의 마음이 읽혔다. 남편이 애용하던 무뚝뚝함의 가면 뒤에 숨은 아내를 향한 다사로운 정이 느껴졌다.

무던하고 침착한 내 친구, 참으로 열심히 살아 복 받았구나 싶은 흐뭇한 마음도 들었다. 자다가 깨어서라도 소통을 이어주는 남편과 자다가 울어서라도 소통을 청하는 아내가 이 세상에서 함께 살아 이토록 아름답게 만난 장면을 친구들에게 전해주는 그 우정이 가슴 깊이 고마웠다. '그래, 그럼 그렇지, 사람과 사람이 모여 사는 이 세상이 이리 따뜻하고 아름답기도 하잖아' 하는 생각에 내 마음 또한 안심이 되었다.

울면서 "나 화투 치는 거 안 좋아해"라고 말하자 남편은 "그럼 티브이 볼래?" 하면서 티브이가 있는 방으로 아내를 데려갔다고 한다. 남편과 아내는 자다 말고 일어나 한밤중에 두 시간 동안 함께 티브이를 보았는데 아내는 문득, '지금 내가 뭐 하고 있는 거지?' 하는 생각에 어색하고 우스운 감정을 느꼈단다. 그 이야기를 들으며 나는 눈물과 웃음이 뒤섞인 감동의 고개를 자지러지듯 굴러 내려왔다. 개도 짖으면 구하러 나서는데 친구의 구조 신호를 들은 다음에야 망설일 수가 없었다. 우리는 팔을 걷고 나섰다. 그날 밤 두 친구는 "우울의 늪을 건너고 있다"고 고백한 친구를 잠시도 가만히 두지 않았다. "화투 칠까?"와 "티브이 보자"를 남발하며 우리는 눈물이 줄줄 흐르도록 웃고 또 웃었다. 웃음은 아마도 마음의 햇볕인가 보다. 우리 사이에 흘러다니던 우울은 젖은 빨래에 담겨있던 습기처럼 어느샌가 사라지고 보송보송 화기애애한 기운이 손에 닿을 듯 느껴졌다.

집으로 돌아오는 길은 단풍이 고왔다. 단풍 고운 길을 돌아오면서 내가 지나온 우울의 늪들이 떠올랐다. 그저 열심히 살기만 하면 다 되는 줄 알았던 산골살이, 나조차도 거기 빠져있는 줄을 모르고 허우적거렸던 우울의 시간들이 새록새록 떠올랐다. 산봉우리에 올라 도시가 있는 쪽을 바라보기라도 해야 잠시라도 나 살던 세상을 향한 그리움이 해갈되기도 했었다. 나 살던 세상과 연결되어 있다는 것에 생각이 꽂혀 가장자리에 살얼음이 언 가래막골 시냇물에 몸을 담그지 않을 수 없었던 그 겨울 끄트머리의 기억도 생생하다. 소통에 마음이 꽂히니 추위는 안중에도 없었다. 머리까지 온전히 물에 잠기면 세상과 연결되는 느낌이 들지도 모른다는 확신에 나는 일말의 두려움도 없이 잠수를 감행했다. 아무 일도 일어나지 않았다. 마음이 갑갑해진 나는 잠수를 한 채 물을 따라 조금 흐르기 시작했다. 숨이 조금씩 막히자 막중한 압력이 느껴졌다. 그리고 잠시 정신이 아찔하면서 내가 무척이나 고적한 깊은 바다 속에 잠긴 듯한 느낌이 들었다. 오래오래 거기 있었던 바위도 보이고 해초들이 너울거리는 듯이 느껴졌다. 귀가 먹먹하고 몸이 짓눌리는 느낌 외에는 모든 것이 산속 풍경과 흡사했다. 담담하고 고요하고 평화로웠다. 사람이 이렇게도 죽을 수 있겠다는 생각이 듦과 동시에 나래, 다래, 도희의 환한 얼굴이 떠올랐다. 나는 바로 물 위로 솟구쳐 올랐다. 생각하면 할수록 내가 잠시 미친 듯한 아찔한 순간이다. 한편으로는 그토록 소통을 갈구하던 열정의 순간을 살아본 내가 사랑스럽기도 하다.

　잠시 다니러 오신 어머니께 아이들을 맡기고 단목령을 넘어 양양 읍내의 바람을 쐬보기도 했다. 국수 한 그릇을 사 먹고 돌아오던 길에는 뉘엿뉘엿 해가 저물어 두려움에 벌벌 떨며 산길을 뛰다시피 걷기도 했었다. 어쩌자고 이러는 건지 자신에게 아무리 물어보아도 대답을 들을 수 없던 그 시간이, 아마도 내가 우울의 깊은 그늘을 지나던 때였을 거라는 생각이 이제야 든다. 얼마나 마음이 갑갑했으면, 얼마나 소통이 그리웠으면 그렇게나 겁이 많은 내가 혼자 그 무서운 이야기들이 입력된 산길을 나섰겠나. 투덜거리지도 않고 누군가 해줄 거라는 기대도 없이, 짖는 기능이 거세된 개처럼 혼자 동동거리며 어찌어찌해보던 내 우울의 순간들. 그때를 되새김질해보니 나는 내가 한량없이 애잔하고 대견하다.

내 일은 나 혼자서 해야 되는 줄 알았다. 내 마음도 어떻게든 나 혼자 추스려야 되는 줄 알았다. 사람 귀한 산골에 살다 보니 옆집의 소리가 들리지 않았다. 보지 않고 듣지 않으니 세상이 조금씩 희미해져갔다. 병원도 잊고 약국도 잊었다. 나는 몸이 아프면 곧이곧대로 앓았고 마음이 아프면 산에 가서 혼자 울었다. 시집에서 읽은 대로 세상은 바다고 사람은 모두 각각의 섬처럼 독자적으로 살아야 하는 줄로만 알았다. 삶은 또한 진저리나게 외로운 것이 마땅하니 나는 투덜거림조차 용납해주지 않았다. 누군가에게 기대고 싶은 마음이 들면 '홀로 설 줄도 알아야 한다'고 나를 무섭게 채근했다. 막걸리라도 한잔 마시고 속을 내비친 다음 날에는 자신을 단속 못 한 나를 종일 벌세웠다.

지금까지 잘도 그래왔건만 나는 "화투 칠까?"라는 간단한 대사에 와르륵 눈물을 쏟고야 말았다. "그래, 이런 세상도 있는 거지……. 그런데 나는 그동안 나한테 무슨 짓을 한 걸까?"

기억상실증에서 헤엄쳐 나온 기분이 들었다. 키다리 아저씨의 정원에 내가 서있었다. 내가 이상한 나라에 다녀온 앨리스처럼 느껴졌다. 더불어 살 줄밖에 모르던 나는 산골에서 혼자 사는 법을 익혔다. 그렇게 혼자 살기에 열중하다보니 더불어 사는 삶을 까맣게 잊었다. 그리고 오늘 나는 "화투 칠까?"를 통해 더불어 사는 삶의 기억이 돌아왔다. 옳고 그른 것은 없었다. 어떻게 살아야 한다는 의무감은 사라졌다. 하룻밤의 여행을 통해 내 안에 또 하나의 부드러운 혁명이 일어났다. 내게는 따로도, 또 같이도 살수 있는 권리가, 자유가 있었다. 단풍이 곱단하게 물든 길을 달려집으로 돌아오는 내내 나를 감싸고 있던 키다리 아저씨의 담장은 소리 없이 무너져 내리고 있있다. 단풍이 사무치게 아름다운 '시월의 어느 멋진 오후'였다.

나는 그를
'개'라 부른다

11월이 들면서 배가 불룩해진 아기 꽃순이가 자리를 잡고 엎드려 있는 시간이 많아졌다. 아기 꽃순이는 늦겨울에 천원이와 어미 꽃순이 사이에서 태어난 강아지 네 마리 중 하나였는데 우리 집에서 유례없이 첫 생리에 새끼를 가졌다. 어느 날 어미 꽃순이가 사라진 후, 어미를 꼭 닮은 아기 꽃순이를 우리는 그냥 꽃순이라 부르고 있다. 꽃순이가 바비큐장 기둥 옆에 자리를 잡는가 싶어 바닥에 이불을 깔아주었더니 나래, 다래, 도희는 손님들의 출입이 빈번한 바비큐장은 해산 장소로 마땅치 않다며 꽃순이가 몸을 풀 집을 지어주자고 한다. 멋진 생각이라 말해주고 저녁 설거지를 하는데 개집을 새로 지어줄 자재를 찾느라 세 아이의 움직임이 분주하다. 아이들은 창고와 집 안팎을 돌아다니면서 조립식 플라스틱 박스를 찾아내 바닥을 깔고는 삼면을 이어 지붕을 덮고 테이프로 구조물을 고정시켰다. 마침 쓰지 않고 두었던 꽃무늬 침대보가 있어 내어주었더니 마침하게 구조물에 덮는다.

주방 문 곁에 노랑 꽃무늬 침대보를 덮은 해산터는 우리에겐 꽤 그럴듯해 보이는데 꽃순이 마음에는 들지 않았는가 보다. 아무리 데려다 놓아도 꽃순이가 들어가지 않는다. 밥그릇과 물그릇을 가져다 누고 며칠을 기다려 보아도 꽃순이는 그 새집을 도무지 사용할 기미가 보이지 않는다. 금방이라도 강아지를 낳을 것 같더니 주말을 맞아 손님들이 오시자 꽃순이는 또 아무렇지도 않은 듯 손님들과 함께 산책을 하고 엠티비 산장에 마실을 다녀오기도 했다. 다래는 어쩌면 '저 어린 것'이 우리랑 함께 살려고 상상임신을 했는지도 모른다는 상상을 한다. 날짜를 꼽아보면서 나도 '꽃순이가 그럴 수도 있겠다'는 생각이 들었다. 젖꼭지는 성견이 되느라 그런 것 같기도 하고 어떤 날은 배가 조금 들어간 것 같아 보이기도 했다.

꽃순이가 들어가지 않은 해산터를 철거했다. 꽃순이의 뱃속에서 무슨 일이 일어나고 있는지는 도무지 알 수 없어서, 그만 내 생각을 접고 해산터 바닥에 깔았던 이불을 꽃순이가 살던 집으로 옮겨 깔아주었다. 그리고 다음 날 아침 식사를 차려놓고 개집을 들여다보니, 이런, 꽃순이 품에 강아지가 두 마리가 안겨있었다. 식사 준비를 하기 전에는 얌전히 들어앉아있더니 꽃순이는 내가 아침을 준비하는 동안 소리 소문 없이 강아지를 낳은 것이다. 기특하고 무던함에 가슴이 찡해왔다. 아침을 먹고 나서 꽃순이에게 가보니 이번에는 희끄무레한 보자기에 싸인 물체를 혀로 핥아주고 있다. 세 번째 강아지가 나온 것이었다.

함께 꽃순이를 보러 간 도희가 경탄조로 말한다.

"배우지도 않았을 텐데 꽃순이는 어떻게 이 모든 걸 알아서 해결하지?"

그러게 말이다. 태어나서 사계도 살지 않은 꽃순이가 어쩌면 이렇게 늠름하게 여유 있게 당당하게 유연하게 어미 노릇을 하고 있는지, 내 마음에도 꽃순이를 향한 공경심이 절로 일었다. 점심 때쯤 되어 다시 가보니 꽃순이는 자그마치 일곱 마리나 되는 강아지에게 젖을 물리고 누워있었다. 첫 수태에 일곱 마리라니······. 개의 젖꼭지가 여덟 개라 안심이 되었지만, 계속 출산 중일지도 몰라 우리는 만 하루가 지날 때까지 수시로 꽃순이의 동정을 살피기에 여념이 없었다.

북어 대가리를 압력솥에 푹 고아 낸 국물에 밥을 말아주었다. 꽃순이는 젖을 물린 강아지들에게서 떨어지지 않은 채 밥그릇을 쳐다보고 있다. 젖을 먹이면서 밥을 먹을 수 있게 밥그릇을 밀어주었더니 단숨에 한 그릇을 다 비운다. 꽃순이가 먹을 수 있는 음식을 마련해준 데에 절로 신바람이 나서 꽃순이의 아침과 점심, 이른 저녁과 밤참에 새벽 참까지 명심하여 챙겼다.

비 내리는 어느 날, 아침을 챙겨 가보니 꽃순이는 보이지 않고 강아지 일곱 마리만 한데 모여 꼬물거리고 있다. 비가 오는데 이 어린 것들을 두고 꽃순이는 어디로 간 걸까? 마당을 돌아다니며 꽃순이를 부르자 꽃순이는 이내 모습을 나타낸다. 출산 사흘째, 이제 여유를 가지고 용변을 보고 온 듯했다. 꽃순이는 밥그릇에도 강아지들에게도 덜컥 다가가지 않았다. 개집 입구에서 천진스런 눈빛으로 나를 쳐다보고는 제 몸에 묻은 빗물을 혀로 핥았다. 털 뿐이 아니었다. 꽃순이는 자신의 네 발과 꼬리까지도 알뜰하게 혀로 핥고 나서야 강아지들을 품는 것이었다.

혹여 강아지에게 닿을 새라 발걸음도 조심조심, 구석에 몰려 있는 강아지들을 입으로 배 쪽으로 밀면서 자리를 잡고 누운 꽃순이. 이토록 지극한 예절과 절도가 느껴지는 꽃순이를 보면서, 나는 사람도 이런 사람 저런 사람이 있는 것처럼 개도 개 나름인데, '개'라는 말을 되는 대로 한 덩이로 묶어 사용하는 사람들이 무척 모순되게 느껴졌다. 이제는 '개'가 붙는 말을 때론 덕담으로 들을 수 있을 것도 같았다. '개보다 못한'이란 말은 욕이라기보다는, 습관적으로 살고 있는 나의 일상에 자연의 섭리가 울려주시는

'개만큼만이라도 정신 차리라는 경종'으로 받아들일 수 있을 것만 같았다.

정은 받아주는 대상이 있을 때 샘물처럼 더욱 싱싱하게 솟아나 피는 꽃인가 보다. 꽃순이에게 밥을 주고 먹는 것을 지켜보고 돌아와 목욕탕에서 손을 씻는데 거울에 비친 내 모습이 선하고 부드럽고 따뜻하게 느껴진다. 맘에 꼭 드는 고운 표정이 꽃순이를 닮았다. 꽃순이는 그저 제 할 일만 묵묵히 할 뿐인데, 신기하게도 내게서는 '주는 사람으로서의 오만'이 삽시간에 사라져버렸다. 나를 꼼짝없이 제게 귀의하게 하다니, 저를 공경하는 마음이 절로 들게 하다니, 꽃순이의 공력이 그저 놀라울 따름이었다.

바로 일주일 전에 우리 마당에는 개가 네 마리 있었다. 꽃순이와 한 배로 태어난 강아지들이 천원이와 자리를 잡고 있으면 마당이 꽉 차고 든든하게 느껴졌다. 한없이 사랑스럽고 귀여운 강아지들을 바라보는 것은 참으로 좋았지만 천원이와 강아지들이 마을을 한 바퀴씩 돌아다니다 보니 새로이 마음 쓰이는 일도 생기기 시작했다. 마을의 개들은 대부분 묶여있으므로 돌아다니는 개들을 보면 소란하게 짖는다고 했다. 또 어떤 날에는 묶인 개의 밥을 녀석들이 훔쳐 먹었다는 소문도 들렸다. 농사를 짓는 집에서도, 닭을 풀어놓고 키우는 집에서도, 어린 모종과 닭들을 위해 개를 묶어달라는 요청이 들어왔다. 우리 개들이 밥을 먹었다는 집에는 양양에서 제일 비싼 사료를 한 부대 사다드렸다. 아주머니께서는 안 받겠다고 극구 사양하심에도 나는 그 말을 들은 이상 우리 개들의 행동에 책임을 지는 편을 선택했다. 그리고 개들을 묶었다.

묶여보지 않았던 개들은 묶이자마자 풀이 죽어 보였다. 풀려 있을 때는 거실 앞에 사료를 부어주면 알아서 먹고, 물은 마당 끝에 흐르는 가래막골 시냇물을 역시 알아서 먹었건만, 묶어두니 밥도 물도 가져다주어야 했다. 개들은 기둥을 사이에 두고 왔다 갔다 하니 목줄이 꼬이기 일쑤여서 수시로 들여다봐줘야 했다. 또한 배변 의사가 있으면 개들은 제 화장실에 가고 싶다고 낑낑 거렸다. 사랑채에 손님들이 지속적으로 묵었던 그 여름날 동안 나는 밤이고 새벽이고 개들 소리가 나면 졸린 눈을 비비고 나가 목줄을 들고 뜰을 배회하곤 했다. 줄에 묶인 개들은 숲이나 덤불도 개의치 않고 다녔다. 때론 개울을 건너고 싶어했으며 숲에서 바스락거리는 기척이 느껴지면 달려가려다 목줄에 걸려 멈추곤 했다. 목줄을 잡은 내 손은 일종의 브레이크가 되었다. 목줄이 당겨지면 개의 투명한 눈은 "왜죠? 늘 다니던 길을 왜 가지 말아야 하죠?" 묻는 듯했다.

여름 성수기에 일손이 바빠 개 돌보는 것을 감당할 수 없는 날에는 개들을 숲 속 통나무집에 데려다 두었다. 먹이를 주러 가면 개들은 정신없이 매달렸다. 어쩌면 이다지도 주인에게 일편단심으로 의지하는지……. 그런 개들을 떼어놓고 사는 내가 한없이 초라하게 느껴졌다. 돌아오는 길에 들리던 울부짖음이 도무지 잊히지 않아 나는 다시 밤이슬을 맞기로 하고 개들을 집으로 데려왔다. 한동안 개들 덕분에 밤잠을 설쳤다. 내가 고단한 날에는 여름방학 동안 학원을 다니다 돌아온 아이들이 밤중에 일어나 개들을 데리고 다녔다. 그리고 나는 내가 선택한 이 일을 선선히 받아들였다. 개를 사랑하는 아이들도 이 불편함을 순순히 받아들이는 눈치였다. 개 짖는 소리가 나면 겉옷을 입고 나가 개들을 데리고 다니며 중얼거렸다.

"그래, 니들 덕분에 내가 이 신새벽을 호흡하며 이렇게나 초롱초롱한 새벽 별빛을 보며 사는구나."

자다가 우는 소리가 들리면 일어나 아기들을 돌보아주었던 예전 나래, 다래, 도희가 어린 아기일 때와 무척 흡사한 정황을 다시 살고 있는 것 같아 묘한 그리움도 느낄 수 있었다. 더구나 열여덟 살 먹은 나래, 다래, 도희가 보살핌을 몸으로 익히는 중이라 여기니 이 또한 좋은 일이리라.

여름이 지나고 가끔씩 개들을 풀어주기 시작했다. 깽깽거리는 개에게 용변이나 마음껏 보고 오라는 마음으로 풀어준 것이었는데, 풀어주고 다시 묶고 하다 보니 개들은 '깽깽대면 풀어준다'는 법칙을 알아챈 것 같았다. 한 마리를 풀어주면 나머지 세 마리가 합창으로 짖어대기 시작했다. 개 소리가 더욱 시끄럽다보니 타협이 생겨났다. 이만큼이면 묶이는 데에 익숙해졌으리라 생각하고 잠시 네 마리를 함께 풀어주었다. 쏜살같이 숲으로 달려가는 개 네 마리를 바라보는데 박하사탕을 입안 한가득 문 것처럼 가슴이 후련해져왔다.

손님도 뜸해지고 농사도 이제 추수할 때가 되었으니 가끔씩 개들을 풀어주었다. 그리고 수삼 일, 마당에 나갔던 나래, 다래, 도희가 개들이 닭 모가지를 물고 다닌다고 전했다. 개를 풀어놓은 나는 '아뿔싸' 싶었지만 재빨리 생각을 정리했다. 개들이 닭을 잡은 게 아니라, 사람이 닭을 잡은 뒤 버린 모가지를 개들이 물고 왔는지도 몰랐다.

아이들에게 닭 모가지가 '칼로 잘린 것'인지 확인하라 일렀다. 아이들은 닭 모가지를 놓고 한참 들여다보더니 '알 수 없는 일'이라 전한다. 내가 들여다보아도 닭 모가지가 어떻게 떨어졌는지는 역시 알 수가 없었다. 중요한 건 우리 개들이 풀려있고 닭 모가지를 물고 있다는 사실이었다.

아이들에게 닭 모가지를 멀리 가져가 가급적 깊이 묻으라고 일렀다. 아이들은 두 말도 없이 신속히 움직였다. "그래도 엄마,

이건 아니지"라고 내게 직언하기를 서슴지 않았던 다래가 가장 빨리 움직였다. 삶이란 때론 이론과 실제가 다를 수 있음을 백문이 불여일견으로 아이들이 체득하는 것처럼 보였다.

개들을 다시 묶었다.

"얘들아, 나도 너희와 함께 살고 싶어서 이러니 제발 조용히 있어다오."

나는 애간장이 타서 말하고 개들은 그저 천진난만한 표정으로 나를 바라보기만 한다. 아이들에게는 '우리 집 개들은 요즈음에 결코 풀려본 적이 없다'고 선언하고 어깨너머로 들은 '연좌제 금지'에 대해 이야기를 해주었다. 국가의 존속에 위험한 일이 아니고서는 가족의 범법 행위에 관해서 가족끼리는 덮어주어도 위법이 아니라고……. 개들이 출처를 알 수 없는 닭 모가지를 물고 왔으므로 나는 이 일을 덮어주나, 개들이 우리 사회에 위험하다 여겨지는 일에 연루가 되었다면 달리 처리할 수도 있었다고 아이들에게 말해주며 두근거리는 내 마음도 함께 다독였다.

아이들은 개들을 묶지 말고 개장을 크게 지어 그 안에서 뛰놀게 하자고 졸랐다. 학교에서 돌아온 아이들은 나보다도 우선 개들에게 가서 한참 놀다가 "학교 다녀왔습니다" 인사하고 집으로 들어온다. 창을 통해 나는 아이들과 개들이 어울리는 모습을 바라본다. 아이들은 개들을 사랑하고 개들은 아이들을 따르는 모습이 가슴 뭉클하게 아름답다. 어떻게든 개들과 함께 살고 싶어하는 아이들의 마음을 익히 알고 있으므로 나도 개들과 함께 살려는 꿈을 어떻게든 간직하고 있었다. 개들이 너무 시끄러운 날에는 나도 개 없이 조용히 살고 싶은 생각이 불쑥불쑥 들기도 했다. 그러나 막상 개들의 천진난만한 표정을 보면, '아이고, 그냥 내가 마음 좀 비우고 살지' 하며 개를 치우고 싶은 마음이 절로 접어지곤 했다. 변덕스런 내 마음 덕분에 나는 개들에게 더욱 애틋한 마음이 들었다.

첫눈이 내릴 무렵, 우리 집 설비 공사를 도와주시는 분에게서 개 세 마리를 데려가고 싶다는 제안을 받았다. 겨울이 되면서 '위해 조수鳥獸 퇴치'를 위해 개들이 필요하다고 했다. 아저씨와 아주머니가 개를 대하는 마음이 따뜻하게 느껴지던 터였다. 새끼를 가진 것 같은 꽃순이를 집에 남게 했다. 진돗개는 한번 주인은 평생 주인으로 여기는데 완전 진돗개인 천원이는 당연히 우리와 함께 살아야 한다는 아이들에게, 천원이가 우리를 찾아오면 그때는 아무 데도 보내지 않겠다고 약조했다. 천원이는 용맹하고 의젓하지만 어려서 묶여본 적 없던 터라 주인인 나도 다루기가 쉽지 않았다. 그러나 찾아온다면 그때는 이유를 불문하고 천원이를 제 마음대로 살게 내버려두겠다고 내게도 여지를 남겨두었다. 쉽지

설피밭, 마당 있는 집에서 우리는 늘 개들과 더불어 살아왔다.
개들은 아이들의 친구였고 때론 보모였다.

않은 이 결정에는 이기적인 생각이 무척 큰 도움이 되었다.

개들을 떠나보내고 난 후 꽃순이가 강아지를 낳았다. 꽃순이는 강아지들을 잘 돌보고 나는 꽃순이를 잘 돌보고 있다. 강아지들은 아직 눈을 뜨지 않았지만 옹알거리는 소리도 커지고 뭉쳐있는 모습이 부쩍 듬직해 보인다. 꽃순이가 저리도 제 어미를 빼닮았는데 아비인 천원이가 어디로 가겠나. 강아지 일곱 마리 가운데 천원이의 성향을 빼닮은 녀석도 틀림없이 있을 것이다. 꽃순이에게 밥을 주며 기원을 올린다. '강아지들이 커서도 사람과 더불어 편히 살 수 있게 어려서부터 습관을 잘 들여주리라. 한번 만나면 세상을 뜨는 날까지 마땅히 해로하리라.'

나래, 다래, 도희는 "우리 엄마가 달라졌어, 이번 강아지들한테는 지극 정성이네"라고 말한다. 나는 "너희들이 이제 많이 컸잖아" 하고 대답한다.

설피밭, 마당 있는 집에서 우리는 늘 개들과 더불어 살아왔다. 개들은 아이들의 친구였고 때론 보모였다. 아이들은 개를 어루만지고 개집에 들어가거나 개들에게 마음을 털어놓기도 하면서 지냈다.

희동이, 깐순이, 점봉이, 금강이, 초롱이, 나우, 진이, 진공이, 백구, 눈솔이, 곰돌이, 점봉이 2, 돼지, 만원이, 구름이, 꽃순이 그리고 천원이······. 개들은 사람에겐 한없이 순했으며 자연 앞에서는 사자처럼 용맹했다. 개들의 이름을 지어주며 아이들이 자랐고 덕분에 내 마음도 자라났다. 그리고 개들을 돌보면서 나래, 다래, 도희와 나, 우리 가족의 마음도 덩달아 어른으로 자라남을 느낀다.

가지 많은 나무에
부는 바람

올겨울 두 번째 눈이 흩뿌리던 밤, 배추를 들여왔다. 김장을 하기
엔 무척 추운 날이라 바비큐장 한구석에 배추를 쌓고 이불을 덮
어두었다. 무는 그리하면 얼어버릴 터, 보일러실에 고무통을 가
져다 두고 비닐을 넣어 그 안에 담아 철사 줄로 꽁꽁 묶어두었다.
몇몇 손님은 당신들이 거들 테니 배추부터 소금에 절이라고 하는
데, 날 잡아 여행 온 손님들 손에 일감이 닿게 하기에는 나는 아
직 염치가 있어 배추쌈만 들게 해드렸다. 김장을 하긴 해야겠는
데 억지로는 하지 말기로, 애쓰지 말기로, 자연스럽게 흐름을 타
기로 한다. 내 마음에 시동을 걸지 않고 나는 김장을 요리조리 피
해 다닌다.

내게는 큰일을 앞두면 옷장 정리, 서랍 정리를 우선 하는 습관이 있다. 그래서 김장을 앞에 두고 옷장 정리를 하고 서랍 정리를 하고 그래도 마음을 잡지 못하고 배추만 노려보고 있는데, 현리에 사는 순자 아주머니께서 전화를 주셨다.

"김장했어?"

"김장은요, 지금 배추와 무가 집에 와있어요."

"언제 할 거여?"

"언제 할까요?"

"금요일부터는 콩 털러 가야 하니 그 전에 하지?"

"네, 그럼…… 내일 할까요?"

"그려, 내일 설피밭으로 올라갈게."

마침 시험을 보느라 저녁 버스를 타지 않은 나래, 다래, 도희를 데리러 현리에 나갈 참에 드디어 내 발등에 불이 떨어졌다. 아이들에게 쌍둥이 순댓국집에서 저녁을 먹으라 하고 쪽파와 갓, 마늘과 생강을 샀다. 터미널 정육점에서 꽃순이에게 끓여줄 족발을 두 벌 사고, 감자탕이 먹고 싶다는 나래를 위해 돼지 등뼈를 한 벌 샀다. 설피밭까지 들어오지 않아 중간에 맡겨진 택배 소포 두 개를 진동산채와 방동 구멍가게에서 찾고 집에 돌아오니 밤 9시 40분. 날씨가 너무 차가워 밖에서 김장을 하지 않기로 했다. 더구나 밖의 수도는 진작에 얼어버려 밖에서의 김장은 꿈도 꾸지 못할 일이 되었으니, 핑계 김에 마음 편히 집 안에서 김장을 하기로 했다. 일단 목욕탕 청소를 하고 아이들에게 1박 2일간 '목욕탕 폐쇄'를 선언했다. 나래, 다래, 도희에게 배추를 옮겨달라고 부탁하고 광에 가서 소금 자루를 들고 오는데 허리가 휘청거린다. "할 수 있다!"를 외치고 바구니에 배추를 담아 '전달~ 전달~ 전달~'로 목욕탕 앞에 부려놓고, 우리는 온돌방에 모여 텔레비전 드라마를 시청했다. 김장을 해도 매주 즐겨 보던 드라마는 봐줘야 한다.

나래, 다래, 도희에게서 오늘 밤에 별똥별이 무수히 떨어진다는 소식을 들었다. 아이들은 그 우주쇼를 보겠다며 새벽 네 시에 깨워줄 수 있으면 깨워달라고 하고 잠이 들었다. 열한 시부터, 배추를 소금에 절이기 시작했다. 아주 큰 통으로 하나, 중간 통으로 둘, 한 포기 한 포기 조준을 잘해서 잘라 소금을 뿌렸다. 배추를 절이면서 사자자리 유성을 생각했다. 배추 하나 별똥 하나, 배추 둘 별똥 둘, 배추 셋 별똥 셋……. 보지 않아도 어디선가 별들은 떨어져내리고 있을 터였다. 별들을 생각하며 배추를 절이니 지루하거나 외로울 틈이 없었다. 졸립지도 않았고 힘들다는 생각도 별로 들지 않았다. 배추를 모두 절이고 나니 새벽 세 시가 넘었다.

창밖으로 동남쪽 하늘에 유성이 하나 반짝이며 떨어졌다. 집

안 불을 모두 끄고 나가보니 무수한 별이 하늘에서 반짝이고 있다. 유성을 보려고 의자에 한동안 앉아있었다. 이따금 별이 내리꽂히는 밤하늘, 오늘 밤엔 신들이 모여 앉아 여흥을 즐기며 담뱃불을 날리는가 보다. 마늘과 생강 다지기를 잠시 접고 나래, 다래, 도희를 깨웠다. 김장을 한다고 해도 별똥별은 보러 갈 셈이었다.

"별 보러 가자."

아이들이 부스스 일어나 옷을 입고 담요를 챙겼다. 다리 앞 가로등 불빛이 환해 별똥이 잘 안 보일지 몰라 아이들을 태우고 조침령에 올랐다. 조침령까지 가는 동안 마을 집들은 모두 불이 꺼져있었다. 터널이 생기고 나서 다니지 않던 조침령 비포장도로를 조심스레 올랐다. 길은 군데군데 움푹 파여있고 꼭대기에는 눈도 남아있었다. 그리고 무척 깜깜하고 추웠다. 우리는 차에 들락날락하며 몸을 녹이고 밤하늘을 응시했다. 나뭇가지 사이로 보이는 별빛은 유난히 반짝거렸다. 별이 하나 떨어질 때마다 우리는 소원을 하나씩 말했다.

"내 키는 일 미터 팔십까지 크겠습니다. 감사합니다." 도희가 말했다.

"우리 엄마는 건강하고 행복하게 백 살까지 살 겁니다. 감사합니다." 다래가 말했다.

"나는 무척 아름다운 사람입니다. 감사합니다." 나래가 말했다.

"우리 나래, 다래, 도희는 건강하고 행복합니다. 감사합니다."
내가 말했다.

"이번 기말고사에서 나는 모든 과목에 구십 점 이상을 받습니다. 감사합니다."

"우리 엄마는 베스트셀러 작가입니다. 감사합니다."

"우리는 무척 건강하고 행복한 부자입니다. 감사합니다."

"이천십년 크리스마스에 우리 통장엔 삼백억 원이 들어있습니다. 감사합니다." 내가 말하니 도희가 얼른 고쳐 말한다.

"아니, 실은 천억 원이 들어있습니다. 감사합니다."

"우리 꽃순이가 강아지들을 잘 돌봐줍니다. 감사합니다."

"우리 나래, 다래, 도희가 사랑하는 배우자를 만나 행복한 가정을 이룹니다. 감사합니다."

"나도 내게 꼭 어울리는 동반자를 만나 따뜻하고 풍요로운 생활을 지속합니다. 감사합니다."

"이천십오년 크리스마스에 우리는 나래의 책카페에서 포도주를 마시며 멋진 크리스마스를 지냅니다. 감사합니다."

"엄마, 내 모텔은요?" 다래가 주문을 넣는다.

"참, 우리는 이천십오년 크리스마스에 다래의 아름다운 모텔에서 푹 자고 일어나 하얀 눈 세상을 만납니다. 감사합니다."

"아버지 어머니, 평화롭게 쉬고 계십니다. 감사합니다."

뭐든지 마음껏 개의치 않고, 이미 이루어졌다 생각하고 소원을 말하고 나니 아이들에게도 내게도 생기가 넘쳤다.

"우리는 지금 무척 행복합니다. 감사합니다"로 마무리를 짓고 우리는 5시 30분에 집으로 돌아왔다. 산더미 같은 일거리에도 불구하고 신새벽, 아이들과 함께 별똥별을 보러 간 내가 마음에 쏙 들었다. 해야만 하는 일도 하고 살고, 하고 싶은 일도 하고 사는 내 모습이 무척 마음에 들었다. 그랬다. 하늘에서 뚝 떨어져내리는 건 별똥이고, 유연함과 여유는 내가 만들어 쓰는 나만의 보물이었다.

나래, 다래, 도희는 버스를 타고 학교에 갔다. 그 버스를 타고 온 순자 아주머니와 용순 아주머니를 모시고 집으로 들어왔다.

"제가요, 새벽에 마늘, 생강 안 빻고 세쌍둥이랑 별 보러 댕겨 왔어요."

"그랬어? 잘했어. 애들 키우다 보면 별도 보러 댕기고 하는 거지."

아침 참으로 호박죽을 먹었다. 현미 찹쌀을 넣었는데 마음에 들지 않는다.

"제가 호박죽을 엄청 맛없게 끓였어요."

아주머니들께서는 '소금이랑 설탕을 좀 넣으니 먹을 만은 하다' 시며 음식에는 정성이 들어가야 한다고 말씀하신다.

실은 어제부터 내 마음이 다른 곳에 가있었다. 꽃순이가 이상했다. 개집에서 무슨 일이 있는지는 알 수 없었지만 강아지들을 살뜰하게 거두던 꽃순이가 갑자기 예민해져서 으르렁거리고 이상한 행동을 보였다. 강아지 일곱 마리는 하루 종일 깽깽거리고 꽃순이는 으르렁거리며 구석을 향해 짖었다. 나는 꽃순이를 어떻게 도와주어야 할지 몰라 개집 주변을 서성거렸다. 개들의 세계에 개입하지 않는 편이 나을 것 같아 그저 바라보기만 할 뿐, 꽃순이가 알아서 제자리를 찾기를 바라는 그 와중에 강아지 두 마리가 죽었다. 개집에, 꽃순이 곁에 갈 수 있는 사람은 나와 아이들뿐. 어찌되었든 우리가 수습해야 하는 현실 앞에서 막막했지만 이렇게 애처로운 상황은 스스로 수습해야겠다는 생각, 그리고 나래, 다래, 도희에게는 곱고 예쁜 것을 주로 보여주어야겠다는 생각을 하고 있었다.

아이들이 학교에서 돌아오기 전에 꽃순이를 묶고 개집의 구석에서 숨이 멎은 강아지들을 꺼냈다. 딱딱하고 차가웠다. 상처에는 차마 눈길을 주지 못하고 눈을 피했다. 심장이 아주 많이 쿵쾅거렸다. 속이 울렁거리고 손의 촉각이 졸렬하게 움츠러들었다. 그리고 왜 내가 이런 일을 해야 하는지 화가 좀 났다. 할 수 있다면 나도 달아나고 싶었지만 이 일을 할 수 있는 사람이 이 세상에 나밖에 없다는 생각에 강아지들을 꺼내 자루에 담았다.

죽은 강아지를 치웠는데도 꽃순이의 상태는 달라지지 않았다. 양미간에 주름이 잡히며 으르렁거리며 이빨이 드러나는 모습이 낯설고 무섭게 느껴졌다. 가끔씩 오셔서 우리 집 일을 보살펴주시던 아주머니들을 꽃순이는 잘 따랐는데 오늘은 달랐다. 사람을 그리도 따르던 꽃순이가 사람을 보고 짖기 시작했다. 도대체 꽃순이에게 무슨 일이 생긴 걸까? 당장은 알 수 없고 앞으로도 알게 될 가능성은 희박했다. 다만 꽃순이가 지금 무척 예민하고 긴장하고 있다는 것은 확실했다.

김장을 하며 아주머니들에게 꽃순이 이야기를 전했다. 아주머니들은 '꽃순이가 제 새끼들을 빼앗길까 봐 두려운 것'이라 일러주었다. 또한 너구리나 살쾡이 등이 강아지를 공격하기도 한다고 들었다. 일주일 동안 꽃순이는 강아지들을 무척 잘 돌보고 있었다. 그리고 지금 꽃순이에게 무슨 일인가 생긴 것은 분명했다. 어미가 안정이 되어야 강아지들을 잘 돌보아줄 터였다. 나는 개의 일은 개에게 맡기라는 인터넷에서 주워들은 지식을 내려놓고, 꽃순이의 집을 안전한 곳으로 옮겨주라는 아주머니들의 지혜에 따르기로 했다.

강아지들을 현관으로 옮겼다. 이불을 편편히 깔아주었더니 아주머니께서 이불에 끈을 매어 둥글게 요람을 지어주셨다. 강아지들은 그 안에서 잠들었고 꽃순이는 현관 앞에 앉았다. 참치 캔으로 꽃순이를 유인하여 현관문을 닫아놓았는데 꽃순이는 긴장을 풀지 않는 것 같아 보인다. 작은 소리에도 짖으며 주위를 살피는 기색이 역력하다. 아주머니들의 '젖이 불면 새끼들을 찾는다' 는 말씀에 희망을 걸어보았다. 돼지 족을 압력솥에 끓여 내주었더니 한 그릇을 다 먹는다. 집으로 들어오는 중문에 상을 기대어 현관을 어둡게 해주었다. 점심을 먹고 가만히 들여다보니 아주머니들 말씀대로 꽃순이가 새끼들에게 젖을 물린 채 잠이 들어있다. 어찌나 곤히 자는지 내가 문을 열고 나가도 깨지 않는다. 이제 긴장이 풀렸나보다. 잠든 꽃순이를 보는데 미안한 마음이 들었다.

꽃순이가 그러고 싶어서 그런 게 아니라, 그럴 수밖에 없어서 그런 걸 알지 못해서 미안했다. 말 못하는 짐승에게 문제가 있다는 신호를 얼른 접수하지 못해서 미안했고, 문제를 해결해주지도 않은 채 꽃순이가 알아서 진정하기를 바랐던 것이 미안했다. 무엇보다도 진정하라고 콧잔등을 한 대 때려준 것이 가장 미안했다.

"엄마, 꽃순이가 울어."

용변을 보러 나갔던 꽃순이가 전에 살던 집으로 돌아가 처음 듣는 소리를 내는데 꼭 울음소리같이 들린다. 우리가 불러 현관에 들여주면 그때서야 꽃순이는 강아지들을 다시 보듬는다.

이런 일도 있었다. 바비큐장의 싱크대를 정리하다가 새알이

들어있는 둥지를 발견했는데 처음에 있던 틈새에 새 둥지를 넣기가 어려워 바로 그 옆에 놓아주었더니, 바로 옆인데도 어미 새가 다시는 오지 않았다. 동그마니 새알이 담긴 둥지에 깃든 적막의 기억이 새록새록해 꽃순이의 집을 옮겨주는 것을 나는 두려워하고 있었다. 그런데 그 새는 그 새일 뿐, 꽃순이는 길을 잃어도 불러주면 새집으로 돌아와 강아지들에게 젖을 물린다. 자라 보고 놀란 가슴으로 솥뚜껑을 미리 두려워했음을 깨닫는다.

내 삶에 이런 일이 어디 한두 가지겠는가. 마음은 늘 현실을 앞질러가 삶의 희로애락을 미리 디자인해놓으며, 펄펄 살아 숨쉬는 삶의 현장은 최초 경험의 기억으로 애당초 차단된다. 그리하여 주조된 관념, 혹은 신념이 다람쥐처럼 쳇바퀴를 돌리고 있는 내 삶의 형상이 마치 한 편의 시트콤을 보는 것 같다.

꽃순이와 강아지들에게 마음을 내어주고 있는 사이, 아주머니들은 찬찬히 김장을 마무리해주셨다. 옆에서 마음자리를 딱 지키고 있는 아주머니들 덕분에 김장도 하고 꽃순이도 안정을 되찾았다. 꽃순이가 자리를 잡자 나도 아이들도 덩달아 안정을 되찾았다. 힘든 시간이 지나갔다. 꽃순이와 강아지를 현관에 두니 밥도 훨씬 잘 주게 되었다. 꽃순이가 일곱 마리의 강아지를 품에 안고 있던 모습이 간혹 그립기도 하지만 지금의 다섯 마리로도 우리는 충분히 행복하고 다행이라 여기기로 했다. 강아지들은 이제

앙앙, 하고 개 소리를 내기도 한다.

김장을 하는 날, 보일러의 순환 모터가 고장났다. 따뜻하게 김장을 하려고 했는데 다소 춥게 김장을 해야 했다. 보일러가 김장하는 줄 알고 고장난 것은 분명 아닐 테지만, 하필이면 김장하는 날에 고장이 나니 송구할 따름이었다. 아주머니들께서는 밖에서 김장을 하는 줄 알았는데 집 안에서 하니 이 정도는 무척 따뜻한 거라 말씀하셨다. 밤 아홉 시에 현리종합설비의 동범 씨가 트럭을 타고 올라왔다.

"심 사장님이 낼 아침에 올라가라는데, 이까짓 걸 뭘 내일 아침까지 기다려요, 확 갈아버리고 말지."

새 순환 모터를 내리며 시원스레 말해준다. 전깃불이 없는 보일러실에서 손전등을 비춰주다 보니 순환 모터 가는 법을 절로 익힌다. 전원 스위치를 끄고 보일러에 들어가는 물을 잠그고 순환 모터를 떼어내고 보충수 통에 물이 모두 빠지게 하고 난 후 새 모터를 단다. 딱 붙어 떨어지지 않는 순환 모터는 틈새에 칼을 넣어 망치로 때리고……. "아, 이렇게 하는구나" 하니 동범 씨는 설피밭에 설비회사를 하나 차리라고 한다.

커피를 마시며 꽃순이 이야기를 하니 동범 씨는 개를 키우다 보면 별일이 다 있는 거라고, 더한 일도 있다고 말해준다. "땅이 얼었는데 개를 어찌 묻어야 할까요?" 물으니 "밭 양지 쪽은 땅 파기가 쉬우니 그리 묻어요" 하고 명쾌하게 일러준다.

"아, 그렇구나."

보일러만 고장난 것이 아니었다. 나도 고장이 나있었다. 예기치 않은 충격에 나도 잠시 공황 상태에 빠져있었다. 동범 씨와 이야기를 나누며 멈춰있던 내 생각에도 다시 순환 모터가 돌기 시작했다. 동범 씨는 미처 옮기지 못한 김장 김치를 개울가에 묻은 항아리로 아이들과 함께 옮겨주고 나서 떠났다.

집은 다시 따뜻해졌다. 내 마음도 이제 숨을 쉬는 것이 느껴진다. 꽃순이와 강아지는 정신없이 자고 있다. 가지 많은 나무에 바람이 무척 불었던 어제와 오늘, 막막함에도 마음 따뜻한 사람들 곁에 살아서 나는 삶의 온기를 잃지 않는다. 잠자리에 들면서 "동범이 아저씨, 따뜻한 느낌이야" 하고 말하니 나래, 다래, 도희가 고개를 끄덕인다.

"그런데 엄마, 꽃순이한테 맡길 거라더니 꽃순이랑 강아지를 옮길 생각을 어떻게 했어?"

"응, 현리 할머니들께 사람이 개를 도와주어야 한다고 들었지."

"아, 그렇구나, 할머니들은 그런 걸 어떻게 아시지?"

"살아오신 날들 동안 익힌 지혜지. 지혜로운 사람들은 참으로 고맙지?"

아이들은 다시 고개를 크게 끄덕였다.

점봉산 곰배령 설피밭

진동리에 흐르는 진동천은 그 시원지가 점봉산 남쪽 자락이고, 곧 내린으로 흘러들어 북한강의 수원水源을 이룬다. 점봉은 남설악 권 1450여 미터의 여성 성향 산이다. 설악의 골격이 거침없고 수려하다면, 점봉의 산세는 둥글고 부드러워 마치 어머니 품 같다. 백두대간의 한 봉우리인 점봉산 아래 자리 잡은 진동리, 곧 백두 대간의 북암령, 단목령, 곰배령 등의 큰 고갯마루에 둘러싸인 설 피밭은 북암 너머로는 송해와 송우리, 단목 너머로는 오색리, 곰 배령을 타고 넘으면 귀둔, 그리고 조침을 넘어 비포장도로 6킬로 미터를 지나면 56번 국도상의 서림, 미천골을 만난다. 백두의 능선은 진동마을을 휘돌아 안아 북풍을 한풀 눌러 걸러주며 천지로

부터의 한설寒雪을 정제하여 남하시킨다. 단목령 남단, 조침령으로는 동해의 태양이 그 빛을 뿌리며 하루를 열고 등짐 진 소금 장수들의 땀방울을 회수하기도 했었다.

세상이 달라져 소금 장수 행렬은 빛바랜 전설로나 남았지만, 백두의 능선을 밟는 산꾼들의 발소리는 그 뒤를 연연히 이어 바다결밭 염전의 짠기를 능히 보충해주고 있다.

백두의 능선 가운데서도 점봉으로 가는 길목에 위치한 곰배령은 그 모양새부터가 특이하다. 쉬땅꽃, 머루, 다래넝쿨에 싸리꽃 무리의 강선리를 지나, 혹은 가래막골을 타고 넘어 산으로 난 외길을 한 시간가량 오르다 보면 오래된 활엽수림의 울창함이 불현듯 사라지고 영화의 한 장면을 연상시키는 너른 평원이 펼쳐진다. 이곳이 하늘 아래 첫 번째 풀꽃밭 곰배령이다.

여름이 무르익은 설피밭에는 화사한 보랏빛 노루오줌꽃들이 연신 손을 흔든다. 주홍의 동자꽃도 뒤울 안에 방긋한 웃음을 터트린 지 며칠. 노랑, 붉은보라, 연분홍, 얼룩배기 물봉선화도 한들한들 꽃망울을 터트리고 있다. 개울가 쉬땅나무꽃도 꽃잎을 여니 벌들도 종종거린다. 곰배령에도 지금쯤은 아리따운 꽃들이 제각각 그 자태를 드러내고 있을 터. 설피밭에 피어나는 꽃들을 보노라면 내 마음은 자꾸만 곰배령 야생의 화원으로 달려간다. 7월의 마지막 날, 일부러 시간을 만들어 쓰기로 작정한 나는 보온병에 차를 담고 우비를 챙겨 마침내 집을 나섰다.

햇볕이 들기 전 강선리 길에는 숲 향기와 물소리가 가득하다. 대기 사이를 헤엄치는 한 마리 물고기처럼 청량한 습기의 산길을 거슬러 오른다. 힘차게. 숲이든 물이든 한 번도 잠들어보지 않은 듯 청신淸新하다. 풀섶에 수줍게 들어앉은 물레나물이 정겨운 웃음을 짓고, 불콰하게 익고 있는 산딸기 열매가 분주한 발걸음을 붙잡는다. 서래굴을 지나는데 잠기 없어 보이는 스님 한 분이 내려오는 길에 차 한잔 들고 가라며 인사를 건넨다.

징검다리를 건너 오솔길로 접어든다. 산을 오르는 내내 울창한 숲 사이로 하늘은 손바닥만 하다. 내 귀는 먼 듯 가까운 듯 새들 노랫소리와 시냇물 소리를 듣는다. 군데군데 말나리꽃이 붉다. 드문드문 동자꽃이 바람에 흔들리고 단풍취꽃과 꿩의다리꽃이 길고 가느다란 꽃대를 올려 한창 꽃을 피워낸다. 투구꽃과 도깨비부채 잎사귀의 곧고 푸르른 힘을 마주하며 곧 꽃을 피워낼 식물들의 반가운 기약을 읽는다. 산속 노루오줌꽃의 보랏빛깔이 더욱 신명난다. 단지 사이사이로 지나다니거나 멀찍이 바라보기만 했던 나무들, 그 나무 한 그루를 살포시 안아본다. 지금은 산중 새벽, 나무와 나누는 침묵으로 마음은 홀연 따뜻해진다.

폭포를 지나 굽이진 길을 돌아가는데 안개가 휘돌아 감긴다. 햇빛을 영접하는 이슬방울 무리의 춤사위가 신비로워 카메라에

© 히로시마 김

하늘의 갸륵한 별무리 은하수마저도
밤이면 이슬로 내려앉아 꽃들에게 입맞추는 천상의 화원.
그곳 곰배령을 '풀꽃세상'이라 부른다.

담는다. 큰물이 지난 물자리가 많이 달라졌다. 얼기설기 놓인 돌다리를 밟으며 개울을 건너는 발걸음이 새로운 지형을 만나 두근거린다. 길은 한동안 숲이 드러내준 바위 골격으로 이어진다. 길이라 호명된 곳에는 큰 바위들이 잇대어있다. 역시 큰물이 지난 훈장이다. 숲에 흙살이 여전하고 식물이 생존하는 것은 길이 골이 된 덕분이다. 숲에 비가 오면 물은 길을 따라 흐르며 흙살을 보존해준다. 고맙고 기특한 바윗길, 비 오는 곰배령 야트막한 계곡을 걷다보면 나는 소인국에 온 걸리버라도 된 듯하다.

얼마큼 산을 올랐다 싶으니 애기앉은부채가 보인다. 길로 딱딱하게 다져진 경계까지만 남겨놓고 온통 갈아엎어진 땅투성이다. 저 멀리까지 시야가 닿는 곳 천지가 파헤쳐져있다. 멧돼지들이 애기앉은부채의 뿌리를 파먹느라 이리 땅을 들쑤신다고 들었다. 멧돼지들은 새끼를 끔찍히도 챙긴다더니 먹이에 관해서는 잠도 없는가 보다. 그 엄청난 생존력이 새삼 놀랍다.

9부 능선 길섶에 모싯대가 이슬을 달고 서있다. 꽃은 더러 활짝 피었거나 피어오르는 중이거나 혹은 야물게 닫혀있다. 한 대궁에 이렇게도 다양한 모양새의 꽃을 입에 물고 있다니. 다소곳한 자태, 음전하고 싱긋한 보랏빛이 단박에 마음을 사로잡는다. 어느 임의 발길이시던가. 모시잔대에게 다가가는 길, 애기앉은부채 한 포기가 이지러진 채 앉아있다.

‘어떤 꽃이 예쁘다고, 어느 꽃은 이리 밟고 지나가서야 될까⋯⋯.' 이지러진 꽃을 보니 마음이 짠하다. 두루두루 널리 널리 사랑하기에는 작기만 한 내 가슴 때문에 나도 모르게 상하게 된 어떤 사랑도 분명 있었겠지. 이 꽃 아닌 저 꽃으로, 여기 아닌 저기로, 지금 아닌 그때로 살아보고 나서야 가늠해보는 영역이다. 문득 만난 길섶 한 포기 꽃에게 들려오는 슬픔, 순간 산등성이에 드는 안개가 더욱 자욱해진다.

곰배령을 오를 때에는 굳이 식수를 지고 가지 않아도 된다. 거의 정상 근처까지 벽계수가 이어지는 덕분이다. 물길은 소리 없이 한곳으로 향한다. 꽃무리들이 웅성웅성 늘어선 자리, 나무들이 야트막히 키를 키우는 자리, 무성하게 자라던 박새 잎들이 저물어가는 자리, 여로藜蘆가 꽃과 꽃받침과 열매 사이에 깃든 자리, 허공과 아련히 맞닿은 자리를 지나 찬찬히 걷는다. 그리고 마침내 곰배령 야생의 화원, ‘꽃자리'에 오른다. 물소리를 뒤로 하고 하늘이 닿은 능선에 올라서면 탄성이 절로 난다. 그야말로 천상천하 ‘풀꽃'독존 야생화의 향연. 이미 꽃은 지천이다. 부엽토 사이 애기앉은부채가 수줍은 호기심으로 고개를 내밀고, 산야신 (구도자를 뜻하는 산스크리트어의 영어식 표현)의 옷자락을 연상시키는 주홍의 동자꽃이 해맑간 미소를 짓는다. 동자꽃은 다섯 개의 하트 모양 꽃잎으로 이루어진 사랑스런 오심화다. 분홍의 작은 꽃 둥근이질풀은 끝없이 군락을 이루고 나리꽃송이는 우아한 자태를 마음껏 뽐낸다. 곰배령 꽃자리에는 구릿대와 어수리 들이 흰 구름처럼 떠있다. 날아갈 듯한 승마升麻와 바람꽃 무리에 마음 씨앗은 비상의 춤사위를 짓는다. 영아자와 꼬리풀 들은 제 빛깔의 꽃대를 신비롭게 드리우고, 노랑의 뱀무와 양지꽃도 다시 피어나기를 잊지 않았다. 참취들이 옹기종기 사랑스런 꽃망울을 달았다. 여린 노랑의 좁쌀풀꽃도 꽃술에 붉은 구슬을 물고 나를 향해 웃는다. 나직하니 꿀풀은 짙은 보랏빛 숨을 토해낸다. 이 높은 곳까지 어찌 오르셨는지 아랫녘에서 보던 질경이, 토끼풀, 넓은 잎외잎쑥 들의 존재가 이채롭기까지 하다. 깊은 눈 속에서 긴 겨울을 난 식물이 피워낸 꽃에는 태양이 내어준 빛의 정수가 아낌없이 들어차있다. 흐르는 꽃, 흐르는 바람이 어울린 오묘한 조화장이다. 모시잔대, 금강초롱의 다소곳이 부푼 꽃송이에는 산사의 종소리가 머물다 간다. 멀리멀리 숲의 적막을 가로지른다. 이윽고 나른한 노랑 곰취꽃이 무던한 하늘을 끌어안아 태모胎母의 젖줄을 물리고, 제비나비의 검푸른 날갯짓에 아스라이 노을이 진다. 직녀가 직조한 위대한 꽃 양탄자 위로 견우의 소가 한가로이 풀을 뜯고 있는 듯도 하거니와 하늘의 갸륵한 별무리 은하수마저도 밤이면 이슬로 내려앉아 꽃들에게 입맞추는 천상의 화원, 그곳 곰배령을 '풀꽃세상'이라 부른다.

아, 어찌 잠시라도 잊고 살았는지, 왜 이제야 보러 왔는지, 내가 도대체 세상의 어디를 무엇을 찾아 헤매고 다닌 것일까? 맵고 시린 겨울바람 속에서도, 그 두터운 겨울 눈더미 속에서도 살아 꽃을 피우는 이 생명에게서 오래오래 그립던 향기를 맡는다. 그립고 그리워서 결국 아름다움으로 태어난 것들이 모여 사는 곰배령 꽃자리에 오르니 나의 세포 깊숙이 전해져 내려오는 수천억 년, 꽃자리의 아리따운 기억들이 우수수 고개를 든다. 그랬다. 해가 들면 봉긋이 꽃잎을 열고 안개가 들면 다소곳이 꽃잎을 접는 꽃들처럼 희로애락이란 센서에 여실히 반응하는 내 마음, 오늘 나는 곰배령 빛의 축제장에 올라 피어나고 저물어가는 내 마음 꽃자리를 문득 조우한 것이다.

별빛이 쏟아질 듯 하늘을 가득 채운 날도, 눈보라 속에서 한 치 앞을 분간하기 어려운 날도 있었다. 거센 빗줄기에 흔들리는 꽃잎을 안타까운 마음으로 바라보기만 하던 날도, 꽃들이 이미 저문 고즈넉한 초가을 바람 속에 그저 눈도장만 찍고 내려온 날도 있었다.

자꾸만 올라다니다 보니 선물처럼 만난 그득한 꽃자리, 떠나기가 무척 아쉬워 뒷걸음으로 산을 내려오던 날, 한 걸음 한 걸음 올라 가슴에 담은 풍경 속에는 이렇게 찬란한 시간도 담겨있다.

곰배령
사람들

일전에 곰배령의 노인들이 큰 산을 멀리 바라다보며 말씀하셨다.

"큰 산에 잎이 푸르스름하게 돋아야 그 아래 나물들이 먹을 만하게 자란다."

오랍드리에 흔한 돼지풀, 세생이, 미나리싹 등은 벌써 밥상에 오르고 두릅과 엄나무 순도 따들여 끓는 물에 데쳐내 고추장에 찍어 먹은 지 여러 날이 지났다. 바람이 순하고 볕 좋은 봄날 아침, 곰배령 사람들은 삼삼오오 짝을 지어 산골짜기에 난 나물 길을 오른다. 등에는 끈을 맨 자루를 지고 빨강이나 파랑의 장화를 신었다. 자루에는 비닐봉지에 담은 밥덩이와 고추장이 들어있고, 허리에는 나물을 담아 자루로 옮길 보자기를 둘러 맸다. 앞서 가는 사람이 오솔길을 넘나드는 나뭇가지를 꺾으며 오늘 지나가는 길 표시를 새로 만든다. 골짜기를 따라 두어 시간 숲을 오르면 나무들이 튼실하게 자라있는 능선을 만난다. 사람들은 언덕 위 평평한 곳에 자루를 풀어놓고 사방으로 흩어져 나물을 뜯는다. 곰취, 나물취, 전욱취 등, 허리에 맨 나물 보자에 나물이 가득 차면 제각각의 자루에 나물을 부어놓고 다시 능선을 오르내리며 나물을 뜯는다.

곰배령 사람들은 나물을 무척 조심스럽게 다룬다. 눈으로 보아 어지간히 먹을 수 있게 생긴 잎사귀들을 뜯는데 주머니칼을 손에 달고 다니며 줄기를 베어내어 부드러운 부엽토에 얹힌 나물 뿌리를 보전한다. 혹여 나물을 뜯다가 뿌리가 딸려 올라오면 그 자리에 땅을 파서 뿌리를 묻고 꼭꼭 밟아주는 이들이 바로 곰배령 사람들이다. 곰배령 사람들은 아주 작은 더덕은 보고도 그냥 지나친다. 아주 작게 순이 올라온 두릅나무도 그냥 지나친다. 언제라도 올 수 있는 내 집 뒷산에서 아직 더 자라나야 할 식물들에게 크게 연연하지 않는다.

곰배령 사람들은 도시락에 젓가락을 넣어 다니지 않는다. 점심밥을 펼쳐놓고 주변의 나뭇가지를 꺾어 젓가락을 만든다. 발빠르고 눈 좋은 사람들은 흔치 않은 누리대(누룩취) 몇 포기를 이미 따서 점심상 곁에 펼쳐놓았다. 방금 따온 곰취 잎사귀에 고추장을 얹은 쌈과 누리대 쌈을 곁들여 먹다 보면 배가 금방 불러온다. 곰배령 사람들은 밥과 약을 함께 먹는다. 산중에 허리를 구부리고 하루 종일 나물을 뜯는 곰배령 사람들에게 누리대 쌈은 식사이자 고도의 소화제 역할을 하곤 한다. 나물을 한 짐 부려다 삶아 널어놓고 나면 곰배령 사람들은 고사리를 꺾으러 산으로 간다. 고사리가 나는 능선에서는 사람 발길로 밟아주면 아홉 번까지도 고사리를 꺾을 수 있다고 한다. 하여 곰배령 사람들은 자기가 가는 고사리 밭을 널리 알려 사람들의 발걸음이 이어지도록 힘쓴다.

곰배령 사람들에게 전해 내려오는 이야기로는 겨울에 천둥이 울고 나서 백일이 되는 날에는 된서리가 내린다고 한다. 겨울 천둥이 늦게 울리면 그해에 곰배령 사람들은 고추를 비롯한 모종을 다소 늦다 싶게 심는다. 겨울 천둥이 일찍 울렸다 싶은 해에는 조금 서둘러 모종을 밭에 옮겨 심는다. 너도 나도 살아온 사정이 어지간하지 않은 경우가 없는 까닭에 곰배령 사람들 사이에는 외지에서 들어온 사람에게 살아온 사연을 묻지 않는 관례가 있다. 하여 곰배령 사람들에게는 "왕년에 내가……"로 시작되는 이야기는 힘을 쓰지 못한다. 다만 수족이 부지런하면 먹고 사는 데에는 지장이 없다는 이야기를 들려준다. 농사가 어려운 해에는 산에 굴암이 지천이고, 전쟁이 끝난 후에는 개울에 물고기가 넘쳐나 농사 없이도 어죽을 끓여먹으며 연명했다는 이야기도 전해 내려온다.

예전부터 곰배령 사람들은 어지간한 집수리는 스스로 하며 살아왔다. 불이 잘 들도록 남자들이 구들을 고쳐놓으면 아낙들은 황토가 나는 자리에 가서 황토를 퍼담아 이고 온다. 곱게 내린 황토에 물을 섞어 가늘게 난 틈새에 몇 번이고 펴 바르려는 것이다. 지금도 곰배령 사람들은 웬만한 집수리는 직접 해낸다. 언제 올지 모르는 출장을 기다리기보다는 스스로 알아서 내 일을 처리하는 것이 성질에 맞는 까닭이다. 보일러가 고장 나면 부속을 사다가 갈아 끼우고, 지붕이 새면 마을 사람 몇몇이 품을 나누어 지붕을 새로 덮는다. 곰배령 사람들은 앉아서 기다리는 능력이 점점 퇴화되는 중이다. 전기제품의 애프터서비스도 들고 나갈 수 있는 것들은 손수 들고 나가 고쳐오는 것이 오히려 빠른 길이라는 것을 삶속에서 체득한 덕분이다.

곰배령 사람들은 알고 있다. 여름인가 싶으면 곧 가을이고 가을이다 싶으면 겨울이 덜컥 뜰에 떨어져 내린다는 것을. 여름인가 싶어도 우박이 쏟아져내리고, 꽃이 피고 있어도 폭설이 덮이는 것을. 하여 곰배령 사람들은 겨울옷을 깊이 넣어두지 않는다. 모자와 장갑 또한 언제라도 꺼낼 수 있는 곳에 놓아두곤 한다. 단풍이

든다 싶으면 곰배령 사람들은 이미 겨울 채비를 시작한다. 마당에 벌여놓은 농기구들을 손닿는 대로 거둬들이고 김장거리를 하루라도 일찍 흙에 꽂아두려고 비닐 따위 포장재를 준비한다.

곰배령 사람들은 나물과 버섯 말리기와 더불어 나물장아찌 만들기를 좋아한다. 곰취, 나물취, 당귀 잎, 누리대, 가시오갈피 잎, 엄나무 순 등에 간장 물을 몇 번이고 다려부어 저장음식을 만들어둔다. 나물장아찌는 쌉쌀하고 싱그러운 맛이 밥과 잘 어울려 밥반찬으로도, 삶은 고기를 싸 먹기에도 일품이다. 곰배령 사람들은 장을 보러 나가는 길이 먼 덕분에 나물 반찬을 사시사철 일상생활 속에서 구현하며 살아간다.

곰배령 사람들은 가을 산을 사랑한다. 가을 산에 올라 곰취와 당귀 씨앗을 채취한다. 유전자보호림으로 지정된 뒷산을 살뜰히 활용하는 곰배령 사람들은 나물과 약초가 사라진 산기슭에 새로운 씨앗을 싹 틔운다.

물이 좋은 곳에 사는 덕분으로 곰배령 사람들은 막걸리 담그기를 좋아한다. 노랗게 기름이 동동 뜨는 옥수수 막걸리는 옥수수를 타서 불려 엿기름과 함께 갈아서 끓이고 걸러 누룩과 발효를 시키는 과정에 손이 많이 가지만, 한번 만들어두면 두고두고 먹을 수 있는 까닭에 곰배령 사람들이 즐겨 만들어 먹는 곡주다. 곰배령 사람들은 쉽게는 쌀 막걸리를 만들기도 하는데, 시루에 찐 고두밥 식힌 것에 잘게 부순 누룩과 솔잎이나 당귀 뿌리를 넣어 약술을 담그거나 엿기름을 함께 넣어 청주를 빼기도 한다. 곰배령 사람들에게는 술 빚는 사람의 성정에 따라 술이 빨리 되기도 천천히 되기도 한다는 이야기가 전해 내려온다. 덕분에 술 빚는 일이 그 사람의 성격을 가늠하는 일이 되어버려, 요즈음 곰배령 사람들은 성정이라는 개인 정보 보호를 위해 소리 소문 없이 조용히 술을 빚는 일이 관례가 되고 있다.

곰배령 사람들은 저녁바람에 무심한 듯 콩을 물에 불려 아침이면 후다닥 김 나는 두부를 만들어내는 재주를 지녔다. 불린 콩을 갈아 뜨거운 물에 걸러 빼낸 콩물에 염을 들여 두부 판에 부어내 만드는 두부는 염을 어떻게 들이느냐에 따라 야들야들해지기도 다소 단단해지기도 한다. 그런 까닭에 염을 들이는 사람에 따라 두부의 판도가 좌우된다.

곰배령 사람들은 문명의 혜택과 떨어져 살아온 까닭에 핸드메이드 식생활에 오랫동안 익숙해져있었다. 설날 가래떡은 물론 인절미와 절편까지, 곰배령 사람들은 시루에 떡쌀을 쪄서 수제 나무 떡판에 쏟아 부은 다음 장정 두 명이 양쪽에서 쿵더쿵 쿵더쿵, 역시 수제 떡메로 떡쌀을 내려친다. 때론 파랗게 삶은 떡취를 넣어 떡을 치는데 떡취가 들어간 떡들은 쉬 상하지도 않으며 쉬 딱딱해지지도 않아 곰배령 사람들에게는 몹시 귀한 떡이다. 물에 적신 손으로 한 사람이 이리저리 반죽을 매만져주며 골고루 쳐진 떡 덩어리는 밀랍과 들기름을 중탕하여 녹인 액을 바른 손으로 빚어진다. 인절미는 동글납작하게 빚어 콩가루 팥고물을 묻히고 가래떡은 길고 둥글게 빚어 굳힌 다음 썰어 떡국을 끓이곤 한다. 곰배령 사람들은 반질반질한 질감의 기계떡도 좋아하지만 떡메로 쳐서 쌀 알갱이가 다소 씹히는 이 떡을 무척 좋아한다. 또한 곰배령 사람들은 깡통을 펴서 네 귀를 나무 막대기로 고정시키고 못으로 구멍을 뚫어 그 판으로 죽을 쑨 옥수수 전분이나 도토리 전분을 내려 옥수수 올챙이국수나 도토리국수를 만들어 먹기도 한다. 감자 전분을 가라앉혀 감자떡을 만들어 떡갈나무 잎에 싸서 찌기도 하고, 수제 두부와 다진 김치에 돼지고기를 다져넣은 왕만두로 마을 잔치를 하기도 한다.

곰배령 사람들은 겨울이면 설피 만드는 것을 연례행사로 치르고 살아간다. 가을걷이가 끝나면 사람들은 산에 올라 옹이가 없고 길이가 맞춤한 다래 넝쿨을 끊어와 솥에 넣어 삶는다. 갓 삶아낸 다래 넝쿨은 껍질도 쉽게 벗겨지고 말랑말랑해 원하는 모양을 짓는 것이 수월하다. 곰배령 사람들은 다래 넝쿨로 둥글게 원을 짓고 끄트머리를 깎고 앙다물려 설피 테를 만든다. 짝을 맞춘 설피 테는 신발을 담을 수 있게 끈을 묶어 설피밭의 겨울, 눈밭에서 유용하게 사용할 덧신으로 탄생한다. 이전의 곰배령 사람들은 설피를 신고 마을의 주도로를 내거나 창을 들고 멧돼지를 사냥하러 야생의 설원을 뛰어다녔다. 요즘의 곰배령 사람들은 눈이 내리면 주도로까지 이어지는 길과 집 주변의 필요한 곳까지를 설피를 신고 밟아 백색의 포장도로를 만들곤 한다.

곰배령 사람들의 차량은 거의가 사륜구동이다. 또한 겨울이면 타이어를 스노타이어로 교체하는 것은 보통이다. 사슬 체인이나 지네발 체인을 네 바퀴에 달 수 있도록 겸비한 차량도 다수이며, 눈삽과 차량 견인줄과 모래 두어 포대쯤은 기본으로 싣고 다닌다. 곰배령 사람들은 하룻밤에 1미터가 넘게 쌓이는 눈을 보며 살아왔다. 도로가 치워지고 눈이 그쳐도 바람이 또다시 눈 사막을 만드는 풍경도 익히 보며 살아왔다. 폭설이 내리면 곰배령 사람들은 슈퍼맨이 되어 눈길에 빠진 차들을 빼낸다. 밀고 당기고 눈을 퍼내어 길을 열어주는 사람들, 곰배령 사람들은 누군가가 눈밭에 빠지면 그를 건져내주어야 자신도 지나다닐 수 있는 '외길 인생'을 살아온 사람들이다. 어제 눈을 부릅뜨고 큰소리를 내며 다투었어도 오늘 눈밭에서는 피할 수 없는 조력자로 만나는 게 바로 곰배령 사람들이다. 하여 곰배령 사람들은 나름 지랄맞으나 극단으로는 치닫지 않는 습관에 단체로 물들어있다.

곰배령 사람들은 단순하고 투명하다. 곰배령 사람들은 마을

회의가 있다 하면 열 일을 젖혀놓고 회의에 참석한다. 재미와 유익함이라는 주관적인 기준으로 공사公私를 가늠하는 사람은 아직 곰배령 사람이 아니다. 곰배령 사람들은 집집마다 독자적인 수원지를 가지고 있다. 곰배령 사람들은 마당에 있는 집에서 살아간다. 곰배령 사람들의 마당에는 장독대가 있으며 한 곁에는 장작이 쌓여있다. 곰배령 사람들은 자신의 영지領地를 돌보며 살아간다. 곰배령 사람들은 무정란을 품고 있지 않으며 남의 둥지에 알을 두지 않는다. 곰배령 사람들은 내어줄 것을 얼른 내어주고 갚아줄 것은 그 자리에서 해결한다. 하여 곰배령 사람들은 돈을 내는 사람들이 돈을 받을 사람을 쫓아다니며 마을회비를 갖다 안기느라 연말연시가 무척 분주하다.

마을회관 마당이 차들로 복작이면 곰배령 아이들은 말해주지 않아도 마을회관에 밥을 먹으러 모여든다. 곰배령 아이들은 모두가 이웃사촌이고 진동분교의 동문이다. 언니, 오빠, 형, 누나들과 동생들로 구성된 곰배령 아이들에게 어머니들은 밥상을 차려주고 아버지들은 아이들과 장기를 두곤 한다. 술이 거나한 곰배령 할아버지는 '무럭무럭 잘 자라주어서 고맙다'며 아이들에게 천원짜리를 한 장씩 건네주기도 한다. 곰배령 아이들은 사이가 무척 좋아 보인다. 현리로 학교를 다니는 형과 누나와 언니와 오빠들을 만나면 동생들은 신바람이 나 소리를 지른다. 곰배령의 형과 언니들은 동생들을 따뜻한 눈길로 바라보며 응석을 받아주기도 한다. 곰배령 아이들은 개들과도 사이좋게 지낸다. 방학을 맞아 온돌방에 한 이불을 덮고 앉아 아이들은 마을 개들 이야기를 하느라 깔깔거린다. 야생 고양이가 보일러실에라도 깃들면 곰배령 아이들은 고양이에게 먹을 것을 가져다주기를 몹시 즐긴다. 곰배령 아이들은 느긋하다. 곰배령 아이들은 곰배령 어른들이 가끔씩 아옹다옹하는 것을 강아지나 고양이들처럼 놀고 있는 것으로 받아들인다.

곰배령 아이들은 눈썰매를 타는 폼이 다양하다. 곰배령 아이들은 유연하고 유능하다. 의젓하게 서서 눈썰매를 타는가 하면 세 개나 네 개씩을 묶어 썰매 기차를 만들어 타기도 한다. 앉아서도 타고 엎드려서도 타고 누워서도 탄다. 아이들은 각각의 썰매를 타기에 적당한 장소를 다양하게 알고 있다. 곰배령 아이들은 다정하고 사랑스럽다. 길이 막힌 곳이 있다 들으면 썰매를 들고 눈밭으로 출동한다. 썰매를 타고 눈밭을 구르며 노는 듯 지나가는 듯 길 내는 것을 도와준다. 곰배령 아이들은 무심하다. 길이 나면 아이들은 아무 일도 없었다는 듯이 눈을 털고 집으로 돌아온다. 곰배령의 눈썰매는 무척 고마운 물건이다. 눈으로 진입이 어려운 장소에는 눈썰매에 물건을 실어 옮기기도 한다. 아이들은 산기슭을 돌아다니다 눈에 빠져 죽어있는 고라니를 눈썰매에 실어 오며 명복을 빌어주기도 한다.

곰배령 사람들은 오랫동안 약초에 심취해왔다. 각자 제가 아는 산중에서 당귀와 만삼, 더덕과 도라지와 황기를 키운다. 곰배령 사람 한 명은 올해 20년간 키운 만삼을 굴삭기로 캐서 마을 사람들에게 나누어주었다. 덕분에 곰배령 사람들은 겨우내 만삼을 끓여 먹으며 몸보신하는 중이다. 또한 곰배령 사람들은 철마다 피어나는 꽃을 말려 꽃차를 만들곤 한다. 생강나무꽃, 고추나무꽃, 진달래꽃, 머위꽃, 산목련꽃, 제비꽃, 돌배나무꽃, 엉겅퀴꽃, 민들레꽃, 찔레꽃, 도라지꽃, 해바라기꽃, 칡꽃, 더덕꽃, 만삼꽃, 한련꽃, 꽃양귀비, 배초향꽃 등을 말려두었다가 한겨울, 눈 내리는 창가에서 더운 물에 우려 마시는 사치를 즐긴다. 찔레순과 칡순으로 아이들을 위한 차를 마련해두기도 한다. 곰배령 사람들은 쑥, 머위, 질경이, 뽕잎, 산미나리, 짚신나물, 곰취 등의 주변의 갖은 약초와 산열매로 효소를 담그는 일을 즐긴다. 하여 곰배령 아이들은 오미자와 산딸기, 오디와 머루, 돌배들을 발효시켜 만든 즙액을 음료수로 상복하며 자라나고, 곰배령 사람들이 먹는 음식의 단맛은 거의 산야초 효소가 담당한다.

곰배령 사람들은 나무 심기를 좋아한다. 마가목에 빨간 열매가 달리고 엄나무가 무성한 순을 틔운다. 돌배나무에 주렁주렁 달리는 돌배를 보며 너도 나도 나무를 심느라 봄과 가을이 분주하다. 어느 집이든 두어 통 이상 벌을 치고 사는 곰배령 사람들은 꽃 좋고 열매 실하고 그늘 좋은, 또한 벌들에게 양식을 대어주기도 하는 나무를 집 주변에 심는 데 열정을 기울인다. 곰배령 사람들은 건강하고, 집집마다 뜰에는 숲처럼 나무들이 자라나고 있다. 하여 곰배령 사람들은 과거에도 행복했으며 지금도 행복하고 앞으로도 행복할 것이 마땅하다.

복녀 언니와 나,
그리고 멧돼지

복녀 언니는 옥수수 더미 앞에 앉아 자루에 옥수수를 담고 있다. 나보다 두 살 많은 언니는 설피밭에서 지금껏 살고 있는 토박이로, 손이 여문 나물꾼이자 농사꾼이다. 언제든 복녀 언니와 함께 산에만 오르면 나물철에는 나물로, 열매철에는 열매로 배낭이 가득 찬다. 산에서 점심을 먹고 내가 이제 그만 집에 가자고 졸라대도 언니는 환하게 웃으며 손을 쉬지 않는다. "한 짐은 해야 내려가지, 반 짐도 안 됐는데 어떻게 집엘 가?" 하며 손놀림은 더욱 부산해진다. 나는 복녀 언니의 웃음 담긴 설득에 기꺼이 투정을 접는다. 언니는 나물을 뜯고 나는 나물밭에서 노래하며 뒹굴며 사진을 찍으며 논다. 우리는 제각각 놀다가 함께 집으로 돌아온다. 다만 복녀 언니의 짐은 크고 무겁고, 내 짐은 작고 가볍다는 차이가 있을 뿐. 내 수확물은 언니의 반에도 미치지 못하지만, 나는 언니를 따라 산에 가는 것이 즐겁다. 언니는 얼레지, 고비, 고사리, 전욱취, 곰취 등 모든 나물을 언제나 사랑스럽게 대하고 고이 뜯는다. 해서 복녀 언니가 뜯어 말린 나물의 질은 어디서나 으뜸간다.

복녀 언니네 밭에서는 매년 거르지 않고 감자와 옥수수와 콩과 들깨가 나온다. 올해도 복녀 언니는 큰 밭에 옥수수 농사를 지었다. 나는 복녀 언니네 옥수수를 사기도 하고 손님에게 소개하기도 한다. 갑자기 감자가 필요하면 얻으러 가기도 한다. 복녀 언니가 지은 들깨로 짜는 들기름은 말할 수 없이 고소해서 그 맛이 여느 참기름을 넘어선다.

마침 복녀 언니에게 따달라고 부탁한 옥수수를 가지러 언니네 마당에 막 들어선 참이었다. 언니는 나를 보더니 멧돼지 등쌀에 농사도 못 지어 먹겠다고 탄식한다. 어젯밤에는 집 앞 밭에까지 와서 옥수수를 따 먹었다는데, 언니는 설마하니 멧돼지들이 집 앞 마당까지 오리라고는 생각도 못 했다는 것이다. 와서 이것 좀 보라는 복녀 언니를 따라 옥수수밭에 가보았다. 여기저기 옥수수 대궁이 널브러져있고, 껍질이 뜯긴 옥수수들은 속 알갱이를 드러낸 채 고스란히 비를 맞고 있다. 봄부터 여름 내내 지은 진동리 옥수수는 이제 막 먹을 참인데 멧돼지들도 영락없이 그것을 꿰고 있는 게다. 복녀 언니에게 듣기로 멧돼지가 건드린 옥수수는 냄새가 묻어있어 여물을 끓여도 소가 귀신같이 알고 입조차 대지 않는다고 한다. 복녀 언니의 남편 최엽영 씨는 요즘 밤마다 집 뒤울안 옥수수밭에서 불침번을 서고 있다. 멧돼지 기미라도 보이면 폭죽을 터트렸더니 그 녀석들이 어제는 앞마당까지 진출했단다.

"그러게, 어지간히 지어야지. 언니가 이리 맛나게 옥수수 농사를 지어놓았으니 멧돼지들이 그냥 두고 보겠어?"

복녀 언니 마음에 잠시 위안이라도 될까 하여 건네보는 나의 반 농담에 언니는 반 웃음으로 '그놈들이 희한하게 우리 밭에만 줄창 대고 온다'며 화답한다.

밭 주변에 호랑이 똥을 뿌려두면 멧돼지가 안 온다는 정보에 우리는 호랑이 똥 구할 방도를 궁리한다. 호랑이 똥을 구하려면 동물원에 가야할 테지. 호랑이 똥을 아주 조금이라도 얻어서 물에 희석해 밭 주변에 뿌리면 되겠다. 우리는 할 수 있는 가장 치밀하고 당찬 계획을 세운다. 복녀 언니와 나는 금세 멧돼지가 두 번 다시 쳐들어오지 못할 거라는 어마어마한 착각에 빠져들며 현실의 시름을 잊는다.

멧돼지도 알아보는 복녀 언니네 옥수수. 나는 복녀 언니표 옥수수가 세상에서 제일 맛있다. 복녀 언니는 밭에서 옥수수를 따자마자 그 자리에서 바로 찐다. 단맛이 든 옥수수 이슬을 고대로 알갱이에 보존하려는 것이다. 행여 우리 집으로 가져와 찌기라도 하면 맛은 단번에 달라진다. 복녀 언니네 옥수수는 그야말로 복녀 언니네 밭에서 따자마자 복녀 언니가 쪄내야 그 맛이 나는 것이다.

복녀 언니는 옥수수를 무척 좋아하는데, 앉은자리에서 예닐곱 개는 거뜬히 먹는다. 옥수수를 잘 먹지 않던 나는 복녀 언니네 집에 가서야 옥수수가 참 맛난 음식이라는 걸 알게 되었다. 제대로 쪄낸 옥수수의 쫀득쫀득 포근포근 입에 착 감기는 천연의 당도와 고소함이란, 정말이지 유일무이한 맛이다. 옥수수가 이렇게 맛있는 걸 진작부터 언니가 알고 이제는 나도 아는데, 멧돼지라고 그걸 모르겠나.

내가 만난 멧돼지들 생각도 났다. 비가 부슬부슬 내리던 곰배령 길에서였다. 물기 머금은 잔대꽃과 노랑이나 분홍 얼룩점박이 물봉선화와 조우하고, 물길을 뛰어오르는 물고기들을 살펴보기도 하며 사부작사부작 걸었다. 새들 노랫소리에 맞춰 한 발 한 발. 돌이끼에게 "얼마나 여기 오래 앉아계셨나요?" 뜬금없는 질문도 하며. 내가 이름 지어준 '나무 이무기'에게 나뭇잎 여의주를 물려준다. 제각각 제 모습으로 서있는 아름다운 곰배령 나무숲. 얼마만큼 산을 오르자 가시투구꽃 꽃봉오리가 움트고 있다. 풀숲 사이 여린 보랏빛 금강초롱꽃과 눈인사를 나눈다. 노루오줌, 동자꽃, 말나리, 참나물 같은 여름 꽃들이 맺은 탐스러운 씨앗의 자태를 대견하며 걷는데, 곰배령 9부 능선 길 오른쪽 숲에서 홀연 낯선 기척이 난다.

부스럭거리는 소리. 누르스름한 갈색 털 뭉치가 숲 사이로 움직여 간다. 길 우측 4~5미터 전방, 돌아서 나를 바라보는 녀석과 눈이 마주쳤다. 멧돼지다. 반갑고, 놀랍고, 그리고 두려움으로 심장이 쿵쾅거린다.

'가슴 뛰는 삶에는 이런 순간도 있구나!'

카메라를 여는 순간, 녀석은 2~3미터를 움직여 가더니 다시 멈춰 서서 나를 바라본다. 숨이 떨어져 눈 감은 녀석, 덫에 걸려 거의 죽은 녀석, 만나자마자 뒤돌아 엉덩이만 보이며 냅다 내달리는 녀석들은 보아왔지만, 이렇게 자유롭게 이렇게 당당하게 나를 마주 보는 녀석은 처음이었다. 두 번이나 포즈를 취해준 이 녀석의 멋진 야생의 눈빛을 사진에 담아보려는 찰나, 나는 초점이 흐려진 사진 속 녀석의 모습을 알아볼 수가 없다. 다만 녀석이 있는 자리인 듯, 그곳에 내 눈에는 틀림없이 보이는 녀석의 진공묘유眞空妙有한 향기만 남아있다.

옥수수가 가득 담긴 자루를 건네받으며 복녀 언니에게 묻는다.

"언닌 산에서 멧돼지 만나도 괜찮아?"

"새끼 데리고 다니다 누가 새끼 건들면 어쩔지 몰라도, 만나면 서로 놀라 달아나기 바쁘지."

"곰배령에서 내가 멧돼지를 만났는데, 글쎄 걔가 가면서 두 번이나 나를 돌아보던데?"

복녀 언니 말로는 커다란 멧돼지들은 담대해서, 냅다 도망가지 않고 사람을 슬금슬금 쳐다보고 '푸푸' 소리를 내며 유유히 사라져간단다.

"언니, 멧돼지는 뭐 먹고 살아?"

"칡뿌리, 굴암, 더덕, 산열매, 갖은 풀, 거기에 작은 동물이나 뱀까지도 먹고 산대. 산에서 먹이를 구하기 힘들 땐 인가에 내려와서 먹거리를 찾아다니기도 하고."

나는 내가 만난 멧돼지는 '무척 담대한 돼지', 복녀 언니네 옥수수밭에 오는 멧돼지는 '옥수수에 환장한 돼지'라 부르리라 선언한다. 복녀 언니는 옥수수밭이 망가진 시름을 잠시 잊었는지 깔깔거리며 웃는다. 집으로 돌아오며 멧돼지들이 산속에서 넉넉히 먹고 사는 풍경을 상상한다. 복녀 언니가 마음 놓고 옥수수를 수확하는 그림을 그려본다. 산에서 만나면 서로 반갑게 인사하고, 돼지는 돼지대로 사람은 사람대로 제 갈 길 가는 모습을 상상한다. 사람과 동물에게도 도로 위 차선처럼 약속된 공동의 규칙이 있어서 그 안에 존재하는 안온한 평화를 상상한다.

그날 밤에는 꿈을 꾸었다. 백구랑 눈 덮인 산길을 오르는데 어디선가 낯선 소리가 들린다. 백구를 불렀건만 백구는 오지 않는다. 소리 나는 쪽 나무 사이로 집채만 한 검은 물체가 움직이고, 거기 비하니 성견成犬인 백구는 몹시 작은 강아지 같다. 장화가 눈에 푹푹 빠지는 비탈을 내려가보니 어마어마하게 커다란 멧돼지가 덫에 걸려있었다. 속눈썹이 아주 긴 녀석과 눈이 마주치자 온몸에 전기가 통한다.

　그런 꿈을 꾸었다. 멧돼지 꿈. 아직 숨이 남아있는 돼지 껍질을 날카로운 칼로 벗겨내는 꿈. 아주 깨끗하고 정갈한 뱃속에서 따스한 간과 쓸개를 끄집어내는 꿈. 동물 내부의 온기로 피어나는 김. 아무 냄새도 연기도 나지 않는 제례였다.

　장면이 바뀌고 어느덧 연기가 피어오르는 티피촌이 보인다. 나도 주변 사람들도 엉성히 머리를 묶거나 풀고 사냥한 짐승을 지고 마을로 향한다. 해는 저물어가고 몹시 시장하다. 나는 '바람의 눈'이란 이름의 인디언. 핏물이 떨어지는 등짐을 지고 사람들과 줄지어 산을 내려오며 아이들에게 차려줄 저녁 생각을 하고 있었다. 짐이 무겁지도 않았고, 동물의 피를 두려워하는 것 같지도 않았다. 내가 겪어온 세상살이만큼의 기억이 전생으로 소용돌이치며 나는 잠을 깼다.

꿈이라 천만다행이다. 전생이었어도 천만다행이다. 현생의 야생동물보호법에 의하면 점봉산 생태계보전지역에서는 죽어서 썩은 동물이라도 털끝 하나 건드리기만 하면 엄청난 액수의 벌금형을 받는다. 덫에 걸린 멧돼지를 풀어주는 일도 사람의 안전을 고려할 수 있는 전문가가 하는 일. 덫을 놓았다는 사람은 들은 적이 없는데 산속에서는 여전히 덫을 만난다. 더덕을 캐다가 나물을 뜯다가 만나는 덫을 해체한다. 빈 덫을 하나씩 풀어낼 때마다 해방감을 느낀다. 때로는 돼지가 걸려있는 덫을 만나기도 한다. 엎드린 돼지는 마치 커다란 바위 같다. 숨이 멎어있음을 확인하고서야 비로소 다가갈 수 있는 야생 돼지에게서는 낯선 냄새가 난다. 거역할 수 없는 원시의 평화 속에 끌려드는 느낌이다. 큰 돼지의 등덜미 털에는 검푸르스름한 물질이 이끼처럼 덮여있다. 고요한 눈 아래쪽으로 나달나달 닳은 발톱이 보인다. 살아 돌아오려고 발버둥친 흔적에 문득 가슴이 아릿해온다. 며칠이었을지 모를 날들 동안 얼마나 회한과 그리움과 고통에 몸부림쳤을까? 잡아놓고서 거두지도 못하는 덫, 그것에 묶여 애절히 창자를 비워가며 얼마나 애간장을 태웠을까? 비록 우리가 약육강식의 먹이사슬에 얽혀 살고는 있지만 생명을 향한 배려가 상식이면 좋겠다. 굳이 잡아야 한다면 고통은 짧게, 그득 명복을 빌어주며. 몸을 기꺼이 내준 그 생명에게 고기를 얻게 해주어서 감사한 마음이 일상이면 좋겠다.

돼지의 나달나달한 발톱을 쓰다듬으며 나는 풀에게도 열매에게도 물에게도 공기에게도, 새벽이면 정한수를 떠놓고 우리를 살게 하시는 그 모든 것들, 곧 천지신명에게 복을 빌고 감사하는 우리네 어머니 할머니들의 오래된 예禮가 몹시 그리워졌다.

가을 끝물 고추를 따며
나는 배우네

마을 길을 지나오는데 밭들이 하나 둘씩 비어간다. 하얗게 꽃대를 달고 서있던 메밀밭이 추수를 마치니 박박 머리 깎은 소년 같다. 가을볕에 빛이 바래고 낡은 가지 사이로 새로 돋는 푸른 줄기들이 자그마한 단호박 열매를 달고 있는 풍경이 자못 놀랍다.

이삭줍기를 해간 양배추밭에는 벗어둔 치마처럼 잎들이 펄럭인다. 커다란 양배추는 간택되어 가고, 야구공만 한 양배추는 하염없이 밭두렁에 늘어서있다. 임자를 만나지 못한 배추들이 빼곡히 들어앉은 배추밭은 끝이 아득하기만 하다. 겉잎은 속절없이 야위어가는데 속고갱이에서는 여전히 어린 배추잎이 자라난다. 마치 우리네 삶의 내리사랑 같아 애잔하다.

푸르던 잎이 자취를 감춘 콩밭, 나른한 갈색 줄기와 잎 사이 콩꼬투리들이 훈장처럼 반짝거린다. 빛바랜 갈색 속에는 열매를 생산해낸 식물들의 여유와 풍요로움이 깃들어있다. 어느 밭에는 베어진 콩가지 뭉텅이가 서로 어깨를 기대고 서서 가을 햇볕을 받고 있다. 뿌리에서 벗어나 한 방울의 수분까지도 대기에 돌려주며 콩꼬투리에서 여물어가는 콩의 모습이 숭고하다.

무는 3분의 1쯤 몸체를 드러낸 채 흙에 꽂혀있다. 무성하던 밭고랑의 잡초는 계절의 기미를 속히 읽어냈는지 이미 그 기세가 수그러졌다. 파르라니 꽃처럼 무청을 이고 선 무밭을 지나며 무청 말릴 생각에 마음은 벌써 바쁘다.

마을 노인들은 가을비가 내리고 하늘이 훌렁 벗겨지면 된서리가 온다고 했다. 아직 된서리는 내리지 않은 고추밭이 푸르다. 꽃을 피워 올리는 고추 줄기도 수두룩하다. 붉은 고추에서 끝물 고추, 풋고추부터 어린 고추, 꽃가지까지 함께 달고 서있으니 고추나무는 사람으로 치면 몇 대가 더불어 사는 대가족인 셈이다.

가을 들판을 돌아다니다 식물에게 저마다 이름을 붙여준다. 뜻이 있는 곳에 길이 있는 식물, 하늘은 스스로 돕는 식물을 돕는 식물, 운명아 비켜라 내가 가는 식물, 사랑은 배신을 통해 완성되는 식물……. 하나하나 이름을 불러준다. 내가 풀인 듯 풀이 나인 듯 경계가 허물어진다.

가을이 성큼성큼 움직인다. 오늘내일 날씨가 어떠할지 자꾸 하늘을 바라본다. 바람소리에 귀를 기울여보고 밤이면 달무리가 지는지 달을 들여다본다.

가을 끝 겨울 문턱을 며칠 서성거리며 게으름을 피우는데 끝물 고추를 따가라는 쇠나드리 수환이 할머니 전화를 받았다. 설피밭에 살면서 된서리가 내리기 전 고추를 거두어 겨울나기 반찬 만드는 것은 내겐 김장과 더불어 연례행사가 되었다. 요 며칠, 고도가 높은 이 동네 강신리와 실피밭에는 이미 된서리가 내려 고추도 피망도 뜨거운 물에 삶아놓은 양 얼음을 먹고 빛깔이 바랬지만, 아랫동네 쇠나드리의 고추밭은 여태껏 푸르고 싱싱하다.

고추 따러 집을 나서는 길, 며칠 사이 물들기 시작한 단풍이 곱다. 먼 산으로도 산 빛이 불그레하게 익어간다. 계곡물이 돌아나가는 여울목에는 나뭇잎들이 꽃처럼 피어나고 있다. 고추밭에 당두해서 마음에 드는 고추를 골라 자루에 담는다. 하나씩 따는 고추다 보니 자루는 영 채워지는 기미가 없다. 그러나 일 욕심에 허덕대던 지지난 가을 '고생의 기억'이 지금도 선연한지라 나는 그 욕심 꾸러미를 밭고랑 저만치에 던져놓는다.

올가을 이것이 마지막 고추겠지. 많이 해놓으면 누구라도 먹게 되겠지. 지금이 아니면 안 된다는 명분을 붙여 미친 듯이 고추를 쓸어담아 오던 시절도 있었다. 잎과 줄기를 뭉텅이로 담은 몇 자루나 되는 고추를 짊어지고 와서 며칠 밤낮을 고추나무와 씨름하던 기억은 부끄럽기만 하다. 1000명이 먹어도 좋을 만큼의 고추장아찌 담그기, 누가 시키지도 않은 그 일을 하면서 몇 날 며칠 자신을 볶아대던 시간을 지금도 참회한다.

습관처럼 욕심이 일면 아서라 말거라 마음을 말려가며 정해둔 오후나절 동안 찬찬히 고추를 땄다. 하룻밤을 그냥 재우면 이틀 밤도 사흘 밤도 재울 것이 분명한지라 집으로 돌아오자마자 고추의 뾰족한 아랫부분을 바늘로 찔러 항아리에 담고 식초 물을 부었다. 곧 노랗게 고추가 삭으면 식초 물을 따라내고 간장을 부을 테고, 간장 물이 든 고추는 설피밭의 긴 겨울 동안 입맛 돋우는 멋진 반찬이 되어주리라.

동치미에 넣을 만큼 양을 가늠한 고추는 역시 바늘로 침을 놓아 삼삼한 소금물을 부었다. 동치미 역시 겨울 반찬의 진수, 삭힌 고추가 들어간 동치미 국물을 즐기는 것을 나는 산골 생활의 사치 가운데 하나로 꼽는다.

먹을 만하게 연한 줄기를 매단 고춧잎은 엷은 소금물에 삶아 햇볕에 널어 말렸다. 말린 고춧잎은 삶아 나물을 하거나 무말랭이와 함께 불려 무칠 것이다. 또 고추장아찌를 고추장에 버무릴 때 말린 고춧잎을 넣어 먹으니 잎과 열매의 상봉에 덩달아 기분이 좋고 잎사귀 씹는 맛이 제법 신선하다.

고추 일부는 반을 갈라 씨를 털어내고 물에 두어 시간 담가 매운 맛을 우렸다. 소쿠리에 건져낸 고추를 물기 있는 채로 밀가루에 묻혀 찜솥에 쪄 역시 햇볕에 말려두었다. 눈이 내리거나 날이 궂어 입이 궁금한 날, 프라이팬에 기름을 두르고 팬을 경사지게 한 후 한 개씩 재빠르게 튀겨내 설탕을 뿌린다. 튀겨낸 고추를 물엿과 끓인 간장에 강정처럼 버무려낸 이 똑 부러지는 반찬은 곰배령산장 이인순 님께 전수받았다. 고추부각 단 한 가지 요리법으로만 음식을 하려니 고추 말리기가 시큰둥하던 참에 고추강정은 대번에 나를 신바람 나게 한다. 고추강정이란 새로운 요리를 시도해볼 생각에 올가을 고추 말리는 데 정성을 다한다. 겨울 동산에 버려질 것들을 거두어 살림에 유용한 쓰임이를 발견해나가는 소소한 기쁨에 가슴이 떨린다.

장아찌와 더불어 겨울 문턱, 나의 뜰에서는 찬란한 가을 햇볕의 세리머니가 펼쳐진다. 단맛이 듬뿍 든 단단한 김장 무를 손가락만 하게 썰어 햇볕에 널었다. 말린 무말랭이를 먹으며 오래오래 살아서 이처럼 쪼글쪼글하면서도 쓸모 있게 늙어갈 노년을 꿈꾼다. 호박도 동그랗게 잘라 햇볕에 말린다. 더운 물에 불려 볶아 먹거나 급한 된장찌개에 퐁당 넣어 먹으며 겨울엔 귀한 호박에 대한 고마움을 되새겨볼 셈이다. 장날 좌판 아주머니에게 사가지고 온 고구마순도 삶아 햇볕에 말린다. 삶아서 된장에 주물러 자

필요한 만큼 채취하고
채취한 먹거리를 살뜰히 돌보아주는 일로
나는 삶을 만나는 성실함과
사랑을 체득한다.

작한 탕을 끓이거나 묵은지 꽁치조림에 곁들이면 일품요리가 되겠지. 고구마가 되지 않은 줄기를 이리 유용하고 독특한 맛의 먹거리로 쓸 수 있다니 겨울 살림 재미가 옹골지다. 말려두었던 표고버섯과 묵나물도 햇볕을 쪼여준다. 필요한 만큼 채취하고 채취한 먹거리를 살뜰히 돌보아주는 일을 통해 나는 삶을 만나는 성실함과 사랑을 체득한다.

헤어보니 설피밭에서 살아온 지 17년이 되었다. 결코 꿈적거려질 것 같지 않은 눈 더미 속에서도 어김없이 봄은 찾아왔고 꽃은 피었다. 영원할 것 같은 푸르름도 구름처럼 흘러갔다. 봄인가 하면 여름, 여름인가 하면 어느새 가을. 겨울은 소포처럼 문득 현관문 앞에 당도해있었다. 계절은 쉼 없이 흐르고 또 흘렀다. 계절의 흐름을 어쩔 수는 없지만 계절을 사는 나의 삶을 나는 어쩔 수가 있었다. 예습을 해간 수업이 신나고 재미났듯이, 공부를 하고 간 시험이 신바람 났듯이, 조금만 준비해두어도 설피밭의 겨울나기에는 큰 즐거움이 되는 법.

또한 돌아보니 내 마음의 기쁨 혹은 슬픔도 영원한 것은 없었다. 삶의 희로애락 또한 계절의 순환처럼 끝없이 흘러가는 듯하다. 설피밭에 살고 나이를 먹으면서 조금씩 삶의 흐름을 타고 논다. 나 역시도 자연의 일부임을 믿어 의심치 않는다. 이 신념은 하루하루 나의 종교이자 신앙이 되어간다. '변화'를 받아들이며 준비하고 그 속에서 희망의 메시지를 읽어내는 것, 어느 사이 습관이 되어간다.

　요즘 설피밭의 겨울은 전보다 짧아졌다. 터널이 뚫리고 길은 포장되어 대처 나가기도 훨씬 쉬워졌다. 그러나 설피밭 열일곱 해를 살면서 겨울을 준비하는 일에 나름 재미가 들린 나는 이전에 하던 겨울 준비를 조금이라도 하고 나서야 비로소 제대로 겨울을 사는 기분이다. 하다 보니 어느 사이 놀이가 된 일들을 통해 내가 '살림 사는 사람'임을 실감한다. 고추장아찌가 그렇고 무말랭이가 그렇다. 나물을 말려두는 일이 그렇고 버섯이나 나무열매를 말려두는 일이 내겐 그렇다.

설피밭,
갸륵한 나의 학교

1990년대의 진동리는 집에 앉아서 차 소리만 들어도 누가 나가는
지 누가 들어오는지 알 수 있었다. 우르르르 아침에 트럭이 나가
면 이장님이 나가시는구나, 탈크덕탈크덕 트럭 소리가 나면 반장
님이 들어오시는구나, 푸르르르 또 트럭 소리가 나면 아랫동네
상우 아저씨가 윗동네 마실을 가시는구나.

아이들이 자전거를 타고 놀던 집 앞 비포장 오솔길에 어떤 날
엔 종일 차 한 대 지나다니지 않았다. 버스에서 내려 걸어오던 손
님은 현리에서 설피밭까지 아무 차도 만나지 못해 80리 길을 꼬박
걸으며 저녁노을처럼 붉게 상기된 얼굴로 집에 들기 일쑤였다.

새 사람이나 새 차 만나기가 쉽지 않았던 그 시절, '지나가는

길손이온데 무척 시장해서 그러니 라면이라도 먹을 수 있는지?'
라는 청에, 지금 여기가 어떤 곳인지를 잘 알고 있던 나는 저절로
찌개를 데우고 밥을 안치고 라면을 끓였다. 자기 몸집보다 몇 배
더 큰 배낭을 지고 문 앞에 서서 버스를 타려면 얼마나 더 가야
하는지를 묻는 길손에게, 지금 여기가 어떤 시간인지를 잘 알고
사는 나는 저절로 문을 열고 잠자리를 내주었다.

지금 여기가 그러하므로 저절로 지은 밥에, 저절로 내준 잠자
리에 무슨 돈을 받겠냐며 어색한 내가 도망을 다녀도 손님들은
어느 결엔가 어느 틈새인가로 돈을 놓고 떠나곤 했다. 촌스럽게
도 내가 받을 배짱이 되지 못해 그랬다. 내 살아온 습성이 받는
데 익숙하지 못해서 그랬다. 그래도 참 좋았다. 산골에 살면서 돈
벌 일이 거의 없었던 나는 무척 오래간만에 만져보는 돈이 참으
로 좋았다. 꼬물꼬물 자라나는 나래, 다래, 도희에게 내가 번 돈
으로 산 쌀로 밥을 지어 먹이니 흐뭇했다. 내가 번 돈으로 책을
사주니 그 또한 즐거웠다. 스스로 대견했다.

곁방을 내어주다 보니 손님이 하나 둘 늘어났다. 여름철이면
집 앞 계곡을 찾아 휴가 오는 손님도 생겼다. 생계를 위해서는 농
사의 꿈도 간직하고 있었지만 당장 수입이 되는 방장사, 밥장사
에 마음이 끌렸다.

집 앞 언덕배기에 방갈로 세 채를 지었다. 지상에서 1미터가

량을 띄우고 바닥에는 스티로폼을 깔았다. 겨울에는 외부 사람 출입이 거의 없었으므로 난방은 크게 염두에 두지 않았다. 마당에 물 쓸 자리를 만들고 평상을 놓았다. 7월 하순에서 8월 초까지 일 년에 열흘, 우리 집 마당은 이전에 내가 살았던 그 세상이 되었다. 손님들은 우리 집과 마당을 연계해 사용했다. 고기를 굽거나 닭을 끓여 우리에게도 나누어주었다. 집 앞 계곡에서 잡은 버들치로 수제비를 끓이기도 했다. 나는 고추장이나 된장, 김치를 내놓았고 산나물을 무치기도 했다. 마당에서는 저녁마다 모닥불이 피어오르고 쑥대로 모깃불을 놓았다. 향긋하고 평화로운 축제의 밤이 이어졌다. 손님들은 하루나 이틀 혹은 사흘을 한 마당에서 살다가 떠났고, 이윽고 또 다른 손님이 들었다. 그리고 바람이 서늘해졌다 싶은 어느 아침부터는 다시 우리들만 산골에 오두마니 남겨지곤 했다. 마당이 갑자기 넓게 느껴졌다. 내가 외로움을 타고 있다는 것을 얼핏 깨달았다.

가을바람에 마음이 흔들리려니 하고 그냥 살았다. 높은 산에 올랐으니 골짜기가 이리 깊으려니 하고 살았고, 어떤 섭리가 내게 만남과 헤어짐에 익숙해지는 공부를 하게 하시나 보다 하며 그냥 살았다. 건너다보이는 산등성이 나무들이 철창처럼 느껴질 때면 나는 바깥세상이 감옥이거니 하고 살았고, 여기가 어디 사람 살 곳이냐고 말하는 사람을 만나면, 이 사람은 지금 사람이 살지 못할 곳에 살고 있구나, 그의 슬픔을 읽었다.

어머니도 다녀가고 동생들과 친구들도 다녀갔다. 먼 친척도 가까운 친척도 우리 소식을 듣고 산골을 다녀갔다. 마당일, 김장이나 장 담그는 일도 도움을 받았다. 함께 도토리를 주워주던 손님, 집수리를 도와주던 손님, 산골에서 구경하기 힘든 도시의 맛난 것들부터 내가 흥미 있어할 만한 책까지 죄다 가져다주던 손님. 영화 이야기도 연극 이야기도 음악 이야기도 크고 작은 세상 소식도 오가는 손님 이야기나 전화를 통해 들었다. 내게 세상은 그리웠으나 아득했고, 마음은 늘 향했으나 이제는 무관한 하나의 전생이었을 뿐. 이 모든 전생의 인연, 오면 반갑고 복작거렸으나 가면 시원하고 허전하였다.

말린 취나물이나 고사리, 고비 같은 것들을 손님 돌아가는 길에 내어드리던 내 손길은 어정쩡하기가 일쑤였다. 마을 할머니를 따라다니며 처음 말려본 나물에 혹시라도 못 먹을 나물 한 가닥이라도 들었을까, 다른 사람 입맛에는 맞기나 할지 늘 조심스러웠으니까. 마을 할머니들이 말린 나물에 비해서 내가 말린 나물은 어딘지 모르게 어설퍼 보였다.

"왜 내 나물이랑 할머니들 나물은 달라요?"

산에서 나는 나물은 삶는 것에도 말리는 것에도 나름의 비결이 있단다. 산에서 나는 나물은 밭에서 나는 시금치처럼 후다닥 데쳐내기만 해서는 그 맛이 나지 않았다. 할머니들은 끓는 물에서 연신 뒤적이며 줄기를 눌러보아 살캉하게 삶아졌을 때 꺼내 볕에 말리거나 찬물에 헹궈 집장에 버무려주었다.

할머니들은 나물을 햇볕과 바람에만 맡겨두지 않았다. 아침 저녁 이슬을 맞은 나물을 텃밭과 광을 부지런히 오가며 두 손으로 살살 비벼주니 가무스름하고 반짝이는 모양새가 보통 나물 같지 않았다. 할머니의 나물은 마른 모양뿐 아니라 음식이 되었을 때도 때깔이 좋아 보였으며 맛과 향이 월등했다. 차를 덖을 때 비벼주어 상처를 내주는 그 과정이 산나물에도 해당되는데 할머니들은 말 그대로 '무위자연'으로 그 일(윤진)을 하는 중이었다. 특히나 할머니들의 고비나물은 따라올 자가 없다. 할머니들은 고비를 꺾으면 그 자리에서 고비 비늘을 훑어 내린다. 꺾는 부위도 부위려니와 산에서 내려오는 즉시 고비를 삶아 너는 데 고비 질감이 순한 까닭이 있었다. 다른 나물도 그렇지만 고비나 고사리는 꺾은 즉시 수분이 날아간다. 재빨리 삶아 널고 오가며 비벼주어 남은 비늘을 털어내주니 할머니들의 고비나물은 말 그대로 늘씬늘씬 매끄럽고 먹음직스러워 절로 젓가락이 가는 음식이 되는 것이다.

'이상도 하지, 할머니들은 이렇게 중요한 정보를 왜 미리 말해주지 않았을까?'

평생 산골에서 산 할머니들에게는 나물 다루는 일이 너무도 당연한 무심의 일이리라. 면밀히 관찰해 누군가가 캐묻기 전에는 도무지 가르침으로는 나오지 않을 것들. 때론 나는 할머니께서 가마솥에 밥을 짓고는 솥뚜껑을 엎어놓고 그 위에 여린 참나물을 올려 볶아주는 것을 먹어보기도 하였다. 들기름과 집장으로 버무린 따끈한 나물 한 접시면 다른 반찬은 없어도 좋았다. 어두컴컴한 할머니의 부엌, 이렇다 할 것은 없었지만 구수한 연기 피어오르며 알콩달콩 오묘한 살림살이가 마법처럼 일어나던 그곳. 일부러 잡아 앉혀놓고 가르쳐주는 일은 없었지만 나는 보이는 대로 들리는 대로 느끼는 대로 설피밭 노인들의 오랜 삶을, 살아있는 지혜를 피처럼 살처럼 받아들이고 있었다.

밥이 조금 설었다 싶으면 할머니들은 솥뚜껑을 솥에 엎어두고 그 위에 아궁이에서 꺼낸 숯을 얹어 뜸을 들였다. 통조림 깡통을 넓게 펴서 굵은 못으로 뚫은 판때기로는 도토리국수가 먹음직스러운 굵기로 쏟아져내리고 옥수수로 만든 올챙이국수도 텀벙텀벙 다이빙을 했다.

"도희 엄마, 괜찮으면 지금 내려와봐."

할머니 전화를 받고 가보면 물에 불린 콩을 갈아 어느 결엔가 무럭무럭 김 나는 두부를 만들어 내주곤 했다. 며칠 외지 외출을 하고 집으로 돌아오는 길에 할머니의 집에 들르면 '도희 엄마 좋아하는 막걸리 한 병 남겨두었다'며 커피 잔에 노란 옥수수 동동주를 가득 따라주기도 한다. 돼지나 토끼 육질을 다져 두부와 김치를 넣고 손수 만든 만두를 가마솥 가득 끓여놓고도, 국수를 삶아 동치미 국물에 말아먹는 자리에도 언제나 우리 식구를 불러준다. 초겨울, 조침령 너머에서 공수해온 양미리도 할머니의 부엌 아궁이 숯불에 구워지면 이전에는 맛볼 수 없었던 생전 새로운 음식이 되곤 했다. 구부정한 허리로 별반 크게 움직이는 느낌도 없이 할머니들은 슬그머니 음식을 만들어내고, 사람들을 한자리에 어울리게 해준다. 할머니의 방에는 바람이 지나다녔지만 방바닥은 무척 따뜻했다. 이불을 덮어 고추 말리는 냄새가 매캐하게 배어있기도 하고, 메주 뜨는 냄새가 솔솔 흘러나오기도 했다.

"애들 셋 데리고 살자니 어멈이 밥이라도 제대로 먹을 수 있겠냐"시며 차려주던 밥상에 마음속에 굴러다니던 괜한 서글픔은 봄눈 녹듯 녹아내렸다. 방이 따뜻하니 몸을 좀 지지라며 덮어주던 이불, 할머니의 손자락에 닿아 서걱거리던 이불 소리에 가시처럼 괜시리 돋아나던 고단함과 허망한 투정은 불현듯 날아가버렸다. 고맙게도 아이들은 할머니의 무릎을 베고 누워 잠이 들기도 하였다. 밤이 깊어가면서 설피밭을 오래 살아온 사람들의 이야기도 깊어갔다. 올망졸망한 아이들을 데리고 산에 올라 나물 뜯던 이야기, 얼어붙은 땅을 파낼 수가 없어 겨우내 시아버지 시신을 마당 끝에 모셔두고 살던 이야기, 밤 부등령 길을 넘어오는데 따박따박 따라오던 동물이 글쎄 호랑이 아니었겠냐는 이야기, 집 귀신을 대통 속에 잡아 산중 깊은 소에 담가두고 내빼던 이야기, 전쟁이 끝나고 마을로 돌아오니 온 개울에 팔뚝만 한 열목어가 넘쳐 다녀 어죽을 끓여 먹고 농사 없던 한 해를 살아난 이야기……. 얼마나 애달팠을지 얼마나 막막했을지 얼마나 기쁘고 다행이었을지, 할머니들의 이야기를 따라 희로애락을 넘나들다 보면 내 삶과 그네들 삶의 구분이 희미해졌다. 나는 때론 젊은 그네들이고 할머니들은 바로 다가올 시절의 나였다. 너와 나의 경계가 사라진 설피밭의 긴 겨울밤이 짧게만 느껴졌다. 몸도 마음도 혼곤하게 덥혀진 채 '우리'가 되어 할머니의 집을 나서면 설피밭의 겨울바람이 오히려 시원했다. 담담한 어조로 주거니 받거니 하며 옛날이야기를 들려주시던 그때 그 사람들, 추운 시절을 묵묵히 절절히 살아낸 사람들의 가슴속에는 아마도 불새 한 마리가 살고 있었으리라. 내 가슴에 그 불씨를 물어다주었으니.

세월은 흘렀다.

"이제는 큰 산에 더는 못 가지" 하시던 할머니들은 그 후에도 몇 년을 느티나무처럼 오롯이 서서 그 깊고 넓은 그늘을 내게 드리워주었다.

조금씩 작아지고 조금씩 희어지고 조금씩 투명해지던 순덕 할머니, 개울 건너 동영 씨 어머니, 공주 할머니, 내 아름다운 스승들.

　　설피마을 초년 시절, 오고 가는 사람들 속에, 그리운 전생의 기억 속에 서성이며 방황하던 나는 "밤이 되면 저 멀리 도희네 불빛 비치는 게 참 좋더라"시던 할머니들께 고맙고 애잔하고 훈훈한 정 듬뿍 받으며 낯설고도 새로운 이 땅에 삶의 뿌리를 조용히 내렸다.

숲과
연애하는 여자

설피밭에서 두 번째 봄을 맞을 무렵, 나는 작은 소망 하나를 이뤘다. 드디어 혼자 숲에 가기 시작했다. 찾아보니 시간은 없지 않았다. 아이들이 곤히 자고 있는 새벽, 그 시간을 이용하기로 했다. 산골에 살면서 숲에 갈 수 있게 된 건 나에게 무척 큰 기쁨이었다. 매일 새벽 나는 장화를 신고 살그머니 집을 나섰다. 새벽의 어둠은 그다지 두렵지 않았다. 밖은 어두웠지만 조금 걷다보면 하늘이 환해져왔다. 집 뒤쪽 능선을 오르다가 옆구리 쪽으로 돌아내리면 고등골 시냇물의 향기가 청량했다. 곧 빛이 가득 들어찰 원시의 숲은 열 개도 넘는 작은 골짜기를 달고 있었다. 열 개도 넘는 산봉우리가 사방에 널려있었다. 설피마을의 숲은 깊고도 깊어서 아무리 돌아다녀도 그 끝을 만날 수 없었다. 4월이 되어도 손이 시려 장갑을 끼고 다녔다. 숲을 걷노라면 새벽 한기는 어찌나 맑고 쨍한지 정신이 번쩍 들었다. 나는 노래하며 때론 춤추며 새벽 숲을 쏘다녔다. 숲이 토해낸 이슬 속을 헤엄쳐 다녔다. 푹신한 부엽토 위를 구르거나 나무줄기를 잡고 비탈을 오르기도 하며 숲을 더듬고 돌아다녔다. 수삼 년이 넘도록 집 안에서만 움직이던 몸의 근육들은 동서남북으로 늘어나고 접히고 오므라들며 마음껏 기지개를 켰다. 틀을 벗어난 영혼도 마음껏 뛰놀았다. 숲에 홀로 살던 새벽 시간 그때만큼은 정해진 의무도 역할도 없었다. 그 순간만큼은 엄마도 아내도 딸도 며느리도 마을 주민도 아니었다. 숲을 오르내리는 다람쥐나 청설모, 흙속의 작은 벌레들처럼 숲에 오로지 기대어 숲을 즐기며 사는 하나의 생명체일 뿐. 매일 새벽, 늘 지고 다니던 '역할'이라는 배낭을 잠시 내려놓고 나는 진정한 소풍을 즐겼다. 김밥도 사이다도 삶은 계란도 없었지만 혼자 떠난 새벽 소풍은 이루 말할 수 없이 즐거웠다. 내가 살아있는 사람인 것만 같았다.

　햇볕을 이정표로 삼았다. 고등골을 오르며 햇볕이 먼저 드는 곳을 향해 그날의 길을 잡았다. 어떤 날은 현관을 나서며 그날 오를 봉우리를 정하기도 했다. 설피마을의 산은 첩첩이라 오를 봉우리를 마음껏 정할 수 있었다. 어떤 날에는 물이 흐르는 골짜기

하나를 그날의 소풍 길로 정했다. 마음 가는 대로 정한 그 길은 실은 '길 없는 길'이 되어주었다. 길은 언제나 달랐다. 보기로는 갈 만해 보이던 곳이 막상 들어서면 깎아지른 절벽에 가로놓여있기도 했고, 샘물이 흘러나오는 고혹한 정원을 만나 발걸음이 저절로 멈추기도 했다. 나무들이 내준 반듯한 길을 걸을 때는 사열식장을 지나는 듯 근엄한 마음이 들기도 한다. 햇볕이 나무를 키우고 바람이 땅바닥의 나뭇잎을 매만져 만들어낸 풍경 속을 걷는다. 신의 정원에 들어서니 오똑하던 마음이 자꾸만 낮아진다. 능선의 평평한 곳에는 낙엽과 나뭇가지가 뒤엉켜있다. 방금 전 어느 멧돼지가 이곳에서 해산을 했을지도. 잠시 멈춰서 주위를 두리번거리지만 아무 소리도 들리지 않는다. 멈춰서 보니 알겠다. 바스락바스락, 내가 걷는 발걸음마다 따라오던 그 소리가 사라지니 숲의 정적이 가슴에 와락 안긴다. 나는 한동안 숲의 고요함에 몸과 마음을 맡겨둔다. 첫 새벽 빛살과 정적 속에 둥둥 떠있다. 충만하고 평화로운 이완의 순간을 한껏 들이마신다.

시선 끄트머리에 더는 오를 곳이 없어 보이는 봉우리가 보인다. 저기까지만 가면 온 세상이 훤히 내려다보일 것만 같다. 햇볕은 그곳에서도 너울너울 춤춘다. 나는 다시 길을 걷는다. 오르는가 싶으면 내려치고 내려치는가 하면 굽이친다. 굽이치는가 하면 걷기에 몹시 힘든 지형이 펼쳐지기도 한다. 봉우리라 여겨진 곳에 막상 오르면 산은 내 생각과는 달랐다. 더 큰 봉우리가 여러 개 보란 듯이 또 펼쳐져있었다. 커다란 나무들에 가려 마을은 내려다보이지 않았다. 우리 집 마당이나 지붕도 볼 수 없었다. 내키보다 큰 나무들이 눈앞에 하늘을 이고 장대하게 자라고 있었다. 나는 가장 높이 보이는 봉우리를 골라 또다시 길을 잡았다. 힘들지만 적어도 시선이 훤해지는 그곳까지는 한번 오르리라. 그러나 그곳에 오르고 보면 또 다른 봉우리가 내게 살랑살랑 손짓하는 것이었다. 산은 산맥으로 이어진 장대하고 오묘한 입체였다. 자연은 말 그대로 자연, 자유분방 그 자체인 것이다.

어릴 적 그림일기에 그렸던 뾰족한 삼각 봉우리에서 산에 관한 내 생각은 크게 달라지지 않았다. 내가 살던 마을에 있던 작은 동산 하나에서 내 생각은 하나도 벗어나지 않았다. 이 세상의 산들은 이렇듯 오묘하고 장대한데 내 생각 속의 산은 뾰족 봉우리 한 개, 혹은 두 개, 세 개. 골짜기로는 편안하고 다정해 보이는 길이 나있고, 그 기슭에는 아담한 집 한 채가 있는 그림이 전부였다. 참, 하늘에는 해가 하나 목걸이처럼 동동 매달려있는……

산에 관해 백번 천번 들어도 내게는 별반 소용이 없었다. 큰 산을 다녀온 다른 사람의 경험은 다른 사람의 경험일 뿐. 내 생각 속에 한 번 걸린 산 그림을 바꾸는 것은 내 두 발로 오른 산의 체험을 통해서 일어났다. 나는 내가 남의 말을 잘 듣는 사람을 넘어

귀가 무척 얇은 사람이라고 생각했는데 이렇게 굳세게 자기 생각을 지키고 사는 면도 있다니 내심 안심이 되었다.

키 높은 나무에 기대어 나는 또 다른 봉우리를 바라다보았다. 오르고 또 오르면 물론 못 오를 리는 없는 터. 태백의 능선을 따라 자꾸만 가다보면 앞이 훤한 봉우리를 하나쯤은 만날 수 있을지도 모르는 일. 정상에 오르는 목표를 이루었다는 만족감에 잠시 가슴도 시원하겠지. 매일매일 산에 오르면서 한 번쯤은 모험을 해보아도 좋으리라. 내가 잠시 없어도 가족들은 잘 지낼 것이다. 걱정이야 되겠지만 무사히 돌아가면 그뿐인걸.

잠시 숨을 고른 나는 결국 집으로 발길을 돌렸다. 당장 배가 고파서였다. 정상의 꿈은 무척이나 고혹적이었지만 주린 배를 안고서 정상을 밟고 싶지는 않았다. 내가 원하는 건 배고픈 소크라테스도 아니고, 배부른 돼지도 아니었다. 나는 배부른 소크라테스를 선택했다. 집에 돌아와 밥을 두 그릇이나 먹었다. 오전 10시가 넘은 시간이었다. 밥하는 사람이 어디 갔다가 이제야 왔느냐는 비난이 화살처럼 쏟아졌다. 나는 순식간에 '정신 나간 사람'이 되었다. 새벽, 내가 꾸었던 정상의 꿈, 그리고 그 꿈을 자발적으로 접고 돌아온 대견함을, 현실에 관한 나름의 깨달음을 아무에게도 말할 수 없었다. 진정 나는 배부른 소크라테스가 되었다.

'더불어 살아가는 이 삶에 더는 물의를 일으키지 말아야겠지.

나는 숲과 열애에 빠졌다.
숲에 기대어 살아 온 내가, 어찌 숲에 미치지 않으리.

그러니 멀리 가지 않아야겠다'는 생각이 들었다. 능선 길을 접고 계곡을 따라 걷는 날이 많아졌다. 숲길이 발에 익기 시작하자 나는 나무를 보기 시작했다. 나무들은 이제 막 움터오르는 중이었다. 그중에는 위는 검고 아래쪽은 노란 버섯 뭉치를 달고 있는 나무도 있었다. 나는 그 나무의 이름도 알지 못한 채 버섯을 따기 시작했다. 20킬로그램 쌀자루에 반이 찰 만큼 따는 날도 있었다. 버섯이 몇 자루나 모였을 때 마을 사람에게 그 버섯이 상황버섯과 흡사하다는 말을 들었다. 내가 따온 버섯이 그렇게나 비싸다는 상황버섯일 수 있다니 신바람이 났다.

상황버섯 값으로 계산해보니 수천만 원어치였다. 《흥부전》이나 《심청전》, 고전소설이나 전설, 신화가 남 이야기가 아니었다. 내가 그렇게나 착하게 살더니 드디어 복을 받는구나! 하느님께서 신령님께서 천지신명께서 드디어 내게 복을 내려주시는구나! 나는 한동안 뽕 맞은 사람처럼 구름 위를 걸어다녔다. 숲에 가면 나무만 보고 다녔다. 하루에도 몇 백 그루씩. 집에 돌아오면 고개가 온통 뻐근했다. 어느 날 집에 가끔 놀러 오던 사람이 제안을 했다. 버섯을 도시에서 한의원 하는 친구에게 보여 감정을 받아보자고. 나는 애지중지하던 버섯들을 자루째 내주었다. 그러나 아무리 기다려도 소식이 없었다. 어찌어찌 연락을 취해보니 그 버섯은 상황버섯이 아니어서 모두 버렸다고 했다. 그 버섯이 상황버섯이든 아니든 감정을 했으면 돌려주어야 할 텐데 모두 버렸다니 의심하는 마음이 생기기도 했다. 하지만 기왕 일어난 그 일에 마음을 바꿔 먹었다. 그리고 내가 버려야 할 것을 대신 버려준 그에게 고마움을 전했다.

나는 아무짝에도 쓸모없다는 버섯 따는 일을 그만두었다. 버섯을 따지 않으니 굳이 고개를 들고 다닐 일도 없었다. 새벽이면 주로 땅을 보고 다시 걸었다. 언덕배기 우묵한 곳에서 나물이 눈에 띄었다. 얼레지구나. 수줍은 꽃망울을 이고 피어나는 얼레지는 봄이 오면 큰 산에서 가장 먼저 뜯을 수 있는 나물이다. 밑동을 잡아당기면 두터운 부엽토 사이로 굵고 긴 해말갛게 뽀얀 줄기가 쑥쑥 뽑혀나왔다. 얼레지 꽃다발을 가슴에 한 가득 안고 집으로 돌아왔다. 몇 송이는 화병에 꽂고, 나머지는 삶아 며칠을 찬물에 우려내 국을 끓이거나 나물을 볶았다. 양이 넉넉한 때는 삶은 얼레지를 볕에 널어 묵나물로 만들어두었다. 얼레지가 씨를 맺을 무렵 참나물도 먹을 만큼 자라났다. 곰취와 미나리싹, 세생이, 취나물, 모시잔대, 돼지풀, 전웅취, 참빗나물, 갓나물, 꽃나물, 활나물, 전웅이, 아재비……. 마을 할머니들에게 배워 익힌 나물들도 눈에 들어오기 시작했다. 두릅 순을 따며 나물을 뜯으며 버섯은 까맣게 잊었다. 하루는 분주하게 지나갔다. 집에 돌아오면 나물을 분류해 반찬을 만들었다. 생깃으로 먹기도 하고 삶아서 간장이나 소금에 버무리기도, 고추장이나 된장을 이용해보기도 했다. 참나물이나 갓나물로는 김치를 담궈보기도 하고, 삶은 두릅 순을 얼려 저장해보기도 했다. 산허리 가득 고비밭을 만난 날은 천하를 얻은 듯 기뻤다. 능선 가득 아무도 손대지 않은 두릅밭을 만났을 때도 가슴이 두근거렸다. 손가락만 한 대궁이 올라오는 더덕을 발견했을 때는 더덕 앞에 큰절을 올렸다. 복을 받는구나 하는 둥둥 떠다니는 기분은 더는 생겨나지 않았다. 대신 고비밭, 두릅밭, 곰취밭, 더덕밭처럼 내가 다닌 곳들의 나물지도를 만들어두어야겠다는 생각을 하는 야무진 사람이 되어갔다.

눈이 내려도 새벽이면 집을 나섰다. 비가 억수같이 내려도 비옷을 챙겨 입고 집을 나섰다. 가기로 했으면 가는 거지 내가 하는 일에 어떤 핑계거리도 들어서게 하고 싶지 않았다. 사람들은 나를 보고 미쳤다고 했다. 그 말이 맞다. 나도 내가 어딘가에 미쳐 있다는 걸 안다.

그리고 밭에 심은 당귀 모종에 첫 김을 매줄 무렵, 새벽 소풍을 접었다. 일하는 사람들의 밥과 참을 해야 할 시간이 된 터였다. 소풍을 접자 새벽 시간은 살림살이에 유용하게 쓰였다. 가족들이 모두 잠자는 그 시간에 사박사박 살림을 살며 내가 한동안 미쳐있던 숲의 추억을 불러내곤 한다.

눈 오는 날, 눈밭에서 별처럼 피어나던 복수초를 만났다. 골짜기 눈 더미 속을 지나가는 고라니의 선하고 순한 눈망울을 지척에서 조우하기도 했었다. 덫에 걸려 산에 누운 멧돼지의 야생의 향기에 취해 비틀거리기도 했다. 쏟아지는 빗방울과 흙탕물 속에서 흔들리는 나뭇잎을 만났으며, 세상 모든 뿌리 있는 것들의 강건함에 고개를 숙였다. 숲에 기대어 살러 온 내가, 그것도 조물조물한 아이 셋을 데리고 숲에 살러 온 내가 어찌 숲에 미치지 않을 수 있으리. 나는 나 사는 숲과 열애에 빠졌다. 말없는 스승, 다정한 친구, 내가 사랑하고픈 내 모습, 그토록 간절히 소망하던 나의 연인임을 믿어 의심치 않았다. 사람도 물건도 아닌, 숲에 한번은 왕창 빠지길 지금도 참 잘했다고 생각한다. 그때도 지금도 나는 숲과 더불어 살아가는 숲의 연인이다.

곰배령,
그 환절의 기록

응달쪽의 눈 더미를 보니 아직은 겨울인가 싶다. 양지 뜸에 돋아
오르는 새싹들을 들여다보면 그 순간에는 봄이 왔는가도 싶다.
남녘의 꽃소식이 들려와도 산골의 바람은 아직은 차고 매섭다.
진동천가에 버들강아지가 뽀얗게 올라와도 깊은 골짜기 얼음장
들은 꿈쩍도 없어 보인다. 겨울 끝으로는 일상의 모든 것이 덤덤
하다. 숲의 기억이 아련하고 시간의 흐름도 희미하게 느껴진다.
설피밭 겨울 끝 달력의 날짜들은 무작위의 숫자로 허공을 날아다
닌다. 현리 장날, 장터에 나가보면 산골 사는 나는 금방 표시가
난다. 겨울잠을 자고 나온 다람쥐처럼 푸수수한 나는 두터운 겉
옷에 털 장화를 신고 꽃을 파는 좌판을 아스라이 바라보고 서있

다. 오일장 서는 장터를 두어 번 드나들며 꽃봉오리가 맺힌 알뿌리 화초나 알록달록한 꽃 화분들을 사들이다 보면, 해맑갛게 드러난 산하에 두어 번 덜썩 눈이 덮이거나 무서리가 내리고 나면 나 사는 설피마을에도 살랑살랑 봄바람이 불어온다.

"복수초가 피었대." 꽃소식이 들려왔다. 볕 좋은 아침, 달싹이는 마음을 따라 집을 나섰다. 길을 걸으며 복수초의 그 노랑 꽃빛을 찾느라 내 발걸음이 더디다. 강선 폭포를 지나 비탈진 산 구비를 돌았다. 강선리 끄트머리 서래굴의 성일 스님께서 마당에 나와 장작을 옮기고 계신다.

"스님, 복수초가 피었다면서요?"

"꽃 보러 일부러 오셨어요?" 환한 웃음으로 맞아주시는 스님의 얼굴이 꽃과도 같다.

숲에는 사람들의 발자국이 모여 길을 이루었다. 길이라 밟히고 또 다져진 공간, 겨울의 흔적이 압축된 자리에도 느지막이 봄이 들고 있었다. 꽃소식에 달떠서 아이젠조차 덜렁 내려놓고 오른 길이었다. 눈보다 얼음보다 녹고 있는 눈얼음 위를 걷는 것이 더욱 위태롭게 느껴졌다. 곰배령, 큰 개울을 건너며 처음부터 끝까지 쉼 없이 기마 자세로 길을 걷는다. 중심을 낮추고 신발 바닥에 닿는 지면의 상태를 확인하며 한 걸음 한 걸음에 주의를 집중한다. 맹랑한 생각일랑은, 허무한 기분일랑은 끼이들 틈새가 없는 집중의 산행이다. 너도 나도 우리도 이야기도 배려도 존중도 사라지고, 한 걸음 한 걸음이 오로지 균형과 조화로 향하는 시간이다. 산죽 밭을 지나 완만하게 지속되는 길을 오른다. 굽이가 내려치며 왼편으로 흐르는 작은 물을 건너자 눈앞이 환해진다. 꽃, 꽃이다. 언덕배기에 몽실몽실 복수초들이 피어나고 있다. 돌 틈에도 나무 둥치 아래에도 엄지손톱만 한 환한 얼굴들이 반짝인다. 지난여름 폭우로 큰물이 지나갔을 터인데도 작고 여린 식물들은 흙에 남아 이 봄, 또다시 꽃을 피우고 있다. 장하기도 해라.

숲에서 꽃을 보며 봄이 오는 줄을 알아챈다. 계절의 흐름도 비로소 작은 태동이나마 느껴진다. 꽃은 내게 영묘한 보약이다. 특히나 산골의 겨울을 살아 만나는 봄꽃들을 통해 나는 내 안에 잠들어 있는 희망을 일깨우곤 한다. 숲의 식물들처럼, 겨울잠을 자고 난 동물들처럼 내 안에 잠자던 생명의 힘을 길어올리곤 한다. 돌 틈, 혹은 낙엽을 뚫고 오르는 봄꽃들을 만나면 산골의 겨울이 길고 춥다고 징징거리던 내 마음이 슬그머니 무색해진다. 엄살을 부리며 주저앉던 내 마음에 불끈 힘이 솟는다.

산골에 살면서 처음, 봄꽃들을 만났던 그해에도 그랬다. 무심히 산길을 걷다가 꽃 한 포기를 만났다. 작고 노란 꽃 한 송이가 하얀 눈밭에 별처럼 반짝이고 있었다. 간밤의 꽃샘추위를 입은 흔적을 딛고 햇볕을 쪼이며 피어있는 모습에 가슴이 일렁거렸다.

"어쩜……."

몸이 시릴까 봐 나뭇가지를 주워 꽃 대궁 곁에 덮인 눈을 치워주었다. 눈을 치워주다 보니 그 옆에도 그 너머에도 희고 노란 작은 꽃들이 반짝이며 피어있었다. 그 작은 식물들은 눈밭에서 의연하게 피어나 반짝이고 있었다. 가만히 들여다보니 꽃 대궁 곁으로는 미세하게 눈이 녹아있다. 봄을 향해 피어오르는 식물들에게는 체온이 있는가 보았다. 어쩌면 그것이 생명의 힘인지도 몰랐다. 추운 건 내 마음인가 보았다. 살던 도시를 떠나 산골의 겨울을 지나오며 나는 때론 낯설고 힘겹고 외롭기도 했나 보았다. 갑자기 눈물이 솟구쳤다. 내가 꽃 같고 꽃이 나처럼 느껴졌다. 꽃처럼 내 마음이 가련하고 애처로웠다. 눈 속에서도 피어나는 꽃송이처럼 내 삶 또한 아름답고도 대견하게 여겨졌다. 눈밭에 퍼질러 앉아 꽃을 보며 엉엉 울었다. 눈물 사이로 눈 알갱이들이 반짝거렸다. 꽃들의 빛깔은 더욱 영롱하게 느껴졌다. 눈물을 통해 보이는 세상이 아름다워서 나는 한동안 눈물을 그치지 않았다. 한참 울다보니 산중에서 울고 있는 내 모습이 무척 우습게 느껴졌다. 그리고 추웠다. 울다가 웃던 나는 자리를 툭툭 털고 일어나 집으로 돌아왔다. 산중에서 만난 꽃을 가슴에 담고 돌아오는 내내, 집으로 돌아와서도 꽃 생각에 한동안 웃음이 실실 나왔다. 눈 속에 핀 꽃을 통해 연민과 사랑과 대견함이 어우러진 내 마음,

드디어 그 심心을 본 것이었다.

꽃 한 송이가 숲에 마법의 입김을 불어넣는다. 하루하루, 이 골짜기 저 능선에 복수초, 개별꽃, 등대풀, 노루귀 들이 웅성웅성 피어나고 있다. 산괴불주머니도 잎 사이 오목한 품 자락에서 노르스름한 꽃망울을 밀어올린다. 환절의 숲에서는 시냇물 흐르는 소리가 조금씩 자라나고 희고 노랗고 불그스름하고 푸르스름한 빛이 잠자던 숲에 수를 놓기 시작한다.

환절의 숲에서는 보이는 것들과 보이지 않는 것들이 함께 흐른다. 이승과 저승이 공존하고 과거와 미래가 함께 살아간다. 물곁에 잠시 쉬어가며 물을 마신다. 물 한 모금 물어보니 설향이 그득하다. 숲은 현재진행형, 여기와 저기, 또 다른 여기의 물맛은 모두 다르다. '지금 여기들'의 물맛 또한 한 가지가 아니다. 겉으로 보이는 모습이 다가 아님을, 제각각 나름의 '속사정'이 있다는 것을 산속 개울물을 만나 나는 얼핏 깨닫는다.

깊은 산 능선 가득, 바람결에 흔들리는 수많은 노루귀들의 조잘거림이 시냇물 소리와 하모니를 이루는 숲에 어느 하루 비라도 내려주면 숲의 눈 더미들은 순식간에 사라진다. 봄장마에 부쩍 물이 불어난 강선계곡을 지나 곰배령 길을 오르노라면 두툼한 부엽토를 뚫고 얼레지꽃들이 탄탄한 꽃망울을 터뜨리며 끝도 없이 피어나고 있다. 어떤 꽃들은 널따란 떡갈나무 잎사귀 사이로 곱다란 얼굴을 내어 밀고 있기도 하다. 어떤 얼레지들은 외잎을 달고 꽃이 필 날을 기다리고 있고 어떤 얼레지들은 아주 작게도 두 잎 사이로 꽃을 피울 준비를 마쳤다. 햇볕을 그득 받은 얼레지는 당장에 날아오를 분홍 새들, 온 꽃잎을 바싹 펼쳐 태양을 향해 경배를 올린다. 얼레지 사이로는 홀아비바람꽃, 꿩의바람꽃 들이 눈이 부시도록 흰빛을 발산하고 있다. 사이사이 회리바람꽃들이 피어나고 청보랏빛 현호색 또한 꽃 숲에 파도처럼 일렁인다. 산 중턱에 올라서면 한계령풀이 옷깃에 꽂아도 좋을 앙증맞고 노란 꽃 뭉치들을 피우고 있다. 물동이를 이고 가는 각시마냥 다소곳한 모습의 모데미풀꽃 또한 꽃 숲의 향연에 그 아름다움을 더해주고 있다. 간혹 산을 오르며 저만치 산죽 밭 사이로 연령초의 탐스럽고 신비로운 꽃빛을 만나기도 한다. 아직 한량한 나무들 사이로 박새의 뾰족한 연둣빛 새싹들이 싱그럽다. 호랑고비의 튼실한 새싹들을 통해 이곳이 있는 그대로의 원시의 숲임을 상기시켜 준다. 팥 고비, 풀 고비, 참고비 들의 오므렸던 새순도 한껏 기지개를 켜고 빛을 향해 오른다. 애기앉은부채도 푸른 잎사귀를 펼쳐내며 봄의 향연에 동참을 하고 있다. 꽃들은 모두 예쁘다. 춥고 긴 겨울을 지나온 식물들이 뿜어내는 꽃빛은 무채색의 겨울을 배경으로 더더욱 아리땁다. 오므렸던 꽃잎들이 오후의 햇볕을 받아 한껏 꽃잎을 펼쳐주는 숲을 걷는다. 작고 여려 보이는 꽃 한 송이가 보여주는 살아있음의 예의, 살아있음의 배려. 봄 숲엔 온통 싯다르타의 향기가 그윽하고, 꽃으로 건너는 영겁의 시공 속엔 아난의 미소가 만개해있다.

앞서가던 나그네가 뒤를 돌아본다. 뒤따르는 동행을 기다려주는 나그네의 마음 씀이 아리땁다. 기다림 속에 제 걸어온 길이 돌아다 보인다. 바라다보는 눈길 속에 제 걸어갈 길이 내다보인다. 앞선 사람도 뒤따르는 사람도 사라진다. 오로지 비워지는 그 순간은 숲에서 내려 받는 축복이다. 동행이 있어 길은 한 곳으로 모이고 순열을 벗어나 우리가 되는 만남이 숲에는 살아있다. 바람 소리가 파도 소리처럼 들렸다. 숲에서 문득 바다가 느껴졌다.

산을 오른다. 한 걸음 한 걸음, 만개했던 꽃의 추억을 밟으며 조곤조곤 산을 오른다. 하늘이 열리고 추억이 불어오는 곳, 곰배령. 다가갈수록 아스라한 정상의 황홀함, 극지를 향해 치닫는 그리움들이 뭉실뭉실 허공에 피어오른다.

산꼭대기에는 양지꽃이 땅바닥에 붙은 채 무리 지어 오종종하게 피어있다. 춥고 바람 부는 영지에서 제 살길을 알아 피어나는 꽃들이 대견하게 느껴진다. 곰배령, 너른 평원에는 꽃과 바람과 별과 유구하게 흐르는 물과 같은 내 사랑들이 살고 있다. 보이는 정상은 수많은 정상에 이어져있고 길은 사방으로 열려있다. 막막히 산맥을 바라본다. 막막히 숲에 눈을 맞춘다. 나는 한동안 막막히 서있다. '여기까지'라고 약속이 속살거린다. 빛이 너울져 흘러간다. 산에도 가슴에도 바람이 분다. 바람 속에 날려 보내고 싶은 게 어디 한두 가지랴마는, 발걸음 조심조심, 숨소리조차 조곤조곤 이 오랜 산천에 이윽고 봄이 들고 있거늘, 초록을 생각한다. 꽃들을 생각한다. 북두칠성이 얼마나 가깝게 달려있는지를 기억해낸다. 곰배령, 열리고 있는 봄 세상을 통째로 가슴에 품어 안는다. 겨울 끄트머리 얼음장 속에서 '이제는 산골에 그만 살겠다'고 진저리 치며 보따리를 싸던 내 마음은 숲 향기, 꽃향기 속에 어디로 갔는지 흔적이 없다. 얼어붙은 수도 앞에, 터진 보일러 앞에, 무너진 지붕 앞에, 끊어진 길 앞에, 움직이지 않는 자동차 앞에, 바닥을 파던 통장 앞에 망연하던 기억은 곰배령 환절의 숲을 지나는 동안 봄눈 녹듯이 사라졌다. 겨울 동안 무채색을 보고 산 내 마음이 화사한 색을 입는다. 나무만이 숲을 이루는 건 아니었다. 곰배령 환절의 시간 속을 걷노라면 풀 한 포기, 작은 넝쿨 한 올부터 봄이 오르는 소리가 들려오고, 봄빛은 그 겨울을 지나온 가슴속에서 더욱 찬란하게 피어나는 중이었다. 하산 길은 넓고 충만했다. 꼭꼭 집어넣어둔 카메라를 꺼내 들었다. 삼거리 입구 쪽에서도 수없이 만난다. 꽃은 참 예쁘다. 예쁘지 않은 꽃은 이 세상에 없다.

보시기에
참 좋았더라

추석이 며칠 남지 않았다. 앞뜰에 두릅나무 열매가 가무스름하게 익어가고 찔레 열매도 붉은 빛이 깊어졌다. 물까치들이 열매를 따먹느라 두릅나무에 몰려든다. 찔레나무 아래에는 다람쥐들이 찔레 열매를 따먹은 흔적이 우수수하다. 햇볕이 많이 드는 쪽의 담쟁이 넝쿨에는 이미 단풍이 들었다. 붉은 나뭇잎이 매달린 벽면이 한 폭의 유화 같다. 두릅나무에도 단풍이 들어 나무 한 그루에 노랑과 초록과 다홍빛이 어울려 있다. 산 빛이 하루하루가 다르더니 아침저녁이 또 다르다. 가을이 들어가는 산자락을 바라보노라면 하루해가 짧게만 느껴진다.

꽃 보러 오는 손님들의 발걸음이 뜸해졌다. 이제 곧 단풍을 보러 손님이 들겠지. 그사이, 잠시 틈을 내 가을 곰배령에 올랐다. 사방이 뻥 뚫린 시원한 하늘도 보고 싶고, 그 하늘에 저녁노을 지는 것도 보고 싶었다. 큰 개울을 건너는데 물빛이 불그레하다. 건너다보는 계곡 언저리로 단풍이 곱다. 개울물이 굽이치는 곳의 단풍은 유난히 곱게 느껴진다. 멀리서 보이는 강선리 길은 붉은 등을 달아놓은 것 같다. 지나던 노을이 잠시 내려앉은 것 같기도 하다. 발그레한 나뭇잎들이 맞닿은 길이 은밀한 동굴처럼 내 앞에 놓여있다. 강선리 길에 들어서자 숲 향기가 후다닥 가슴을 파고든다. 흙과 물과 풀과 이끼가 어우러진. 개울물 소리를 벗 삼아 길을 걷노라면 굽이마다 구역마다 유별하고 독특한 향기가 난다. 나뭇잎 하나가 휘돌며 떨어진다. 내 안에 맴돌던 생각 하나도 떨어져 내린다. 이 길을 자꾸만 걷다보면 생각들이 자꾸만 떨어져내려 머릿속이 말끔히 비워질 것만 같다. 벌레가 구멍을 숭숭 뚫은 나뭇잎들에 단풍이 들고 있다. 수많은 구멍 사이를 통과한 오후 햇볕이 숲에 내리꽂히고 있다. '있는 그대로' 이토록 아름다운 자연 속 지금 여기 내가 살아있음이 더없이 행복하고 고맙다.

　길을 걷는데 아이 한 명이 나무 이름을 묻는다. 잎사귀를 떼어내 냄새를 맡아보라 하니 생강 냄새가 난다고 한다. 그래서 이 나무 이름이 생강나무라고 말해주니 아이 얼굴에 미소가 환히 피어난다. 서로 다른 생강나무 잎사귀 두 개로 '숲 사랑' 그림을 민들어주며 생강나무는 몸을 따뜻하게 도와주는 식물이라 알려주니 신기한지 자꾸만 질문한다. 속새를 가지고 손톱을 문질러주었다. 옛날에는 옻칠을 하고 속새로 문질러 매끈하게 갈았다고 말해주었다. 투구처럼 생긴 투구꽃 뿌리는 독이 있어 사약을 만들 때 사용했다고 들려주었다. 약용식물을 배우며 들었던 대로 사약을 가지고 말을 달려가던 것은 사약은 뜨거울 때 먹어야 약효가 좋아서라고, 우리 조상들은 사약을 내리는 죄인에게도 고통이 적게 죽을 수 있도록 배려해주었다고 들려주자 아이는 고개를 끄덕인다.

서래굴 앞에 있는 주목나무에 주목 열매가 가득 달려있다. 초록 잎사귀에 붉은 구슬을 달고 있는 주목나무는 마치 크리스마스 트리 같다. 아이와 주목나무 열매를 따먹었다. 점액질을 달고 있는 달콤쌉싸름한 맛이 입안 가득 퍼진다. 요렇게나 작은 열매의 힘이 대단하기도 하다. 서래굴 성일 스님께서 마당에서 일하시다가 아이들이 이런 맛을 보면 좋을 거라며 꽈리를 따주셨다. 무척이나 탱글탱글한 주홍의 꽈리 열매를 서래굴 보살님의 귀에 살짝 대어보니 세상에 이보다 더 아름다운 귀걸이를 나는 본 적이 없다. 꽈리를 슬쩍 깨물자 새콤달큰한 즙액과 함께 씨 알갱이들이 오소소 쏟아져 나온다. 참으로 귀한 꽈리의 맛을 목구멍으로 아끼듯 넘겨본다. 곁에서 재잘대던 아이는 일행을 만나 다람쥐처럼 달려갔다. 그동안 물어주는 아이가 있어 나를 유용하게 써먹었으니 이 역시 행복하고 고마운 일.

둘이 나란히 걸어도 충분한 길을 지나 개울을 건넜다. 너래바위가 두 줄로 놓여있는 돌다리는 무척 아름답다. 다리를 건너 닐 때마다 나는 웨딩마치를 울리며 결혼식을 하곤 한다. 개울을 건너면 한 사람이 걸을 만큼의 산길이 이어져있고, 발은 저절로 길을 찾아 걷는다.

고즈넉한 가을 숲을 혼자 오르는 건 무척 오랜만이다. 나무들 사이로 풀 사이로 걸었다. 굽이치고 오르고 내리고 휘돌며. 하나도 생김이 같지 않은 돌멩이들을 밟으며. 어느만큼 오르자 부드럽고 온화한 기운이 아랫배에서 꿈틀거렸다. 숲의 정령이 느껴졌다. 나는 하나의 숲, 하나의 식물과 다르지 않았다. 제 생긴 모양대로 아름다운 식물들처럼 제 생긴 모양대로 아름다운 나, 오솔길을 걸으며 '사느라 무척 바빴던 나'를 만나 흔쾌히 악수를 청했다. 개울을 건너며 '사느라 주야로 동동거리던 나'를 만나 꼭 안아주었다. 바위에 앉아 잠시 쉬어가며 '사느라 정신없었던 나'를 만나 가만히 등 두드려주었다. 사느라 이리 뛰고 저리 뛰던 나의 고단함 위로해줄 자는 바로 나, 나를 사랑해줄 자도 바로 나, 나를 인정해줄 자도 바로 나. 마음에 강 같은 평화가 물결쳤다.

'곰배령 정상 1.3㎞'의 이정표가 붙어있는 개울 앞에서 잠시 쉬었다. 언젠가 물길의 시원지를 찾아 산을 오른 적이 있다. 숲에는 수많은 샘이 나고 그 샘이 모여 개울을 이루고 있었다. 개울물은 햇볕을 받고 반짝이며 어깨동무를 한 듯 사이좋게 흘러내린다. 강한 것을 만나면 돌아가고 낮은 곳으로는 천천히 흐른다. 졸졸졸 쉼 없이 노래 부르며 춤추듯 여울지며 흘러내려 세상의 생명을 키워낸다. 물은 어머니를 닮았다. 어머니의 젖줄을 닮았다. 한 모금 떠서 마시니 내게도 어머니의 기운이 샘솟는다. 고맙고도 갸륵한 물, 그 곁에 앉아 물을 바라보며 물을 느낀다. 내 성정 또한 물과 다르지 않음을 깨닫는다. 숲에 들면 나는 나무가 되고 풀이 되고 물이 된다. 바닥에 떨어진 다래를 주워 먹으며 고라니나 다람쥐, 멧돼지나 청설모가 되기도 한다. 숲에서 발생하는 아름다운 마법을 통해 나는 자꾸만 숲을 닮아간다. 행복하고 신비롭다.

못이 헐거워진 이정표 뒤에 돌멩이를 끼워넣어 위치를 고정했다. 개울 건너 길이 이어지는 이곳에서 개울을 건너지 않고 산으로 올라 곰배령에 가지 못하는 사람들이 더러 있었다. 곰배령에 가지 못하고 하루 종일 산죽밭을 헤매다 왔다는 손님 덕분에 이 자리에 이정표가 생겼다. 하여 나는 오류 보고의 결과물인 이정표를 볼 때마다 더불어 사는 이 세상이 든든하고 흐뭇하다.

곰배령을 향해 다시 길을 나선다. 경사도가 조금 높아진 숲길

씨앗이 가득한 가을 곰배령은 어머니의 배
아이를 잉태한 우리네 어머니들의 둥그란 배를 닮았다.
웅녀와 마고할미의 안온한 자궁을 닮았다.

을 오른다. 어떤 나무는 노란 옷을 입었다. 어떤 나무는 붉은 옷을 입고 있다. 갈색 옷을 입은 나무도 보이고 아직 초록 옷을 고수하는 나무도 있다. 가을, 숲은 할랑해서 시야가 멀리까지 퍼져나간다. 떨어진 나뭇잎들은 제 빛깔로 한결같이 아름답다. 나뭇잎 곁에는 도토리들이 떨어져있다. 맑은 속살을 드러낸 도토리도 보인다. 어느 짐승인가가 껍질을 벗겨놓고 깜박 잊고 간 모양이다. 물가에는 야생 호두도 떨어져있다. 곰배령 산신령님께 드리려고 올해 만난 첫 열매들, 도토리와 야생 호두를 몇 개 주머니에 담았다.

흙이 허물어진 곳엔 돌로 쌓인 길이 놓여있다. 비가 내리면 물길이 되곤 하는데 숲의 흙을 보호하느라 돌을 쌓아 길을 만든 것. 이 깊은 산속에서 느껴지는 사람의 손길이 대견하고 사람과 숲이 더불어 살아가는 이 모습이 바로 자연이란 생각이 들었다.

하늘이 환해져온다. 나무들도 키가 낮아져있다. 길은 하늘을 향해 뻗어있다. 저만큼 보이는 언덕배기를 오르면 곰배령이다. 오르기 전 곰배령은 하늘의 영지다. 오르고 나야 비로소 발바닥으로 땅을 느낀다. 타박타박 돌길을 걸어 곰배령에 올랐다. 곰배령에 우뚝 선 장승 앞에 나뭇잎 두 장을 깔고 도토리와 야생 호두를 놓았다. 손을 모으고 이리 멋진 숲에 깃들어 살아서 행복하다고 감사하다고 산신령님께 고백했다. 말하고 나니 마음이 가볍다. 빈 마음자리에 몽글몽글 기쁨이 차올랐다. 곰배령 신령님 빙긋 웃는 모습이 하늘 가득 그려졌다. 내가 무척 괜찮은 딸처럼 느껴지며 행복하고 편안했다.

산부추들이 동그랗게 보랏빛 꽃송이를 달고 있고, 늦둥이 둥근이질풀이 몇 송이씩 피어있다. 곰배령을 가득 채웠던 꽃들은 모두 씨앗을 잉태하고 있었다. 꽃 한 송이마다 수십 개씩의 씨앗을 품고 있다. 한 해도 거르지 않은 씨앗들로 곰배령 흙의 반은 씨앗이다. 가을 숲에는 멧돼지들의 흔적이 산재해있다. 멧돼지는 숲의 산파다. 식물의 뿌리를 파내어 땅 아래 잠든 씨앗을 세상으로 내보내준다. 씨앗은 바람에 날리고 물길로 흘러가다 어느 봄에 마땅한 자리를 만나면 어여쁜 싹을 틔워낼 것이다. 어떤 씨앗은 새나 짐승의 식량이 되어주기도 할 것이다. 흙을 떠난 식물들은 한겨울 눈과 바람을 맞으며 아리따운 거름이 되어줄 것이다. 자연이 흘러가는 섭리를 따라가 보니 이도 괜찮고 저도 좋은 일이 된다. 덩달아 내 마음도 편안하다.

씨앗이 가득한 가을 곰배령은 어머니의 배. 아이를 잉태한 우리네 어머니들의 동그란 배를 닮았다. 우리네 신화 속 어머니들, 웅녀와 마고할미의 안온한 자궁을 닮았다. 바라다보이는 산들이 군데군데 가을 물이 들고 있다. 가을 숲은 또한 어머니께서 손수 만들어 덮어주셨던 퀼트 이불을 닮았다. 노르스름하고 파르스름하고 불그스름한 조각 천이 모인 어머니의 핸드메이드 이불, 한 땀 한 땀 바느질하며 딸과 아들과 손주 손녀들의 건강과 행복을 기원하셨을. 이렇게 가을 숲에서, 시냇물로도 어머니를 기억해낼 딸의 오늘을 미리 생각해두셨는지도. 바람이 불었다. 어디선가 그리운 냄새가 났다. 어머니 냄새였다. 수많은 씨앗들 사이를 걸으며 나도 문득 한 알의 씨앗이 되어본다. 곰배령의 씨앗들처럼 나도 숲의 품에 안겨 가을이 드는 하늘을 우러러본다. 곰배령 씨앗들 사이에 누워 도무지 외로울 수 없는 시간을 한껏 느껴본다.

2009년 가을, 곰배령에 올랐다. 하늘은 원 없이 보았지만 저녁노을은 만나지 못했다. 그러나 나무들에 깃든 계절의 노을을 보았다. 물들어가는 가을 나무를 통해 이전에 받은 햇볕의 기억이 고스란히 되살아났다. 그토록 찬란하던 꽃이 저물어가는 곰배령에서 내 마음에 곱게 물드는 노을을 느꼈다. 쉰이라는 나이는 살아갈 날보다 살아온 날이 많아지는 때. 나도 어머니처럼, 곰배령의 꽃들처럼 언젠가는 저물어갈 터다. 아아, 사랑하고 살기에도 짧은 세월 속에 무엇을 더 두리번거릴 텐가. 하산 길, 집으로 향하는 걸음이 빨라진다. 나 사는 세상으로 돌아가 더욱 열심히 사랑하고 살아가야지. 곰배령의 꽃들처럼 찬란하게, 내 어머니들 사신 것처럼 지극하게.

싸락싸락
싸라기눈이 내리면

처음 설피마을에서 겨울을 맞을 때였다. 가을걷이도, 김장과 메주 쑤기도 마쳤다. 봄부터 가을까지 열심히 일한 설피밭 사람들에게도 방학 같은 휴가가 찾아왔다. 겨울에 접어들면서 한가해진 저녁, 마을 사람들에게 물었다.

"월동 준비를 어떻게 해야 할까요? 눈은 얼마나 와요?"

마을 사람들은 너도나도 설피밭의 겨울 이야기를 들려준다. 눈이 얼마나 왔는지 장독대가 사라졌다는 이야기에 이어 아무리 기다려도 날이 밝지 않아 문을 열고 나가려니 문이 도무지 열리지 않더라는 이야기. 낮은 담벼락에 작은 창문으로 지어진 설피밭의 옛날 집들은 눈이 내리면 창문까지도 충분히 덮일 수 있었다고.

눈 이야기는 눈더미처럼 불어난다. 어느 겨울인가는 며칠 동안 쉴 새 없이 내린 눈에 옆집으로 굴을 뚫고 가는데 위쪽에서 옆집 아저씨가 굴을 뚫고 오더라나. 우리는 모두 배꼽을 잡고 뒤집어졌다.

하염없이 눈이 내린다는 이 고장은 어느 집이나 식구 수대로 설피雪皮라 불리는 덧신을 마련해두어야 긴 겨울 동안 이웃 마실이라도 다닐 수 있다 해서 '설피밭'이라 이름 지어졌단다.

설피밭.

문득 들어서는 아름답고 낭만적으로 느껴지는 이 지명이 산세나 유래, 전설이나 신화가 아닌 오로지 생존의 한 부분으로 지어졌다는 사실이 나는 흥미롭다.

설피밭을 오래 살아온 사람들의 겨울 이야기는 끝없이 이어진다. 펑펑 내리는 함박눈은 그저 지나가는 눈일 뿐, 싸락싸락 싸라기눈이 내리기 시작하면 큰눈이 될 조짐이라고. 이때는 수시로 나가서 김장광이나 장작 쌓아두는 곳, 화장실 같이 생활하는 데 필수적인 길은 밟아주어야 한다고. 내가 살아갈 이곳은 하도 많은 눈이 내리기에 사람 힘으로는 도저히 치울 수가 없고 밟아서 오히려 발아래 깔고 살아야 한다니, 내겐 이 또한 신선하고 재미나다.

이윽고 설피마을의 겨울나기 준비를 시작했다. 배추김치와 석박지, 알타리김치, 백김치와 동치미, 고들빼기김치와 파김치, 늙은호박김치와 무배추 짠지까지, 아는 김치란 김치는 모두 담가 항아리째 땅에 묻었다. 마을 사람 소개로 방동 정미소에서 찧은 쌀 두 가마도 들여왔다. 가스 배달은 언감생심 생각도 못할 때라 빈 가스통을 싣고 나가 네 통 가득 채워 실어왔다. 라면은 세 상자, 계란은 다섯 판, 대파도 장날에 나가 열 단 사다가 화분에 화초처럼 심어두었다. 국수도 라면 상자만 하게 한 박스, 마을 사람들이 사는 그 상표로 사다두었다. 밀가루에 부침가루, 튀김가루, 식용유, 설탕, 간장, 멸치와 다시마, 식초, 소금 따위도 쌓아두었다. 나래, 다래, 도희가 좋아하는 귤은 아쉽지만 상할까 한 상자만 샀고, 대신 사과와 얼려 먹는 홍시를 들여왔다. 양양에 나가 양미리를 백여 마리 사다가 찬 곳에 걸어두고, 명태도 30여 마리 걸어두었다.

눈뜨면 숲과 흙과 물만 보이는 설피밭의 첫 겨울나기니 오죽했겠나. 하물며 세 살배기 나래, 다래, 도희와 함께 나는 겨울인 다음에야. 내게 입력된 필수품 정보에 마을 사람들에게 들은 상품 정보까지, 다시는 문밖에 나갈 일 없는 사람처럼 온갖 물건들을 모조리 사다 쟁여놓으니 그해 겨울 우리 집은 마치 새로 차린 작은 가게 같았다.

그리고는 눈을 기다렸다. 언제부턴가 지상에서 조금씩 실종

되어간, 조금씩 애매모호해진 순백의 겨울을. 이곳 설피마을에는 예의 그 겨울이 생생히 살아있어 겨울다운 눈도 얼음도 추위도 만날 수 있다니, 나는 원도 한도 없이 눈이 펑펑 내려 차도 사라지고 바위도 사라지고 장독도 사라지기를 고대했다. 우리 집이 눈 속에 푹 파묻혀 도무지 날이 밝지 않는 그 아침을, 자고 자고 또 자다가 일어나 문을 열어보면 문조차 열리지 않을 그날을, 창문으로 어찌어찌 넘어가 두더지처럼 현관문 앞에 굴을 뚫고 세상 밖으로 나갈 그날을, 고립무원의 설원에 떨어져 내린 햇살에 눈부셔 몸서리칠 그날을, 사람이 그립고 또 그리워 굴을 뚫고서라도 마실 가는 그날을, 고대했다. 아늑한 그날이 오기를 고대하고 또 고대했다.

잠시 눈이 오기는 했지만 하늘은 금방 멀쩡해지곤 했다. 12월이 가고 1월이 다 가도록 우리는 멀쩡한 길을 차 타고 멀쩡히 다녔다.

"눈은 언제 오나요?"

나는 다시 설피밭 사람들에게 묻고 다녔다.

"올해는 어찌 이상하네요. 큰 눈이야 구정 전후로, 정월 대보름 때 주로 오긴 했지만……. 그래도 눈이 푹 내려주어야 새해 농사도 잘 될 텐데……."

"세쌍둥이네가 이사를 와서 그런가? 올해는 눈 구경 하기가 힘들어."

농담이라 생각하면서도 나의 새가슴은 금방 두근거렸다.

"그럼 기설제를 지내야 할까요? 제가 돼지라도 한 마리 내야 할까 봐요."

"그러면 좋지요."

다들 웃으며 화답한다. 세월 따라 햇살과 바람에 깊이 파인 주름 골이 아름답다.

쇠나드리에 사는 동철 씨에게 묻는다.

"돼지를 어디 가서 데리고 와야 해요?"

"산에 돼지가 지천이니 세쌍둥이 엄마가 산에 가서 한 마리 몰고 와요."

"한 마리 가지고 될까요?"

"글쎄, 그럼 올라간 김에 서너 마리 몰고 와요. 남들은 한 번에 한 명 낳는 거 셋도 낳은 사람이 뭐…… 못할 게 뭐 있겠어요?"

설피마을 토박이이자 나랑 갑장인 동철 씨는 내가 전화를 받으면 "여보세요" 대신 "어빠여"라고 신호하며 산골살이 초반부터 편안하게 해준 이웃이다.

"세쌍둥이 엄마는 돼지를 세 마리는 몰고 와야지"라며 동철 씨 사촌형님인 동영 씨가 가상의 기설제 판을 거든다. 야생의 냄새가 펄펄 나는 멧돼지를 워이워이 몰고 내려올 장면을 상상하니

웃음이 절로 난다. 동영 씨, 동철 씨 어머니들이 애들 거두기도 바쁜 세쌍둥이 엄마에게 어디 가서 돼지를 몰고 오라 그러냐며 살그머니 눈을 흘긴다.

1월이 끝날 무렵 드디어 눈다운 눈이 내렸다. 자고 일어나보니 온 세상이 하얗다. 길도 사라지고 바위도 사라졌다. 화장실에 가려는데 빨랫줄에 흰 눈이 둥글게 감겨있다. 젖은 빨랫줄에 눈이 붙고 밤이 되면서 또 눈이 얼어붙어 마치 퉁퉁한 가래떡처럼 되었다. 가는 나뭇가지도 굵은 나뭇가지도 소담하게 흰 눈에 쌓여있던 아침, 하염없이 내리는 눈을 바라보며 나는 산골에 살러 들어온 것을 하늘에서 비로소 허락받은 기분이 들었다. 오후가 되니 거실 창문 높이까지 쌓인 눈에 일자지붕에서 쏟아져 내린 눈이 더해져 드디어 현관문이 열리지 않는다. 창문을 넘어 현관 앞 눈을 치우고, 눈으로 계단 세 칸을 만들어 오르니 지붕 끄트머리가 내 눈 아래 있고 온 세상이 순백으로 찬란하다.

눈이 내리는 날엔 새들도 고요하다. 돌멩이를 주워와 만든 벽난로에 불을 지폈다. 나무 타는 연기가 구수하다. 크게 그리운 것도 몹시 애타는 일도 없었다. 집 안에는 먹을 것이 그득했고, 아이들은 품 안에 있었다. 나는 힘이 넘쳐나서 재미 삼아 일거리를 찾아다녔다. 눈만 내려주면 만사형통이던 그해 겨울을 시작으로 나는 설피밭에 내린 열다섯 번의 겨울을 지나왔다. 설피밭에는 왜 이다지도 눈이 많이 오냐고 물으니, 설피밭 동쪽 산 너머에 있는 동해에서 올라오는 수분이 태백산맥을 넘다가 산골의 찬 공기를 만나 큰눈을 떨어뜨리고 간단다. 오호라, 바다가 산을 넘다가 선물처럼 후두둑 눈을 떨어뜨리고 가는구나. 겨울이면 어김없이 나 사는 겨울 뜨락에 당도해주는 거구나.

숲을 가득 채운 활엽수들이 잎을 떨구면 숲은 저만치까지 시야가 넓어진다. 텅 비어 보이는 숲에 눈이 익숙해질 만하면 어김없이 흰 눈이 내려 설피밭 산하는 포근한 솜이불을 덮는다. 산도 들도 길도 눈에 잠겨 혼곤한 겨울잠에 빠져들고 밖으로 뻗치던 내 신경줄에도 비로소 진정한 휴식이 시작된다. 눈이 내리니 비로소 겨울이 왔구나 싶어 반갑고 즐겁다가도 겨울 끄트머리로는 온통 백색 세상에 눈 멀미가 일어 진저리 치기도 한다. 눈길에 빠진 차를 꺼내느라 실랑이를 벌이기도 하고, 방심한 순간 빙판에 차가 휘리릭 돌아버리기도 하며, 어느 겨울엔 쌓인 눈에 지붕이 무너져 내리는 것을 속수무책으로 바라만 봐야 했다. 물론 창밖 가득 내리는 눈을 배경으로 향기롭고 뜨거운 차를 우려 마시는 재미도 쏠쏠했지만. 백색 포장도로를 끝없이 걸어보기도, 눈밭에 원도 한도 없이 굴러도 봤다. 아이들은 눈 쌓인 개울가나 다리 아래로 쏜살같이 내달리며 무럭무럭 자라났다.

나래, 다래, 도희, 세 아이를 데리고 갈 곳도 마땅치 않은 나는 봄과 여름과 가을 한가지로 춥고 긴 설피밭의 겨울도 끌어안고 살았다. 설피밭의 겨울이 축복의 시간임을 깨달은 건 유난히 춥고 혹독한 겨울을 지나고 나서였다. 식수는 얼고 겨울은 깊었다. 물을 뜨러 개울에 가면 그릇에 손이 쩍쩍 달라붙을 정도였으니. 개울가에서 휴대용 가스레인지에 물을 끓여 언 손을 담가가며 빨래를 빨았다. 외출했다 돌아오는 길 우두커니 있는 태백산맥을 바라보며 왜 이 깊은 산골에 내가 살고 있는지 나조차도 생경했던 그해 겨울, 몹시 추웠던 어느 날엔가는 보일러가 고장 나 솜이불 두 채에 털장화를 신고서야 비로소 잠이 들기도 했다. 봄이 오면 나도 미련 없이 떠나리라, 따뜻한 곳으로, 편리함이 날아다니는 도시로 떠나고 말리라, 마음속으로는 수없이 이삿짐을 싸고 또 쌌건만, 햇살이 따뜻해지면 그 마음은 아침 안개처럼 홀연히 사라져버렸다. 그 장엄하던 눈 더미들은 한 해도 거르지 않고 계절 따라 미련 없이 사라져갔다. 단 한 송이도 남기지 않았다. 그네들이 떠나간 자리엔 또다시 잎이 돋고 꽃이 피었다. 그 겨울이 깊고 징징했던 만큼 봄빛은 더욱 찬란하고 대견하게 다가왔다. 눈이 깊었던 만큼 풀 한 포기의 초록이 싱그러웠으며, 얼음이 두터웠던 만큼 꽃 한 송이 피어오르는 것이 어여뻤다. 나는 도무지 외로울 수가 없었다. 딘딘한 씨앗의 껍질이 벌어지듯, 나밖에 모르던 내 가슴이 조금씩 열렸다. 나이기도 하고 그이기도 한 생명이 자꾸만 장하고 기뻐서 나는 언제부턴가 눈물 없이는 봄을 맞이할 수 없게 되었다. 아름답고 장엄한 계절의 순환을 지나오며 설피밭의 겨울은 내 영혼에도 나무들처럼 나이테를 또렷이 새겨주었다. 오랜 불감不感의 감옥을 뚫고 나와 야들야들 보들보들해진 이 마음이 무척 사소한 빛으로도 희로애락의 센서에 여실히 감응하고 있었다. 그랬다. 겨울 고생을 한 보람, 나의 삼십 대와 사십 대 젊어서 고생을 사서 한 보람, 그리고 한 우물을 판 보람은 충분히 있었다. 그리고 드디어 그것을 수확한 것이라 여기며, 봄이 오면 연례행사로 내 몸을 데리고 뜰에 나가 꽃에게처럼 잎새에게처럼 봄 햇살을 가득 부어주곤 한다.

나의 끝 모를
외도 진술서

태백산맥에 조침령 터널이 뚫리기 수삼 년 전, 내 주된 생활권은 인제군 기린면이었다. 길고 긴 겨울 동안 태백산맥은 오직 현리를 거쳐야만 넘어갈 수 있었고, 그 나머지 기간 또한 6킬로미터 비포장도로를 넘어다녀야 하는 게 쉬이 일상이 될 수는 없었던 까닭이다. 기린면사무소나 인제군청 농협 같은 관공서에 일 보러 가는 길에 생필품을 구입했고, 현리로 학교에 다니는 나래, 다래, 도희를 데리러 가는 길에 현리에 들렀다. 서울에 사는 어머니에게 다닐 때도 현리를 경유하곤 하였다. 나에게 면소재지인 현리는 말 그대로 생활을 위한 장소였다.

동편으로 태백산맥을 넘는 조침령 비포장도로는 비가 내리면 수시로 패이기 일쑤였다. 차를 세워 낙석落石을 걷어내고 다니기도 부지기수. 날이 저문 산길을 건너는 일은 떡 하나 주면 안 잡아먹겠다던 그 호랑이가 살던 고갯길을 넘는 것과 진배없었다. 여름 조침령 길을 다니노라면 우거진 풀에 차체 긁히는 소리가 들렸다. 포도송이처럼 주렁주렁 달린 칡꽃 향기에 홀렸다가도 차 긁히는 소리에 가슴이 뜨끔해지곤 했다. 그러니 일단 도로가 잘 정비되어있고 길가에 더러 인가도 있는 현리를 선택하는 것이 나로서는 마땅한 일이었다.

그러나 현리를 향해 차를 달리면서도 나는 장승이 지키고 서있는 조침령 길을 흘깃 넘겨다보곤 하였다. 조침령 길은 물론 무척 매혹적이었다. 길 끝에는 늘상 동경하여 가슴에 품고 살았던 동해가 출렁이고 있었다. 산골의 조그맣고 동그란 하늘만 보고 살던 내게 수평선과 함께 끝없이 펼쳐진 하늘은 한껏 기지개를 켜고 싶은 소망의 상징이었으니까. 겨울 속에 오그라져있던 나는 너른 하늘이 못 견디게 그리운 나머지 짭조름한 냄새가 나는 그 바다로 기어이 험한 산길을 넘어서곤 했다.

조침령, 그 고개 하나만 넘으면 기후부터가 온화했다. 고개 너머 동편 산자락으로는 겨우 내내 눈 시리게 그리운 초록이 한 달은 먼저 찾아와주었다. 설피마을에 하얗게 눈이 덮여있을 때도 이곳은 어느새 산벚꽃이 하늘거리고 진달래가 봄빛을 뿜었다. 산골의 겨울 백색 세상에 멀미가 지독해질 무렵, 나는 조침령 길을 넘어 나가 잠시 한숨 돌리곤 했다. 오동나무의 푸르고 서늘한 보랏빛 꽃그늘에 일렁이는 가슴을 진정시켰다. 여름이 오면 길가에는 산딸기가 주렁주렁 달렸다. 차량 통행이 거의 없는 그 길에 나는 차를 세우고 산딸기를 따 먹곤 하였다. 쿨렁쿨렁 자라나던 칡넝쿨 사이로 칡꽃이 피기 시작하면 칡꽃을 따서 말리느라 바빴다. 조그만 알밤들이 떨어져내린 가을날에는 소풍 삼아 조침령으로 향한다. 토종 알밤을 주우며 겨울 동안 까먹을 달고 사랑스런 간식을 마련하는 다람쥐가 되기도 했다. 머루도 달래도 따 먹어볼 생각에 이 어여쁜 것들이 어디쯤 달려있나 눈도장을 찍어두기도 했다. 한 움큼 따 먹어보기도 하고 구경만 하다 잊어버리기도 했다.

가끔 가장 가까운 도시인 속초에 나가 놀다보면 시간은 금방 밤이 되었다. 한 점 불빛도 보이지 않는 캄캄한 조침령 길 아래에서 나는 매번 결심을 다졌다. 다시는 어두울 때 이 길 앞에 서지 말아야지. 그러나 결심은 결심으로 끝나고, 도시 나들이를 한 날에는 어김없이 새카만 어둠을 헤치고 집으로 돌아왔다. 안개가 몹시 심한 날에는 길을 잘못 들어 가슴이 철렁 내려앉기도 여러 번. 한동안 조침령 길은 도로 공사를 하느라 이리저리 파헤쳐져 있었다. 스멀스멀 날아다니는 안개를 뿌리치고 올라오는데 커다란 흙 더미가 앞을 가로막아 섰다. 한 치 앞도 분간하기 어려운 날씨에 도무지 알 수 없는 지형에서 차를 돌리는 것은 위험했다. 더구나 차에서 내려 주변 지형을 확인한다는 것은 생각만으로도 고개가 절레절레 흔들리는 일. 아주 조심조심 차를 돌려 허당 길을 빠져나왔던 그날 밤 이후, 나는 한동안 조침령을 통한 외출을 삼가고 살았다. 나래, 다래, 도희와 함께 외출한 날은 그래도 괜찮았다. 잠든 아이들에게도 염치 불고, 체면 불고하고 도움을 청했다. 아이들은 부스스 일어나 이야기를 해주거나 노래를 불러주었다. 사지성어 대기나 끝말잇기를 하기도 했다.

날이 무척 투명하고 맑은 어느 밤에는 이루 말할 수 없이 오묘한 달빛 속을 오르기도 했다. 눈이 내려도 통행이 가능할 때에는 조침령 반짝이는 눈밭을 겁 없이 오르내렸다. 불빛을 따라 군살이라고는 하나도 없어 보이는 갈색 산토끼들이 쪼르르 달려가는 것을 보았다. 전조등 불빛 속으로 어미 멧돼지를 따라 새끼 열 마리쯤이 주르르 줄지어 길을 건넜다. 아기 멧돼지 등줄기에 있는 줄무늬가 선명했다. 한 쌍의 고라니가 커다란 눈을 깜박이며 나를 주시하기도 했다. 머리에 높은 관을 쓴 노루 한 마리가 물끄러미 차창을 바라보더니 몹시 가벼운 발걸음으로 총총 사라졌다. 사람만 한 얼굴을 한 소쩍새가 길가 낮은 나뭇가지에 앉아있는 모습에 아이들은 환호성을 질렀다. 조침령 정상에는 어마어마한 독수리 세 마리가 늠름하게 앉아있기도 했다. 차가 다가가도 독수리는 날아오르지 않았다. 왜 날지 않을까 그 사이 갑자기 독수리들은 활주로를 달리는 비행기처럼 얼마간 달리더니 후르륵 날아올랐다. 몸체가 큰 조류들은 아마도 활주로가 있어야 날아오르는가 보지. 나의 차창은 야생의 다큐멘터리 현장이었다. 언제 어느 때를 불문하고 펄펄 살아 숨 쉬는 자연이 예고 없이 상영되었다. 조침령, 그 길을 오르내리며 나는 설렘과 더불어 적당한 긴장을 즐거움으로 삼았으며 호기심 또한 녹녹히 충족했다.

그 조침령에 마침내 터널이 생겼다. 터널은 내가 설피마을에 와서 처음 터를 잡은 그 자리였다. 그 땅에서 당귀 농사를 지었고 호박과 고추와 배추와 당근을 심었다. 너래바위 위로 샘물이 솟고, 샘이 흘러내리는 곳에는 야생 미나리가 양탄자처럼 깔려 있었다. 땅의 끄트머리 조침령 쪽으로는 마을 사람들이 모여 산신제를 지내는 지당이 있었으며, 지당 근처에는 두릅나무와 오미자 넝쿨이 우거져있었다. 두릅이나 오미자를 딸 때면 산신령님을 의식해 땅 끄트머리를 조심스레 밟고 다녔다. 한때 나의 놀이터였던 장소의 반쯤이 조침령 터널 구간이 되었고, 그 터널은 내게 몹시 특별해졌다. 터널의 이쪽에는 눈 더미가 쌓여있고 터널의 저편에는 꽃이 피어있다. 터널의 이쪽은 인제군이고 터널의 저편은 양양군이다. 터널이 개통되었을 무렵 나름의 세리머니를 열었다. 새로 생긴 그 터널을 열 번쯤 왔다 갔다 하며 마음껏 즐겼다.

길이 열리자 한 시간 이상 걸리던 인제도서관을 접고 30분이면 갈 수 있는 양양도서관에 회원 카드를 만들었다. 양양군 주민이 아닌 관계로 직접 도서관장님을 만나 부탁드렸다. 조침령 터널 개통으로 가까운 양양도서관을 이용하고 싶다는 말씀을 드리니 양양도서관장님은 그 자리에서 흔쾌히 수락했다. 우리 식구는 1회 한 사람 앞에 세 권씩, 도합 열두 권까지 책을 빌려볼 수 있게 되었다. 이후 책 읽기를 좋아하는 진동분교 선생님과 마을 주민 몇몇도 양양도서관 회원이 되었다는 소식을 들었다. 진동분교 선생님은 세쌍둥이 엄마 하는 대로 따라했더니 참 좋다며 웃었다. 내 존재가 잘 쓰이고 있다 여겨져 기분이 무척 좋았다. 앞으로도 살면서 괜찮은 일이 있으면 재빨리 소문을 내야지.

길이 편안해지니 외출이 잦아졌다. 나는 한동안 무슨 큰 볼일이라도 있는 사람처럼 속초에 있는 대형마트에 드나들었다. 밥도 마트에서 먹고 차도 마트에서 마셨다. 나래, 다래, 도희는 서점과 음반 코너에서 놀았다. 나는 진열된 상품 사이를 속속들이 돌아다녔다. 대형마트에는 사람도 많고 물건도 많고 더더욱 불도 밝았다. 그곳에 있노라면 낮과 밤의 경계가 없었고 고향에 돌아온 듯 잠시 안락하고 행복했다. 시골에 살던 사람은 시골을 고향이라 부르듯, 도시에서 30년을 살던 나는 서울을 고향이라 부른다. 도시를 떠나 산골에 살고 있는 내게 알프스 소녀 하이디가 한때 걸렸던 향수병이 본격적으로 찾아왔다. 길이 막혀있을 때는 간간이 일어났으나 길이 열리고 봇물처럼 쏟아지는 향수병, 기특하게도 병은 제 누울 자리를 알고 발을 뻗었다. 생필품 위주로 쇼핑을 했다. 책과 음반과 세일 중인 옷가지 따위, 더러 기호품도 장바구니에 담았다. 도시를 그리워하는 내 마음도 바코드를 찍어 함께 담았다. 조심해보지만 아차 하는 순간 소비는 내가 정한 한계를 넘어섰다. 지금 무슨 짓을 하고 있는 거지 싶은 날에는 수레에 담은 물건을 제자리에 내려놓고 다니느라 매장 안을 헤맸고, 힘이 부치면 이 정도는 쓰고 살자며 눈을 질끈 감기도 했다. 그해 겨울 나는 신중하고 알뜰한 모습만 아니라 지르기로 하면 대담하기도 한 내 모습도 만났다. 내게 갸륵하고 아름답고 대견하다는 칭찬을 아끼지 않았다. 그렇게라도 향수병에 섦은 나를 풀어주었고 새봄이 올 무렵 외출은 서서히 잦아들었다.

나래, 다래, 도희와 영화를 보러 처음 나선 것도 조침령 터널을 통해서다. 조침령 길이 열린 덕분에 우리는 단체로 축지법을 쓰는 초능력자가 된 기분이 들었다. 30분의 시간 단축은 마음을 무척 가볍게 해주었다. 한 시간이면 우리는 속초에 있는 영화관에 가서 영화를 볼 수 있다. 더구나 말끔하게 포장된 길은 밤 시간에 나다니는 데도 부담을 덜어주었다. 영화 보러 다니기를 맘 먹으면 일상으로 하고 살 수 있게 되면서 나도 사람 사는 이 세상에 살고 있구나 비로소 실감났다. 설피마을에 들고서는 영화관 가는 것을 끊고 살았건만, 길이 열리니 언제 그랬냐는 듯 나는 다시금 영화 보러 다니는 길을 즐기고 있다. 아니 오히려 이전 도시에 살았을 때보다 더 흥분하며 그 시간을 새록새록 즐기고 있다. 내 마음이 달라졌다. 모든 것이 당연하기만 했던 시절에는 끝내 몰랐을 것들이겠지. 내가 드디어 철이 들었구나 싶다.

조침령 터널 개통으로 나의 생활권에는 이렇게 대대적인 변화가 생겼다. 나는 여전히 행정구역상으로 인제군 기린면 주민이며, 선거도 인제군에서 하고 세금도 인제군에 내고 있다. 그러나 고백하건대 조침령 터널이 생기기 이전에도 내 마음은 양양군에 가있었으며, 터널이 생긴 이후로는 더욱이 속초·양양권 속에서만 살고 있다. 그러니 조침령 길은 내게 외도外道의 영역에 속한다. 그동안 외도란 입에 올려서도 안 되는 금지구역으로 알고 살았건만 조침령 길 외도를 사용해보니 그도 또한 세상 길의 일부임을 받아들이게 되었다. 조침령 길에는 내가 살아온 산골 이야기들이 자근자근 깃들어있다. 살아온 흔적들이 화석처럼 남겨져 있다. 나는 내가 들려주는 이야기를 통해 나를 느낀다. 내가 살아온 삶을 현재형으로 만난다. 굳이 오라는 사람도 아는 사람도 없건만 그곳으로 가는 것이 즐겁고 편안하고 마땅하게 여겨진다. 오래전 달마가 동쪽으로 간 까닭을 나는 알지 못하나 내가 요즘 동쪽으로 가는 까닭은 말할 수 있다. 그건, 바로 내가 몹시 행복해서다.

양양 장터의
보물찾기

4일, 9일, 14일, 19일, 24일, 29일, 4자와 9자가 들어가는 날에는 양양에 오일장이 선다. 양양 장은 이 고장에서는 가장 큰 장이다. 현리의 작은 장터를 이용하던 나는 조침령 길이 열리자 물 만난 고기처럼 누비고 다닌다. 이곳에서 내 마음을 단박에 끄는 물건을 만나기도 한다. 크고 작은 바가지와 항아리, 뚝배기, 오지 함지나 주전자 들을 사들인다. 전기 안 드는 숲 속 통나무집에서 쓰기에 마침한 호야도 양양 난전에서 구입했다. 난전에 쌓여있는 땡처리 옷들 사이로 꽃수가 놓인 멋진 치마나 설피밭의 겨울 동안 유용할 것 같은 고전적인 누비옷을 덥석 만나기도 한다. 나는 보고 다니는 데 아낌없이 시간을 투자해왔다. 민박이란 장사를 해본 이후로 나는 가급적 장에 나온 물건에 대해서는 많이 물어보지 않거니와 굳이 만져보지도 않는다. 흥정도 거의 붙지 않는다. 내게 필요한지, 내 맘에 드는지에 집중한다. 여러 번 지나치면서 쳐다보고 다니다가 물건이 맘에 딱 들어올 때 "저거 싸주세요"라고 말하며 선뜻 돈을 내놓는다. 먹잇감을 낚아채는 매의 비행처럼, 주도면밀하고 정확한 데다가 추진력이 구비된 나의 성향이 맘껏 발휘되는 그 순간이 나는 즐겁다. 양양에는 차 씨앗이나 모종노 다양하고, 빵집도 여러 개 있어 선택이 용이했다. 늘 파는 사람과 사는 사람, 구경하는 사람 들로 북적거리는 양양 장에서는 이른 아침 싱싱하고 다양한 물건을 만날 수 있었다. 절기에 맞는 물건을 구입하려고 작정한 날에는 아침 일찍 집을 나서곤 했다. 아침에 만나는 것은 싱싱해서 좋았다. 나무에서 방금 따온 오디는 물이 생기기도 전에 집에 가지고 와 효소와 잼을 만든다. 갓 나오기 시작한 산마늘(명이나물)도 아침에 가면 마음에 꼭 차게 살 수 있다. 몇 단 되지 않는 푸르고 여린 열무도 일찍 장을 보러 나서는 날에만 만날 수 있는 선물이다.

장터에 가면 나는 우선 구석구석 세세히 돌아본다. 처음 보는 물건도 간혹 눈에 띄었다. 지난겨울에는 남녘 바닷가에서나 보았던 매생이가 떡하니 나와있는 게 아닌가. 반가운 마음에 얼른 두 뭉치를 장바구니에 담아 원 없이 굴 넣은 매생이국을 끓여 먹었다. 남녘 매생이를 나의 부엌에서까지 요리할 수 있다니, 마음은 연신 머나먼 어느 바닷가를 가른다.

봄이 되면 양양 장에는 나물이 지천이다. 내가 미처 나물을 뜯지 못할 때나 우리 마을 산에서는 흔치 않은 나물을 만나기라도 하면 나는 신바람이 난다. 나물은 야생에서 채취한 것과 밭에서 재배한 것은 차이가 난다고 하는데, 아직 그 둘을 제대로 구분하지 못한다. 오직 그 나물 파는 사람에게만 묻곤 하는데 그러다 보니 단골로 거래하는 아주머니도 생겼다. 그분은 내가 귀하게 여기는 나물이 나오는 날엔 얼른 귀띔을 해준다. 아주머니 덕분에 올봄에는 큰 산의 병풍취와 누리대로 장아찌를 담았다. 요즘 산에서는 도무지 구할 수 없는 산마늘 장아찌도 담았다. 산의 것은 산의 것이라, 들의 것은 들의 것이라 곧이 말해주는 덕분에 나는 단골 아주머니만 오로지 믿는다.

장날이면 양양 뒷골목 길 양편으로는 아주머니들이 물건을 앞에 놓고 앉아있는 난전이 길게 들어선다. 설피마을에서 씨앗을 뿌릴 무렵이면 양양에는 채소가 파랗다. 난전에는 아주머니들이 가지고 나온 채소와 곡식과 열매가 가득했다. 총각무와 열무 같은 채소는 얌전히 다듬어져있어 바로 음식을 만들 수 있다. 싱싱하고 적당한 길이에 벌레가 숭숭 먹은 김칫거리를 만나면 나는 어찌할 줄을 모른다. 무척 마음에 드는데 집에 가져가서 도무지

다듬을 엄두가 안 난다고 고백하면 아주머니는 장을 마저 보고 오라며 성큼 김칫거리를 다듬어준다. 김칫거리 하나 제대로 다듬을 새 없이 사는 내게 양양 장터 아주머니들은 타박을 모른다. 다정하고 따뜻했다. 힘도 솟았다. 고기도 먹어본 사람이 먹는다고 사랑도 받아본 사람이 하는 거라더니 도움도 받아본 사람에게 길이 열리는가 보았다. 나도 세상에 도움 주는 사람으로 살아야겠다는 결심이 불끈 인다. 일감이 많고 사람 손 빌리기가 쉽지 않은 산골에 사는 내게 양양 장터는 원기소나 청심환 혹은 공진단 먹는 것에 버금가는 장소다.

난전을 오가다보면 사발에 담긴 앵두나 보리수, 산딸기를 보기도 한다. 작고 앙증맞은 열매는 유년의 추억을 자극한다. 두 살세 살 터울로 동생이 생기자 나는 세검정 이모할머니 댁에 가끔 보내지곤 했는데, 산길을 걸으며 조르라니 달려있는 앵두를 따 먹곤 하던 기억이 생생하다. 까칠까칠한 앵두 잎사귀가 손에 닿아 불편했던, 입에 넣어보면 씨만 커다랗고 목에 넘어가는 것은 약간의 과즙뿐이었던, 그럼에도 맑고 촉촉한 앵두의 붉은 빛은 무척이나 고혹적이었다.

"한 사발에 삼천 원인데, 두 사발 오천 원에 가져가."

이미 홀딱 마음을 뺏긴 나를 감지했는지 아주머니는 봉투에 이미 앵두를 쏟아붓는다. 오천 원에 이렇게 예쁜 것들을 우리 아이들에게 줄 수 있다니, 봄이면 나는 불편함과 결핍의 기억을 넘어 앵두를 사곤 한다.

처음 보는 식물이 장터에 나오기도 했다. "얘는 이름이 뭐예요?" 물으니 가죽나무란다. 장아찌나 부각을 만들면 무척 맛이 좋다는 이야기도 곁들여준다. 호기심은 기어이 그 가죽나무를 사도록 한다. 만 원어치를 담은 비닐봉투가 묵직하다. 그날은 찹쌀 풀을 쑤고 고추장을 풀어 통깨를 뿌려가며 자박자박 만든 가죽나무부각을 오후 볕에 널어둔다. 간장 물을 끓여 장아찌도 만들어본다. 후에 먹어보니 거실거실하고 쌉싸름하고 투박한 것이 강원도 메밀국수 맛 같다. 내가 즐겨 먹기도 손님상에 내기에도 적당치 않을 듯하다. 가죽나무 음식을 한번 만들어본 것으로 만족했고, 가죽나무 잎사귀는 그날 이후 오늘까지 더는 양양 장터에서 만날 수 없었다.

가을이 들고 있는 오늘, 오랜만에 장을 찾는다. 여름 동안 곰배령 원시의 숲을 찾아드는 민박손님 덕분에 근 한 달 넘게 장터에 나가지 않았다. 쌀이나 휴지, 부탄가스 같은 생필품만 짬을 내후다닥 구해왔으며, 두부나 콩나물 등은 오시는 손님께 사다주십사 부탁했다. 아침저녁 바람이 선선하고 손님 발걸음이 뜸해졌다. 마당에 여름꽃이 씨앗을 맺기 시작했다. 곰배령에도 영아자(염아자), 참취, 산부추, 산박하 같은 가을꽃이 웅성웅성 피고 있다는 소식이 들려왔다. 하늘이 불쑥 높아 보이는 볕 좋은 오늘 아침, 어디든지 집을 나서고 싶었던 것이다. 산으로 갈까 장으로 갈까 잠시 망설이다가 장으로 길을 잡았다. 추석 명절을 열흘쯤 앞에 둔 오늘 같은 날 장터에 가면 가을이 주는 선물과 더불어 사람 사는 세상 맛을 찰찰이 느낄 수 있을 터다.

장터에는 뾰족한 껍질 속에 윤이 나는 밤들이 오순도순 들어앉아있다. 촉촉한 속껍질만 입고 있는 밤도 있다. 살이 베어나갈세라 조심스레 껍질을 벗긴 밤을 밥에 두어 먹으려고 한 봉지 샀다. 곁에 덜 여문 듯 검푸른 햇콩이 눈길을 붙잡는다.

"이거, 가져가서 밥에 놔먹어, 엄청 맛있는 콩이야."

"송편에 넣어 먹는 그 콩이 이 콩이에요?"

"맞어, 소금 좀 넣고 송편 소 만드는 그 콩이야. 이거 다 떨어서 칠천 원만 내."

"그렇게나 많이 가져가서 제가 어쩌려구요."

"지금 아니면 이 콩은 없어, 냉동실에 두고 먹으면 일 년이라도 아무 일 없어."

그래도 내가 콩만 쳐다보고 있자 한마디 한다.

"이거 떨고 집에 일찍 들어가려고 그래. 좀 팔아줘."

옆에 아주머니들도 거든다.

"그거, 정말 맛있는 콩이야."

"지금이나 먹는 콩이야. 지나면 없어."

바싹 여물기 전의 햇콩도 마음을 끌지만, 떨고 집에 가련다는 말에 나는 늘 마음이 흔들린다. 담아주라는 말과 함께 콩을 쓸어 담는 아주머니의 손길이 함지 안에서 춤추는 듯하다. 가끔씩 오후 장에 나온 날은 장터 아주머니들의 물건 떨어주는 재미에 온갖 물건을 도맡아 와서는 밤늦게까지 낑낑거리곤 한다.

밤을 사고 콩을 샀다. 참외장아찌 네 쪽도 담아달라고 한다. 아무 말 안 했는데도 아주머니는 다섯 쪽을 담아주었다. 도라지 껍질을 벗기던 아주머니에게 도라지도 샀다. 마당에 도라지가 지천이지만 어찌나 깊이 박혔는지 캐먹기가 쉽지 않아 장터에 우리 것과 비슷해 보이는 도라지를 만나면 늘 사게 된다. 박이 나와있다. 껍질 벗긴 여린 박 속살을 자작자작 끓여먹는 맛을 최근 들은 지라 맘에 들어오는 예쁜 박도 한 개 장바구니에 담았다. 서너 줄기씩 묶어놓은 꽈리 빛깔이 곱다. 어머니 생각이 났다. 붉은 꽈리 열매 속을 어머니는 바늘로 조심조심 파냈다. 붉은 즙과 함께 동그란 알갱이들이 쏟아져나오면 어머니는 입을 오물오물 꽈리를 불어주곤 했다. 나는 아무리 불어도 나지 않던 꽈리 소리, 장터에 잠시 망연히 서있는데 어디선가 어머니가 불어주던 꽈리 소리가 들리는 것 같다. 겨를도 없이 눈물이 와락 솟았다. 지난봄에는 곰취장아찌로 유명한 가게 앞을 지나다가 눈물보가 터졌다. 곰취

장아찌 냄새를 맡는 순간 저 장아찌를 어머니께 택배로 부쳐야지 마음먹었었다. 그러나 곧 '이제는 부칠 곳이 없지.' 하는 생각에 갑자기 눈물이 복받쳐 올라 한동안 길에 우두커니 서있었다.

장터를 걸었다. 눈길이 아주머니들에게로 향한다. 한때는 딸이었을 이제는 어머니기도 하고 할머니기도 한 아주머니들. 저들도 나와 다르지 않겠지. 저들도 나처럼 어머니를 떠나보내기도 했겠지. 나만 이런 게 아니라고, 그렇게 삶은 또 흘러가는 것이라고 나를 다독였다.

속초식품에 들러 아주머니를 만났다. 파마를 새로 말아 생기 있게 보인다. 차에 실을 감자와 고구마를 수레에 담아 아주머니와 함께 밀고 오다가 놀이터에서 잠시 쉬었다.

"딸은 엄마가 참 좋대요."

"우리 딸이 그래?"

"딸 소리만 들어도 아주머니는 얼굴이 햇님처럼 환해지시네."

"응, 나는 딸 소리만 들어도 좋아."

"딸이요, 엄마가 요즘 행복해 보여서 참 좋대요."

속초식품 아주머니 딸과는 서울 가는 버스를 함께 탄 적이 있다. 그녀는 아버지 제사를 지내러 내려왔다 서울로 돌아가는 길이었고, 나는 어머니 병간호를 위해 서울로 가는 길이었다. 나랑 똑같은 휴대전화를 들고 있던 그녀가 먼저 자기 이야기를 시작했다. 어머니가 양양에서 식품점을 하신다고. 나는 단골로 가는 식품점이 있는데 속초식품이라고 말해주었다. 그녀는 깜짝 놀라며 어머니가 하시는 식품점이란다. 그녀는 어머니가 살아오신 이야기를 내게 들려주었다. 그렇게 몸이 아프셨어도 털고 일어나셨다고, 어머니가 지금 행복하셔서 참 좋다고, 내 어머니 병환에 대해서도 희망을 품게 해주었다. 그 후, 속초식품에 갈 때마다 그 말을 전하는데 지금까지 같은 말을 다섯 번은 더 한 것 같다. 그때마다 속초식품 아주머니는 처음 듣는 말처럼 "우리 딸이 그래?" 하며 환히 웃는다. 마치 내 어머니도 그러했을 것처럼……

어머니 생각에 나는 든든하고 푸근하고 따뜻하다. 사람은 떠나가도 사랑은 사라지는 것이 아닌가 보다. 생전에 어머니가 들려준 말이 떠올랐다. 강원도 첩첩산중, 우리 집 오는 길이 세상에서 가장 행복한 길이라던. 양양 장터에서 나래, 다래, 도희에게 해줄 먹거리를 가득 싣고 집으로 돌아오는 길, 나는 행복하다.

눈이 두 번 내리더니 개울 가생이로도 얼음이 얼었다. 이 집 저
집 김장 소식이 들리고, 산등성이 나무들은 조르라니 앙상한 골
격을 드러냈다. 나래, 다래, 도희에게 장갑과 머플러를 챙겨준 지
며칠, 올해도 어김없이 설피밭에 겨울은 시작되었다. 11월 눈은
아무리 많이 내려도 거의 사라지지만, 12월에서 정월, 2월까지도
내리는 설피밭의 눈은 내리는 대로 쌓이고 쌓인 눈 위에 또다시
쌓이기를 거듭한다. 현리로 고등학교를 다니는 나래, 다래, 도희
는 집에 들어오며 연신 감탄한다. "어쩌면 우리 동네는 이렇게 다
르지?" 집에만 있을 때는 세상이 온통 하얀 눈 세상인가 보다 막
연한 생각에 젖어있곤 한다. 그러나 간혹 외출하려고 굽이만 몇

개 지나도 설피밭의 감쪽같이 하얀 겨울이 참으로 신기하게 느껴진다. 11월, 아직 단풍을 매달고 있는 영동 나무 곁을 지나 조침령 터널을 지나오는 것은 더욱 특별한 경험이다. 무한히 펼쳐진 백설의 세상, 차 안에서 아이들은 《나니아 연대기》에서 읽었던 사자의 옷장 이야기를 하며 흥분한다. "엄마, 이 터널은 마치 다른 세상으로 가는 통로 같아." 터널을 통과하며 만나는 전혀 다른 세상이 내게는 마치 아날로그 세상에서 디지털 세상으로 순식간에 전환하는 것만 같다. 흐르는 시냇물이 만나는 폭포 같은 일탈이고, 다소 지루하게 느껴지던 산골 생활에 활력을 주는 천혜의 선물이라고나 할까.

30~40년 전 설피밭에는 400가구 정도 살았던 적도 있을 만큼 꽤나 많은 사람이 살았다고 한다. 이 고요한 적막강산 어디에 그렇게 많은 사람이 모여 살았는지, 진동분교의 누렇게 바랜 사진첩을 볼 때까지는 도무지 상상이 가지 않았다. 학생이 없어 사라질 뻔도 했던 진동분교, 입학하는 학생은 근근이 있으나 졸업하는 학생은 보기 힘들었던 진동분교에 나래, 다래, 도희 세 명의 졸업생을 배출한 것이 뉴스거리이기도 했었는데 옛날 사진 속에는 급식소라는 푯말이 붙은 건물도 보이고 20여 명의 졸업생이 찍은 사진도 있다. 사진을 보니 내가 살지 않았던 설피밭의 유구한 시절이 손에 잡힐 듯 아스라하다. 이진구 님께 듣기론 그 시절 설피밭

사람들은 음력 설날과 정월 대보름에 설피를 신고 눈을 밟아 길 만드는 것이 연례행사였다고 한다. 일부러라도 이벤트를 벌여 산골의 기나긴 겨울 멀미를 잊고 활기를 불어넣는 것이리라. 떡판을 멘 마을 남정네들은 각 집을 돌며 시루에 찐 떡쌀을 떡메로 쳐주고 밥과 술과 안주를 대접받았다고. 마을 토박이인 김동영 씨 어머니가 말하길, 설피밭은 전쟁 끝나고 혼자된 어머니가 아이들 키우고 사는 집에서도 설날에는 떡국을 끓여 먹을 수 있었던 마을이었다고. 설피밭의 역사를 전해 들으며 내가 깃들어 사는 마을에 숨겨진 더불어 사는 삶의 미덕을 가슴에 품는다. 때를 만나면 지체 없이 피어날 희망의 씨앗을 내려 받는다.

진동리에 이사 오고 그다음 해쯤이었나 보다. 마을에서는 '설피 눈밟기 축제'를 할 거라고 했다. 산골 사는 사람 수가 줄어 잠시 사라졌는데, 마을에 손님이 든다니 다시 시작하는 것이라 한다. 1박 2일 일정에 손님은 100여 명, 베이스캠프는 진동분교고 숙박은 마을의 각 집에서 나누어서 하기로 했다. 조용함을 넘어 적막한 산골의 겨울이 갑자기 술렁이기 시작했다. 봄부터 가을까지 농사짓고 추수 끝나면 마을을 떠나 연고 있는 도시나 읍면 소재지에 나가 겨울을 지내는 사람들을 제외하면 겨울 동안 마을에 상주하는 가구가 20가구가 채 되지 않던 시절이었다. 큰일에 경험 없던 나는 가늠할 수가 없었다. 더구나 그 많은 손님들의 음식은 누가 해야 한단 말인가. 손꼽아 헤아려보아도 일할 사람은 몇 되지 않았다. 진동분교 사모님까지 쳐도 여인들 숫자는 턱없이 부족해 보였다. 밥은 어디다 어떻게 하는지, 추운 날씨에 물은 어떻게 쓰는지, 산골 사는 사람들은 이 모임을 어떻게 치를지 무척 궁금했다. 각자 집에서 쓸 만한 그릇을 가져오라고 하기에 함지와 접시와 대접 따위를 들고 갔더니 정아 엄마, 마복순 씨, 염씨 아줌마, 순덕 할머니, 동영 씨 어머니, 은정이 엄마, 온 마을 여인들이 자그마한 진동분교 관사 안에서 음식 준비를 하고 있었다.

마을 여인들은 그다지 큰일도 아닌 듯 심상히 일했다. 저장해 두었던 무를 가져와 깍두기와 무채김치를 담그고, 옥외 솥에서 고비나물, 얼레지, 취나물을 삶아 나물 반찬을 만들어 통에 담아 서늘한 장소에 쌓아놓았다. 진동분교 기사님인 동철 씨와 마을 남정네 몇 분은 잡은 돼지 뼈를 바르고 구워먹기 좋게 잘라주었다. 살을 발라낸 돼지 뼈와 살코기 몇 덩어리를 가마솥에 불을 달아 끓이는 사이, 옥수수 막걸리도 도착했다. 누구네 집에선가 땅에 묻은 김장을 가져오고, 동치미도 한 통 가져다놓았다. 고추장 아찌를 가져온 사람도 있었다. 된장 고추장도 마을 어느 집 장독에서 가져왔노라 했다.

장승 만드는 사람들은 며칠 전부터 마을에 상주하며 장승을 깎고 있다. 마을 남정네들은 이장님 집에 모여 설피를 만들고 박

달나무를 켜서 재래식 스키도 만들었다. 분교 마당에서는 장작을 쪼개 달집을 쌓고 양양에서 실어온 대나무들을 달집 주변에 묶어 두었다.

축제 당일 저녁 관광버스를 타고 손님들이 도착했다. 승용차를 타고 온 손님들도 속속 들어섰다. 20킬로쯤 되는 불린 쌀을 커다란 가마솥에 안쳤다. 할머니 두 분이 밥물을 가늠하고는, 쌀이 우르르 끓자 불타는 장작을 꺼내고 알불로 뜸을 들인다. 무를 넣고 끓인 돼지국밥과 김치와 밑반찬들을 내었다. 달집에 불을 붙이고 사람들은 소원 적은 종이를 달집에 태웠다. 알불이 나오자 불판을 올려 돼지고기가 구워지고 옥수수 막걸리 잔이 돌아간다. 마을 여인들은 식사 마친 그릇이 나오는 대로 설거지를 하고, 정아 엄마와 마복순 씨는 컴컴한 뒤울에서 가마솥을 닦는다. 내일 아침밥을 다시 지으려면 솥단지부터 닦아둬야 한다는 것이었다. 그날 이후, 찬바람 속에서 바지런히 움직이던 여인들의 손은 내 기억의 밤하늘에 반짝이는 별이 되었다.

살림이 갖추어지지 않아도 그때 그때 유연하게 대처하는 현장에서 잔심부름하며 일머리를 익혔다. 손님을 치르려면 이래야 한다, 저래야 한다는 형식을 거둬냈다. 손님을 대접하는 데 뭐든지 다 갖추면 더없이 좋을 테지만 없으면 없는 대로도 손님을 치러도 되는구나. 솥뚜껑이 없으면 밥상을 가져다 덮었고 쟁반이 없으변

"엄마, 설피 눈밟기 축제,
우리 동네에서 그거 다시 하게 해줘요.
우리 진동 아이들이 모두 원해요.
얼마나 신나고 재미있었는데."

합판을 써서라도 제 시간에 식사를 대접하는 삶의 지혜를, 나보다 먼저 산골에서 살아온 사람들의 손님맞이를 통해 익혔다. 100여 명의 손님들은 저녁 식사까지 마치고 마을의 각 집에 나뉘어 들어 잠을 잤다. 다음 날 오전, 설피를 신고 눈 산행을 하기도 하고 마을 비탈밭에서 눈썰매를 타고 놀다가 산채비빔밥 점심을 먹고는 마을 입구에 장승을 심고 집으로 돌아갔다. 물고기 몇 마리와 빵으로 수많은 사람을 먹게 했다는 예수의 기적은 현실적으로 가능한 일이었다. 궁하면 통했고 뜻이 있는 곳에는 분명 길이 있었다. 제1회 설피 눈밟기 축제를 치르면서 하늘은 스스로 돕는 자를 소리 소문 없이 열렬히 돕는 것을 흠뻑 느꼈다.

이후 설피 눈밟기 축제는 십 년간 이어졌다. 몇 년간은 마을에 다소 큰 집과 마당이 있는 집에서 돌아가며 열었으며, 마을회관이 지어지고는 그곳을 사용했다. 음력 설이 지나고 겨울이 무르익는다 싶으면 우리는 모여 설피 축제를 준비했다. 이야기를 나누고 설피를 만들며 돼지를 잡고 달집을 지으며 김치를 담그고 나물을 삶다 보면 열흘, 설피 축제 뒷정리를 하며 네가 더 했니 내가 더 했니, 내가 더 먹었니 네가 더 먹었니 하고 토닥거리다 보면 또 열흘, 그러다 보면 양지 뜸에 봄소식이 뾰족뾰족 올라오는 시절을 10년 살아왔다. 살림은 조금씩 늘어나고 사람도 조금씩 늘어났다. 시끄럽고 남는 것 없는 이런 잔치는 그만두사는 목소리도 들렸다. 마을 사람끼리 투닥거리는 것을 더는 못 보겠다고 튕겨져 나가는 사람도 생겨났다. 진정 폼 나고도 실속 있는, 우리도 재미나게 노는 잔치다운 잔치, 축제다운 축제를 해봤으면 하는 소원도 들려왔다.

그렇게 10년을 함께했던 설피축제는 마을회의를 거쳐 일단 막을 내렸다. 시원하고도 섭섭했다. 설피축제를 접고 수삼 년, 정월 대보름날에는 마을 사람들끼리 마을회관에 모여 윷놀이를 하며 놀긴 하는데, 요즘 들어 마을마다 열리는 무슨무슨 축제 이야기를 들으면 문득 우리의 설피 축제가 살그머니 그립기도 하다.

10년을 설피 축제판에서 뛰어놀았던 나래, 다래, 도희도 여전히 설피 축제 꿈을 꾼다. 겨울이면 아이들은 내게 묻는다.

"엄마, 올해는 설피 눈밟기 축제 하나요?"

"글쎄" 하니 아이들은 내게 몇 번이고 부탁한다.

"엄마, 설피 눈밟기 축제, 우리 동네에서 그거 다시 하게 해줘요. 우리 진동 아이들이 모두 원해요. 얼마나 신나고 재미있었는데."

아이들은 성우네 집 비닐하우스에 식당을 차리고 설피 축제를 했던 그해가 가장 멋졌다고 말한다. 고요한 산골에 사람들이 북적이고 마을 어른들이 함께 모여 지내는 겯 마당에서 하루 내내 눈썰매 타고 놀던 그때를 행복하게 기억한다. 썰매를 두 개씩 세 개씩 묶어 기차로 만들어 타고 놀던 추억을 회상한다. 진동리 아이들은 북과 장구와 꽹과리와 징을 치며 달집 주변을 돌면서 사람들의 흥을 돋우었다. 마을의 크고 작은 행사에는 아이들도 늘 동참했다. 의견을 말하지도 투표를 하지도 않았지만, 진동리 아이들은 마을 어른들의 발소리를 들으며 조용히 자라고 있는 마을의 분명한 미래다. 그리고 그 아이들이 설피 축제의 꿈을 꼭 부여잡고 있는 것이었다.

"너희가 설피 축제를 한다면 어떻게 하고 싶어?"

"비닐하우스에서 재미있게 놀지, 눈썰매도 타고, 불 깡통도 돌리고."

"우리 마당에서 눈사람 만드는 건 어때? 옆에 밭들도 겨울이면 다 눈밭일 텐데, 눈사람을 수백 개 만들어 죽 세워두는 건?"

눈사람 이야기에 아이들 눈이 반짝거리고 나는 내 안에 잠들어있던 설국의 꿈을 들려준다.

"우리 마당에 그 많은 눈으로 눈집을 만드는 거야. 자동차도 만들고 큰 배도 만들자. 눈사람은 물론이고 눈 동굴도 만들어 밤이면 양초를 켜두자. 아주 조그만 눈사람을 만들어 아이스크림 케이크 상자에 넣어 도시의 아이들에게 보내주는 거야. 개울가에 얼음도 엄청 크게 얼려두자. 얼음 안에는 말린 꽃을 듬뿍 넣을까?"

"엄마, 근데 눈이 안 오면 어떡하지?"

"우리 동네에 눈이 없을 때가 있어?"

"그래도, 지구온난화라는데……."

"그건 간단해. 축제는 눈이 있을 때만 하는 거지, 눈이 안 오면 안 하면 되지, 눈 따라 자연 따라 열리고 닫히는 축제니까."

"아하, 엄마 그 축제는 참 좋겠다. 봄이 되면 다 녹으니까 철거할 것도 없고……."

아이들 덕분에 나는 오랜만에 꿈을 꺼내보았다. 무언가 재미있는 기분이 스멀거린다. 말이 나온 김에 오늘도 나는 마음껏 설국의 꿈을 펼쳐본다. 되고 말고는 저리 던져두고, 물론 터널을 지나오듯 시냇물이 흘러가듯 마법 같은 그 디지털 방식으로 말이다.

삼월삼짇날 진동리에서는 새안골(샘골)에 모여 산제를 지낸다. 진동리는 너른이골, 가래막골, 강선골, 북암령, 설피골, 고등골 등등, 점봉산에서 흘러내리는 지류들이 모인 진동천을 따라 길게 형성된 산촌이다. 진동천 80리 물길을 따라 그 상류에 위치한 진동2리는 다시 윗마을과 아랫마을로 나뉘고, 설피밭은 그중 윗마을에 해당한다. 진동2리 사람들은 예로부터 음력 3월 3일과 9월 9일, 아랫마을과 윗마을 두 군데로 나뉘어 산제를 지냈다.

새안골은 설피밭 초입에 위치한 태백산맥의 한 골짜기로 윗마을인 설피밭 사람들이 제를 올리던 곳이다. 우리 집 마당에서 남동쪽으로 비스듬히 위치한 새안골은 칩칩이 둘러싸인 산등성이 가운데 아침 해가 올라오는 길목이다. 태백산맥 어깨너머로 금빛 태양이 동해의 소금기를 뚝뚝 떨어뜨리며 솟아오르면 설피밭의 풀들은 잠을 깨고 비로소 깊은 숨을 쉬어대기 시작한다. 만물은 빛을 만나 싱그러운 수분을 뿜어댄다. 산하에 조그만 물방울들이 경쾌한 춤을 추며 허공으로 날아오르고, 때맞춰 산들바람이라도 부는 날이면, 설피밭의 아침은 풀과 물과 흙과 나무의 향연에 휩싸여 어제의 세상은 흔적도 없이 사라져간다. 만물은 삶의 열락을 공연하고 내 숨구멍들에는 새싹처럼 작은 날개가 돋기 시작한다.

산제 제주祭主는 마을 남자 어르신이 맡는다. 도가都家는 돌아가면서 맡는다. 도가를 맡는 집은 산제에 사용할 제수祭需를 준비하고, 산제가 끝난 뒤 제수 음식으로 마을 사람들의 아침밥을 준비한다. 전날 마을 남정네들이 산제에 쓸 장을 봐다주면 도가를 맡은 집 아낙은 새벽부터 제수를 마련한다.

지난해 삼월삼짇날에는 우리 집이 도가를 맡았다. 신속함과 간편함만이 미덕인 현대를 살면서 절대적인 시간과 정성을 기울이는 이 일이 내겐 자못 신선했다. 타임머신을 타고 어느 고대의 소도蘇塗 사람으로 복귀한 기분이랄까? 제반 일상사를 떠나 오직 신만을 위하는 여인으로 살던 신비롭고 단순한 시공 속에 잠시 돌아온 듯했다. 나는 새로운 시공을 가로지르며, 갑자기 초능력자가 된 듯 온몸과 마음에 신기한 힘이 솟았다.

새벽에 일어나 목욕재계하고 제수 준비를 시작했다. 시루에 쌀가루를 담아 떡을 찐다. 반죽한 밀가루로 시룻번을 꼼꼼이 붙인다. 꾸덕꾸덕 말린 명태를 채반에 올려 찌고, 돼지고기를 덩어리째 삶는다. 쇠고기에 무를 넣고 국물을 넉넉히 잡아 탕을 끓인다. 밥을 지어 뚜껑이 있는 사발 두 개에 담아놓고, 과일과 어포, 과줄과 기타 제수용품도 찬찬히 그리고 정갈하게 마련하여 지게에 지고 가기 좋게 상자에 담아놓는다. 트럭이 마당에 도착하는 소리가 들린다. 해 뜨기 전 남자들은 지게에 음식을 지고 새안골을 오를 것이다.

제를 지내는 곳은 여인네들이 가지 않는 곳이라 들었다. 아들아이를 어른들에게 데려다주며, 나는 개울 건너 흙을 밟지 않고 다리까지만 배웅한다. 목소리도 내지 않고 멀리서 목례로 아이를 부탁한다.

아들아이는 왜 나만 그곳에 가야 하느냐고 묻는다. 두 딸아이는 우리는 왜 그곳에 가지 않느냐고 묻는다.

"애당초 일을 나누어서 하는 효율적인 법 같구나. 여자들은 음식 준비에 식사 준비를 하고 남자들은 산에 가서 제사를 지내고, 그러다 보니 남자들은 산에 가고 여자들은 집에 있는 것이 관례가 된 기지."

다수가 어울려 살아가는 사회에는 공공의 법이 있고 나는 그 법을 지킨다. 달라져서 더 좋을 법이라도 나는 그 법을 지키는 가운데 혁명을 꿈꾼다. 새봄에 싹을 틔우는 봄비처럼 부드럽고 고요한 혁명. 재미나고 풍요롭고 평화로운, 자연을 닮은 혁명의 꿈.

올해 삼월삼짇날, 나는 마을에서 공식적으로 산제에 참가해도 된다는 허락을 받았다. 그동안 《인제신문》에 연재하던 '설피밭 편지'란에 진동2리 산제를 실어보겠다는 명분에서였다.

내가 하는 일을 따라 삶의 경계가 확장되어진 것이 기쁘다. '우리 엄마도 하는 일인데요'라며 나를 대입해 가부를 결정하는 두 딸아이에게 새로운 세상을 보여준 것이 가슴 뿌듯하다. 더구나 부드럽고 자연스럽게 경계를 넘어섰으니 스스로 대견하다. 새길이 열린 것은 내 안의 목소리에 귀가 열리고 자긍심이 자라나는 것이기도 하겠지.

골짜기 사이로 난 길을 따라 10여 분 산을 오르다 보면 오른편으로 개울 건너 작은 움막이 보인다. 지붕과 삼면의 벽이 잇닿아 지어진 움막은 서너 사람이 들어서 절을 하기에 딱 마침한 크기에, 돌을 쌓아 만든 제단이 있다. 가지고 간 음식을 제단에 올리고 촛불과 향을 피운다. 이전에 걸어두었던 무명 실타래를 내리고 새로 장만한 무명 실타래를 건다. 마을이 무궁히 존속하고 풍요롭기를 바라는 염원이다.

제주는 잔에 술을 붓고 축문을 읽으며 산제를 시작한다. 올한 해, 마을 사람들 모두 무병장수하게 해달라고, 농사 잘되게 해달라고, 산에 곰취를 비롯 산나물과 열매들이 그득 달리게 해달라고, 벌 농사 밭농사 대풍 들게 해달라고, 기원을 올린다. 제에 참가한 사람들은 차례로 술을 붓고 절을 하며 가정의 안녕과 번영을 기원한다. 산제에 참가하지 않은 마을 사람들도 일일이 호명하며 그 가정을 축원한다.

이름과 소원을 적은 종이를 불사르는 소지燒紙는 정성스럽게 진행된다. 소지를 맡은 제주는 불타는 종이가 땅에 닿지 않도록 손으로 바람을 일으킨다. 소원을 담은 종이가 불길을 이고 하늘로 훨훨 날아가면 사람들의 얼굴에도 아침 햇살 같은 미소가 번진다. 종이가 혹여 땅으로 내려갈라치면 사람들은 온 마음을 모아 불타는 종이를 일으켜 세워 다시금 하늘로 올려 보낸다. 3월 3일 설피밭 사람들은 산제를 올리며 마음에 품고 있던 소원을 하늘로 돌려보내고 홀가분하게 일상으로 복귀한다. 그리고 음력 9월 9일에는 다시 한 번 제를 지내 한 해를 잘 나게 해준 감사함을 하늘에 돌린다. 산골에 사는 사람들의 삶은 자연을 닮아 기품이 느껴진다.

개울의 맑은 물을 떠서 제단에 올리고 모두 함께 절을 올리며 의식은 끝이 난다. 움막 안 사람들은 움막 인 사람들대로 움막 밖

사람들은 또 그들대로 절을 올린다. 움막 밖에 서 계신 어르신을 움막 안으로 모시는 젊은이의 모습도 보인다. 오랫동안 이어져왔던 어른을 공경하는 예절이 형형히 살아있다. 다행스럽고 마음이 놓인다.

의식이 끝나면 제수를 내려 간단하게 음복한다. 술잔이 오가며 '올 한 해도 잘들 살아보자'고 덕담을 주고받는다. 다시 지게를 지고 산을 내려오면 마을 아낙들은 제수를 받아 아침상을 차린다. 떡과 고기를 썰어 접시에 담는다. 명태를 먹기 좋은 크기로 찢어 양념장과 더불어 내고, 새로 담근 김치와 말려두었던 묵나물도 마련해 상을 차리는 동안 사람들은 삼삼오오 도가로 모인다.

마을 남정네들은 안쪽으로 마을 아낙들은 주방 쪽으로 자리를 잡는다. 여남은 명의 아이들은 따로 상을 본다. 진동분교의 선생님도 오시고 마을을 떠나 대처에 사는 사람들도 이날을 기억해서 고향을 찾는다. 남녀노소 할 것 없이 모두 함께 모여 아침을 먹노라면 어느 사이엔가 온 마을 사람들이 하나의 대가족이 된다. 할아버지도 할머니도 큰아버지도 삼촌도 고모도 큰엄마도 동서도 조카도 손주도 있다. 편안하고 따뜻한 분위기 속에서 농사를 비롯한 삶의 이야기보따리가 하나둘 풀린다. 씨감자를 나누어줄 수 있다는 소식, 토종 옥수수 씨앗을 구하고 싶다는 사람, 당귀 모종을 팔 수 있다는 사람……. 올 한 해 농사 정보가 소통된다. 한편 건너 양지 틈에 얼레지가 돋았더라는 신속한 정보에 마을 아낙들은 도시락 챙겨 나물 뜯으러 갈 날짜를 곧바로 정하기도 한다.

회비는 한 가구당 만 원씩 걷는다. 공주 할아버지께서 지난해 당귀 농사가 무척 잘 됐다며 5만 원을 더 내셨다. 농사가 잘되어 고맙다며 주름진 손으로 내어놓으시는 돈이 아름답기도 하다. 거기서 받은 것은 꼭 그곳에만 돌려주는 걸로 알고 살아온 내 팍팍함은 힘없이 주저앉으며 마음이 평온해진다. 어지간한 비에도 늘상 밭에서 일하시던 공주 할아버지와 할머니의 모습은 자주 보았다. 오늘 산제를 시작으로 설피밭에도 봄이 들 테니 괭이 들고 밭으로 향하는 여든 노인의 아름답고 고마운 풍경을 또 볼 수 있겠지.

삼월삼짇날, 설피밭 아이들은 사람이 많이 모이니 좋고 화기애애한 분위기가 좋아 덩달아 신이 났다. 깔깔거리며 이리저리 몰려다니느라 정신이 없다. 아침을 들러 온 선생님이 자리를 뜰 때까지 학교 가는 날인 것도 잊고 놀더니 9시가 거의 되어서야 시루에 찐 백설기 한 봉지씩을 들고서 우르르 학교로 간다.

남정네들에게 생강나무꽃차를 내어주고, 나는 마을 아낙들 틈에 섞여 오래오래 그 집에 살았던 사람처럼 아침상을 치운다.

곰배령
백설 세례도

인제 현리 방동 길을 지나는 동안 내리던 비가 바람부리를 지나면서부터 눈이 되어 내린다. 길은 어둡고 자동차 불빛은 텅 빈 길을 비춘다. 와이퍼 사이로 흩어지는 눈, 눈은 눈 뒤에 또 눈을 달고 한없이 쏟아져 내려 내 몸은 어느 한순간 하늘로 빨려 올라갈 듯하다. 이토록 부드러운 백색 물질이 난무하는 밤하늘이 오늘따라 예사롭지 않아 보인다. 3월도 끄트머리, 4월이 바로 눈앞이건만, 태백산맥을 넘어 나가 설악의 품 자락에서 봄꽃을 보고 온 지가 바로 엊그제, 오늘 나가본 인제에서는 목련나무 꽃봉오리들이 봉긋이 움을 틔우던데, 설피밭의 눈은 어찌 이리도 천진무구하게 내리시는지 참으로 그 속내를 가늠할 수가 없다.

흐느끼듯 날아다니는 눈송이는 떠나는 겨울을 보내는 춤사위, 3월도 거의 저물어가는 설피밭에 내리는 눈이 살풀이처럼 마냥 처연하다. 나는 집에 당도하고도 수 시간 마당을 배회한다. 마른 넝쿨 위에도 꺾인 가지 위에도 생긴 모양새대로 정직하게 쌓이는 눈, 나도 이 겨울 이토록 깨끗하고 부드러운 백설 세례를 받으며 순백의 영혼으로 거듭나기를 기도한다. 머리카락이 젖고 눈썹에도 송글송글 눈 녹은 물이 맺힌다. 공기는 마침하게 차고 눈 내린 뜰에는 설국의 향기가 가득하다.

어지간한 곳에서는 이미 오래전에 희미해졌다 들은 겨울, 올해도 설피밭에 잘 살다 이제 떠나려고 한다. 징글징글하게 아름다운 설피밭의 겨울, 그를 배웅할 시간임을 알아챈 나는 자는 듯 깨는 듯 창밖 소식에 귀을 열어놓고 밤을 꼬박 지새웠다. 해가 뜨면 순식간에 사라질, 해서 내 가슴에 더욱 아릿한 순백의 아침, 뜰에 나섰다. 바람이 살포시 지나는지 녹슨 풍경이 흔들렸다. 살아온 날들의 기억도 잠시 꿈틀거렸다. 내가 무척 괜찮아 보이기도, 비루하고 하찮게 여겨져 몸서리쳐지기도 한다. 그 무엇이건 남겨진 기억은 행복하다.

이른 아침 길을 떠났다. 나뭇가지들이 맞닿아 눈을 덮어쓰고 있는 오솔길 처음 보는 하늘도 열려있다. 찰나일 터여서 더욱 황홀한 백설의 세상이 저민치시 오늘도 나를 부른다. 발자국을 찍으며 안개가 자욱한 강선리 길에 접어들었다. 나뭇가지에 쌓인 눈이 바람결에 흩어져내렸다. 이전에 내가 걸었던 길의 흔적은 보이지 않았다. 나뭇가지에도 돌멩이 위에도 소담하게 쌓여있는 눈, 숲은 백색의 계엄령, 나는 이곳을 최초로 다녀간다고 나지막이 고백한다. 삼형제고개를 지나 옹달샘 가에 이르자 안개가 더욱 자욱해진다. 지상의 제반 경계가 사라지자 몸이 허공에 슬쩍 들려있는 느낌이다. 나무들 사이로 공간을 미끄러져 오르는 듯도 하다. 내가 영혼 쪽으로 조금 더 치우쳐 존재하는 것 같아 묘한 기분에 휩싸인다. 눈안개 속에 모호해 보이는 숲을 지나는 동안 이전에 내가 당연하다 여기던 것들의 또렷함도 덩달아 사라진다. 의식의 방생에 좀 더 가벼워진 내가 눈밭에 눕자 나뭇가지에 걸려있던 눈송이가 얼굴 위로 떨어져내린다. 차고 신선하다. 마음과 더불어 몸이 있어 행복하다. 문득 나래, 다래, 도희의 어릴 적 목소리가 들려온다. 눈이 내리면 아이들은 집 앞 다리에 나가 푹신한 눈 위에 툭툭 떨어져내리며 깔깔거렸다.

"곰이다! 엄마, 북극곰들이야."

아이들이 가리키는 개울에는 눈을 뒤집어쓴 돌멩이들이 마치 크고 작은 북극곰처럼 옹기종기 모여있었다.

"와! 북극곰이 무더기로 우리 개울에서 놀고 있네."

내가 공명을 하자 아이들은 더 신바람이 나서 눈밭을 뛰어다

넸다. 아이들 생각에 조금 더 행복해진 내가 산중에서 혼자 웃는다. 웃는 내가 지나가자 웅크렸던 나뭇가지들이 후드득 펴진다. 손으로 아주 살짝만 건드려도 초록 날개를 활짝 펴는 상록수에 바람이 불었다. 지나는 길 곁에 두툼한 외투를 입은 것처럼 눈을 덮어썼던 내 키만 한 상록수 가지들이 또다시 펴진다. 백설의 숲에서는 마음이 낮은 곳으로 내려앉아 자꾸만 착한 미소를 짓게 된다. 백설의 세계로 내딛는 걸음에는 무형의 즐거움이 차곡차곡 차오른다. 숨결 한 모금만큼의 기척에도 초록 날개를 환히 펼치는 나무들의 축하 세리머니 덕분이다.

잎 저문 나무들의 골격이 아름답다. 곰배령 8부 능선 갈색 나무들에 삼라만상이 잠들어있다. 갈색 세상에 백설이 흩날린다. 바람이 불자 눈가루가 우수수 나무에 올라붙었다. 나무들은 눈 명암을 입으며 창백하게 바래가고 있다. 겨울나무는 고요하고 백설의 움직임은 한량없이 싱그럽다. 잠시 나는 '지금 이 순간'에 감사한다. 이 몸으로 이 마음으로 이 자리를 살고 있는 내가 감격스럽다. 세월을 고스란히 입고 있는 내 모습이 무척 멋지게 느껴진다. 비로소 자연스러움에 도달한 기분이 들었다. 그리고 이 모든 것도 역시 잠시겠지 여기며 찰나의 반짝임을 마음껏 향유한다.

걷고 또 걸었다. 폭신하고 하얀 길이 자꾸만 이어져있다. 소담한 능선들, 어디를 보아도 눈부시다. 처음 보는 세상에 이끌려

힘든 것은 진작에 잊었다. 눈 속에 푹푹 들어가는 한 발짝 한 발짝 발자국들이 길을 만든다. 정상에 다다르면서 길의 흔적은 점점 옅어져간다. 곰배령, 훤한 하늘이 보이는 곳에서는 이전에 다니던 길을 잡기가 더욱 어려웠다. 백설의 세상을 제 마음껏 주조한 바람 덕분에 곰배령, 9부 능선은 백색 사막이 되어있었다. 곰배령 입구 돌 깔린 그 길은 어디쯤일까? 마주 선 나무들 사이로 들어서던 아름답고 정돈된 느낌이 그리웠다. 하늘을 저만치 두고 나는 곰배령 9부 능선을 배회한다. 곰배령 나무 사이로 예전에 올랐던 그 길의 느낌을 가늠해본다. 당분간 사람들은 이 눈밭에서 내 발자국을 따라 곰배령에 오를 것이다. 첫 발자국을 찍으며 나는 길 내는 사람으로서 다소의 책임감을 느낀다.

살아 숨 쉬는 나무들이 열어주던 그때 그 대문의 자리를 찾아 헤매다가 나무 한 그루를 만났다. 고요한 나무들 틈에 겨울잠을 깬 흔적이 역력한 그 나무는 바람 많고 추운 산꼭대기에 살면서도 발그라니 물오른 가지를 달고 있었다. 가느다란 가지 끝에 움을 틔우며 올해도 어김없이 봄은 오고 있다고 내게 속삭여주었다. 계절은 공유의 시절을 거친다. 나무들도 공유의 시간을 거친다. 나무 곁을 지나 오르며 내가 맺은 관계들을 생각한다. 만남의 순간과 만남의 서곡과 여운의 시간을 생각한다. 살아온 날이 늘어날수록 나는 통째로 대상을 만나게 된다. 밥상 앞에 앉는 횟수가 늘어날수록 가운데 토막만이 생선이라 냉큼 우기지 않게 된다. 점점 더 통째로 느끼고 통째로 끌어안는 내 모습이 마음에 든다. 나이를 먹으며 몸과 더불어 마음이 익어가는 것이 즐겁다. 안개가 걷히고 있다. 햇볕이 들자 나무 그림자가 순결한 화폭에 고스란히 떨어져내린다. 백설의 산에 드는 햇살, 이리 환한 세상이 단박에 열리는 것이 예삿일처럼 느껴진다.

거의 올랐다. 오늘은 바람보다 빨리 눈이 내렸나 보다. 오늘은 바람보다 빨리 내가 당도했나 보다. 곰배령, 그 바람 찬 언덕에 눈밭이 감쪽같이 남아있다. 더없이 희고 장대한 캔버스가 펼쳐져있다.

지난여름, 곰배령의 이 꽃자리는 얼마나 찬란했던가? 수많은 식물이 꽃빛의 기억을 안고 저 두터운 눈 이불 아래 혼곤히 잠들어있을 터였다. 계절의 순환은 애쓰거나 발버둥치지 않고 한 해도 거르지 않았다. 숲에는 때가 되면 눈이 오고 때가 되면 얼음이 얼고 때가 되면 비가 내리고 때가 되면 싹이 트고 때가 되면 꽃이 핀다. 보이지 않아도 당장 어루만질 수 없어도 향기를 맡을 수 없어도 그를 느낄 수 있는 것은 얼마나 큰 축복인가. 아름다운 것들은 사라지는 법이 없었다. 모습은 사라져도 이야기로도 기억으로도 사진으로도 그 무엇으로도 사랑하는 가슴에는 남겨지게 마련이다. 더는 만날 수 없다 여기던 사람들, 내가 잃었다 여긴 관계들,

이젠 사라졌다 여긴 시간들을 떠올렸다. 어머니의 영토 곰배령. 곰배령에는 치유가 살고 있다. 한 마리 야생 짐승이 된 나는 곰배령 눈밭을 뒹굴며 내 오랜 상실의 상처를 핥아주었다. 또한 곰배령에는 시작이 살고 있다. 아무도 살아본 적이 없는 태초, 세상 그 모든 시작이 움트는 최초의 시작이 살고 있다. 겨울, 눈 덮인 곰배령에 서면 나는 거역할 수 없는 절대 희망에 감전된다. 하여 나는 무엇이든 그릴 수 있고 어디로든 갈 수 있을 것만 같아 첫 출항의 깃발을 바라보는 소년처럼 가슴 설레곤 한다.

작은 점봉 쪽으로는 운무가 출중하다. 큰 점봉 쪽도 눈안개중이겠다. 건너 능선의 주목나무숲은 안개 속에 오늘 '한 그림' 하겠다. 오르내리는 안개 덕에 나무들 서릿발 짱짱하게 드리우겠다. 틀림없이 사라질 지금 이 순간을 마음껏 즐기는 것이 모쪼록 내겐 남는 장사겠다. 나뭇가지에 카메라를 걸어 셀프 셔터를 누르고 얼른 달려와 화면 속으로 풍당 뛰어들었다. 산에 올라 나 살던 곳을 내려다보니 길의 흔적이 훤히 드러나 보인다. 오래 다니던 그 길을 찾아 내려오며 뒤끝 긴 나는 자꾸만 뒤를 돌아다본다. 2009년 3월, 곰배령, 순결한 나라를.

매듭은 또 하나의 시작입니다

집 앞 뜰, 잔여 음식물을 버린 곳에 새가 옵니다. 부리와 머리의
선이 아름다운 까마귀도, 회색 깃털에 신비로운 푸른 꽁지를 가
진 날렵한 몸매의 물까치도, 나뭇잎처럼 나풀거리는 박새들도…….
먹이가 귀한 눈밭에 드러난 잔여 음식물 곁에 이름 모를 새들이
수시로 날아옵니다.

새소리에 잠을 깬 오늘 아침, 맑은 햇빛 속에 아롱거리는 새
소리를 들으며 다만 나래, 다래, 도희와 지낸 설피밭의 오래전 겨
울이 생각납니다. 오는 사람도 가는 사람도 없던, 세상과의 소통
수단이라고는 전화기 한 대, 그 전화에 부착된 모뎀을 통한 컴퓨
터 한 대가 고작이던.

자주 고장이 나서 벽을 대한 듯 먹먹해지기 일쑤였던 컴퓨터
를 통해 사람들의 이야기를 읽거나 저의 이야기를 조심스레 써서
올리던 기억이 납니다. 이게 잘못 사용하면 큰일을 낼 기계라 들

은 덕분에, 어느 날은 하루에도 아이디를 열여덟 개나 바꾸어가며 인터넷으로 세상 마실을 다니기도 했지요. 그렇게 위험하다는 생각에 벌벌 떨면서도 무릅쓰고 그 기계를 사용한 그 시절을 지금 회고해 보니 '내가 참으로 소통을 열망했구나' 하는 걸 새삼스레 느끼게 됩니다.

사진의 크기를 어찌 줄이는지, 제이피지로 바꿔 올리려면 어찌하는지 몰라 절절매다가 전화선 모뎀으로 사진을 올리니 어찌나 천천히 올라가던지……. 혼자서 사진을 올려보려고 애를 쓰며 컴퓨터 앞에서 밤을 꼬박 새우곤 했었지요. 그렇게라도 사진이 들어가주면 혼자서 얼마나 기뻐했던지, 지금도 그 기쁨은 생생합니다.

컴퓨터에는 안전모드가 뜨고, 간밤에 함박눈이 내려 세상으로의 길이 막힌 겨울 아침이었지요. 새벽에 일어나 머리를 감고 마당에 나섰는데 수백 마리의 작은 새가 덤불 사이에서 날아올랐습니다. 투명한 겨울 햇살 사이로 날아오르는 새들을 바라보는데 무작정 기뻐지면서 마음속에서 소리가 들렸습니다.

"봐요, 우리가 여기 있잖아요."

새들을 따라갔던 그 아침, 가래막골 여울져 흐르는 시냇가에, 돌 틈에 선명한 녹색의 빛 덩어리가 날개를 접고 깃드는 것을 보았습니다. 내가 만나본 가장 찬란하고 아름다운, 움직이는 그림으로 기억합니다.

아이의 손을 잡고 무작정 길을 나섰던 날도 있었습니다. 보라색, 분홍색, 노란색 무지개 조각들이 나무에도 들판에도 백구의 하얀 털에도 솜사탕처럼 날아다니는 것을 보았습니다. 아이와 나는 그 고요한 아침 빛의 파노라마에 이끌려 마을 길을 한참 돌아다녔지요. 지금도 아이와 나는 가끔씩 우리가 함께 보았던 그 빛을 이야기합니다. "공동의 착시 현상이었을지도 몰라" 하고 말하기도 하지만, 그날 빛의 체험은 그 무엇과도 무관한 우리만의 특별한 추억으로 남아있습니다.

　각성에 대해 생각합니다. 깨달음에 대해서도 생각합니다. 행복과 기쁨과 천국과 마찬가지로 각성이나 깨달음 또한 언제고, 어디서고, 누구에게나 일어나며 우리 모두가 보편타당하게 향유할 수 있는 것임을 받아들입니다.

　이른 아침 커피 향기로도 각성은 일어납니다. 어느 공간에서는 파리 한 마리의 날갯짓으로도 깨달음은 다가옵니다. 햇볕 한 줄기에도 문득 행복합니다. 열린 전철 문 앞에 모르는 그 누군가의 미소를 지금도 기억하며 기쁨이 충전됩니다. '이제는 돌아와 거울 앞에 선 내 누님 같은 꽃'이 나 자신임을 자꾸만 깨닫게 됩니다. 각성도 깨달음도 느낌도 표현도…… 일어나는 것들은 모두 좋은 일입니다.

어머니는 조각 천을 이어붙여 쓸모 있는 물건으로 만들기를 무척 좋아하셨습니다. 어머니가 만들어주신 이불과 가방, 쿠션 들에는 제가 입던 원피스와 나래, 다래, 도희가 어릴 적 입던 옷가지들이 한 데 들어있어 더욱 정겹습니다. 어머니의 조각 이불처럼, 저도 살아온 기록들을 모아 이렇게 무언가 만들어봅니다. 제가 엮은 글들이 나래, 다래, 도희에게 정겨운 선물이 되기를 소망합니다.

희로애락이 여울지는 이승, 이 기억의 선상에서 오래도록 살아가는 것이 즐겁습니다. 사람과 기억과 자연과 소통하며 세월을 따라 무르익는 삶이 아름답습니다. 손마디가 굵어져가고 주름지는 내 손이 저를 보고 웃는 이 아침, 제 손은 제 삶의 가장 대견한 훈장입니다.

2010년 1월,
인제 진동리 설피밭에서

이하영 드림

여기는 곰배령, 꽃비가 내립니다
세쌍둥이와 함께 보낸 설피밭 17년

1판 1쇄 펴냄 2010년 2월 10일
1판 3쇄 펴냄 2018년 8월 30일

지은이 이하영
일러스트 박유진

펴낸이 송영만
디자인 자문 최웅림
펴낸곳 효형출판
출판등록 1994년 9월 16일 제406-2003-031호

주소 10881 경기도 파주시 회동길 125-11
전자우편 info@hyohyung.co.kr
홈페이지 www.hyohyung.co.kr
전화 031 955 7600
팩스 031 955 7610

ISBN 978 - 89 - 5872 - 088 - 1 03810

값 12,000원